Diogenes Taschenbuch 23069

Friedrich Dürrenmatt

Werkausgabe in siebenunddreißig Bänden

Band 29

FRIEDRICH DÜRRENMATT wurde 1921 in Konolfingen bei Bern als Sohn eines Pfarrers geboren. Er studierte Philosophie in Bern und Zürich und lebte als Dramatiker, Erzähler, Essayist, Zeichner und Maler in Neuchâtel. Friedrich Dürrenmatt starb 1990 in Neuchâtel.

Friedrich Dürrenmatt

Turmbau

Stoffe IV–IX

Begegnungen

Querfahrt

Die Brücke

Das Haus

Vinter

Das Hirn

Diogenes

Die Werkausgabe in siebenunddreißig Bänden basiert auf der zu Dürrenmatts 60. Geburtstag erschienenen und von ihm in Zusammenarbeit mit Thomas Bodmer herausgegebenen Werkausgabe in neunundzwanzig Bänden 1980. Diese wurde durch die seit 1981 bis zu Dürrenmatts Tod 1990 in Buchform erschienenen bzw. von ihm noch für die Publikation vorbereiteten Einzelbände analog und innerhalb der Gattungen chronologisch fortgeführt sowie um die seit 1991 in Buchform erschienenen Werke aus dem Nachlaß ergänzt. Das 17 Bände umfassende dramatische Werk der Werkausgabe 1980 wurde um einen 18. Band ergänzt, das 12 Bände umfassende erzählerische und essayistische Werk der Werkausgabe 1980 um 5 Bände erzählerische Prosa (Bände 25 bis 29) sowie um einen Band Essays (Band 36) und einen Nachlaßband (Band 37). Sämtliche Bände wurden für diese Ausgabe durchgesehen. Druckfehler wurden stillschweigend korrigiert, sonstige Veränderungen nachgewiesen. Nach Möglichkeit wurden die schon in der Werkausgabe 1980 erschienenen Bände seitengleich übernommen.
Nachweis zur Publikationsgeschichte sowie zur Textgrundlage von Ulrich Weber und Anna von Planta am Schluß des Bandes.
Covermotiv: Gemälde von René Magritte, ›Architecture au clair de lune‹, 1956

info@diogenes.ch · www.diogenes.ch
In Fragen zur Produktsicherheit (GPSR):
truepages UG (haftungsbeschränkt)
Westermühlstraße 29, 80469 München
info@truepages.de
ASR/20/852/7
ISBN 978 3 257 23069 7

Inhalt

Turmbau
Stoffe IV–IX

[ca. 1964–1990]

Der Versuch, die Geschichte meiner Stoffe zu schreiben, verlangt ein neues Überdenken. Begonnen nach einer Krankheit, in einer Hotelhalle im Unterengadin im Juni 1969, war ich wohl allzu gedankenlos, naiv, allzu voreilig. Den alten Stoffen nachspürend, war das Gefühl nicht zu unterdrücken, allzu vieles vernachlässigt zu haben. Ich strich das Geschriebene durch, fing immer wieder von neuem an. Das ist zwanzig Jahre her, und ich sitze wieder hinter den Stoffen. Fragmente haben sich angehäuft, Entwürfe, aber auch Zweifel. Aus den wenigen Seiten, die in Schuls entstanden sind, ist ein Manuskriptdschungel herangewachsen. Ein Einfall rief einen anderen, eine Erinnerung eine andere und eine Assoziation eine weitere hervor. Der Versuch, die Geschichte meiner ungeschriebenen Stoffe zu schreiben, zwang mich, die Geschichte einiger meiner geschriebenen Stoffe zu rekonstruieren. Indem ich meine alten Fabeln aufgriff, griff ich mich selber auf, allzusehr bin ich mit meinen Stoffen verwoben und in sie eingesponnen. Mein Irrtum, mein Schreiben sei dem gewachsen. Allzu leichtfertig ließ ich mich auf ein Unternehmen ein, dessen Ende nicht abzusehen war. Es ging mir wie mit dem *Turmbau zu Babel*, den ich einmal plante und begann: ich mußte ihn abbrechen, um mich von ihm zu befreien. Was blieb, sind seine Trümmer.

Begegnungen

Die Vorstellungskraft ist nicht a priori wie unsere Denkformen, sondern ›a posteriori‹. Die Vorstellungskraft benötigt die Erinnerung, um die Gegenwart zu begreifen, ohne Erinnerung an die Vergangenheit wäre die Gegenwart ein sinnloses aus dem Nichts auftauchendes und ins Nichts sinkendes Geschehen. Aber da sich keine Gegenwart mit der Vergangenheit völlig deckt, kommt die Vorstellungskraft ohne die Fähigkeit, Assoziationen zwischen Ähnlichkeiten zu bilden, nicht aus, ohne diese Fähigkeit fände sie sich in der Gegenwart nicht zurecht und auch ohne Logik nicht, die erst die Kontinuität der Zeit durch die Verknüpfung von Ursache und Wirkung schafft. Sind die Erinnerung, die Assoziation und die Logik gleichsam die Werkzeuge, womit die Vorstellungskraft arbeitet, so ist keines dieser Werkzeuge ohne Vorstellungskraft möglich. Sie sind der Vorstellungskraft immanent. Die Erinnerung, die von der Vorstellungskraft in die Gegenwart geschwemmt wird, ist eine von der Vorstellungskraft umgestaltete Vergangenheit, und nicht nur sie: Die Vorstellungskraft erhält in uns zwar durch ihre immanente Logik die Kontinuität des Erlebens, aber ergreift auch das Mögliche, so sehr, daß oft das Mögliche das Wirklich-Gewesene verdrängt. Ob etwas nur möglich gewesen wäre, ist manchmal in der Erinnerung wichtiger als das, was wirklich war, so daß allzu leicht das in der Vergangenheit Mögliche mit dem, was wirklich war, verwechselt wird. Nicht nur die Ideologie verfälscht die

Geschichte, noch mehr die Vorstellungskraft. Ist die Erinnerung das Fundament, so ist die Möglichkeit das Tummelfeld der Vorstellungskraft. Ihre Lust, sich auszutoben, siegt über die Last, genau zu sein. Da aber die Vorstellungskraft nicht nur rückwärts, nach der Vergangenheit, ausgerichtet ist, also der Erinnerung zugehört, sondern ihre noch größere Macht der Zukunft gegenüber entfaltet, und weil diese als das noch nicht Wirkliche nichts als reine Möglichkeit ist und das Mögliche sowohl alles Erwünschte als auch alles Unerwünschte bedeuten kann, gerät die Vorstellungskraft allzu leicht in Widerspruch zu sich selbst, Hoffnung und Furcht sind gleich stark, und es kommt zu einem Stopp, weshalb auch dasjenige, was uns in der Zukunft allein gewiß ist, der Tod, so wenig in unserem Bewußtsein eine Rolle spielt. Dabei sind wir wie keine Zeit vor uns mit den Toten konfrontiert, mit ihren Gespenstern eigentlich: die alten Filme zum Beispiel, die im Fernsehen gezeigt werden, sind voll von Toten. Oft erschrecke ich, wenn ich Schauspieler sehe, die in meinen Stücken gespielt haben und schon lange gestorben sind, und kommen Massenszenen in den Filmen vor, denke ich, wer lebt wohl noch von denen? Chaplin taucht immer wieder aus dem Nichts auf, Marilyn Monroe, Humphrey Bogart, Clark Gable, wie oft steigen sie aus dem Totenreich, wir sind an Gespenster gewöhnt. Aber auch an jene der Politiker. Immer wieder schreit und fuchtelt Hitler, macht Churchill sein V-Zeichen, schaut Stalin auf die defilierenden Massen hinunter. Wir verdrängen den Tod. Wir leben, als ob wir unsterblich wären, obgleich wir ihm immer wieder begegnen.

Sein Verhalten war wie immer gewesen, es fiel meiner Frau und mir nichts auf, wir feierten unseren einunddreißigsten

Hochzeitstag, und es wurde spät, ein Freund aus Deutschland war gekommen, er diskutierte über Politik, und ich hing meinen Gedanken nach, draußen in der milden Oktobernacht liefen die beiden Tiere umher oder lagen, der alte Schäferhund, nun schon schwerfällig geworden, und die junge, elfmonatige Hündin. Nur einmal kam der Hund herein und erbrach Wasser, nicht viel, meine Frau wischte den Steinboden auf, sagte »aber, aber, was machst du denn«, wir machten uns keine weiteren Gedanken, schlossen die Schiebetür zur Terrasse, ich beteiligte mich nun auch an der Diskussion, öffnete eine neue Flasche Wein. Später hörte ich ein- oder zweimal die Hündin kurz winseln, dann war es wieder ruhig, und als der Gast sich verabschiedet hatte und wir in der Morgendämmerung ins Wohnhaus hinübergingen und in die Schlafzimmer hinauf, bemerkte ich, daß im Treppenhaus nur die Hündin auf ihrem Lager war. Ich ging zur Küche hinunter und in den Garten, dann die Straße hinab, auch hier war er nicht zu finden, ich stieg zu meinem Atelier hinauf, in mein Arbeitszimmer, wieder ins Gartenhaus hinunter, wo wir die Nacht verplaudert hatten, nichts, durchsuchte den ganzen Garten, bis ich, wie zufällig, zwischen den Blättern eines Strauches neben der Terrasse etwas Helles sah. Der Hund hatte sich eine Grube gegraben und lag tot darin, er hatte sich selbst verscharrt. Ich meldete es meiner Frau, die schon im Bett lag. Sie erhob sich, trat in einem Hausmantel in den grauhellen Morgen hinaus, ich folgte ihr. Am Himmel waren noch einige helle Sterne zu sehen, über dem See lagerte ein weißes Nebelband. Meine Frau kniete zum Hund nieder. Sie deckte ihn mit einer dunkelgrünen Decke zu, wie aus Furcht, er könnte frieren. Er hatte sie immer besonders treu bewacht; wenn ich eine Nacht durchschrieb, hatte er sich vor ihrem Bett hingelagert, betrat ich gegen Morgen mein Schlafzimmer, sah ich ihn durch die Tapetentür sich erheben, worauf er zu mir herüberkam, um durch meine Schlafzimmertür zu seinem Lager zu trotten, war er doch ein selten mächtiger Schäferhund und nur in den letzten Jahren schwerfällig geworden. Ich telefonierte Hans Liechti, dem Wirt des ›Rocher‹, in einer Viertelstunde war er bei uns. Meine Frau erhob sich, nahm die Decke weg, inzwischen war der Nebel vom See den Berg hinaufgestiegen, der Morgen zurück ins Graue verschwommen und wieder zugedämmert. Liechti trug den schweren Kadaver die Treppen hinauf. Wir legten ihn in den Kofferraum und fuhren in einen Morgen hinein, der sich, je höher wir kamen, aufgoldete. Ich fuhr, neben mir Liechti, schweigend, massig, würdig. In Montmollin, einem kleinen Juradörfchen, brach die Sonne durch. Wir hatten Mühe, die Abdeckerei zu finden. Es dauerte eine Weile, bis uns jemand entgegenkam, den wir fragen konnten. Endlich ahnten wir vage den Weg. Wir gelangten auf eine Hochebene, dahinter erhob sich ein düsterer bewaldeter Bergrücken. Bei einem einsamen Bahnwärterhäuschen mußten wir wieder fragen, fuhren dann gegen den Wald, an dessen Rand wir die Abdeckerei fanden, halb Fabrikanlage, halb Schuppen, mit einer großen Rampe. Die Sonne schien grell, alles wirkte wie eine überbeleuchtete Bühne, der Wald wie eine Kulisse. Wir hupten, liefen um die Anlage. Endlich hinkte ein Mann herbei, verschlafen, mürrisch, ohne daß wir wußten, woher er eigentlich gekommen war. Wir bringen einen Hund, sagten wir. Er wies stumm auf die Rampe, hinkte wieder davon, verschwand irgendwo. Liechti öffnete den Kofferraum und hob den Hund auf die Rampe. Nun lag er da, ein großes schwarzes Tier, die Unterseite des Körpers und jene der Rute weiß, die Läufe ocker, die zwei Flecken auf der Stirn und beidseits der Schnauze von der gleichen Farbe. Der Hund lag da, wie er oft im Schlafe gelegen hatte, aber etwas fehlte und machte den Anblick schrecklich. Ein maßloses Staunen drang in mich herein, einen Augenblick lang, der ewig zu währen schien, einen Todesaugenblick lang eben – auch bei weit erhabeneren Augenblicken, beim Anblick meiner toten Eltern etwa, hatte ich dieses Gefühl nicht, dieses plötzliche Aufheben der Zeit –, auch weiß ich nicht, warum sich dieses Gefühl gerade in dieser trostlosen Abdeckerei einstellte und seitdem nicht mehr, auch beim Anblick des toten Varlin nicht, drei Wochen später. Wir saßen bei seiner Frau in der Küche. Irgendwo im Haus winselte sein Hund. Ein Arzt führte mich ins Sterbezimmer. Er lag im Sarg. Der Arzt riß das Laken herunter. Ein wilder Kopf starrte mich an, der Mund weit geöffnet, die Augen in dunklen Höhlen versunken. Es war, als würde das Leben, erstarrt im Jetzt des Todes, die Schöpfung auslachen. Dann zwängte sich etwas durch meine Beine, verschwand im Dunkel des Raumes, es war sein Hund. Vielleicht habe ich darum eine Woche später im ›Rocher‹ bis tief in die Nacht hinein aus dem Gedächtnis eine Zeichnung um die andere von dieser unbändigen Leiche entworfen und die letzte mit Kaffee bemalt. Ich spürte, daß sich in meiner Erinnerung zwischen sie und mich der Hund auf der Rampe der Abdeckerei schob als Sinnbild des Todes selbst, und nun bewacht er meine tote Frau, war er doch ihr Hund. Ich war durch die Tapetentür in ihr Zimmer gegangen, weil ich dachte, sie schliefe – ich hatte sie eben noch ruhig atmen hören –, und ich wollte die Kerze löschen, die sie hatte brennen lassen. Ich fand meine Frau halb auf dem Bett sitzend, zur Seite gesunken, die Augen geschlossen und das Gesicht friedlich. Ich war nicht beunruhigt. Ich dachte an eine Ohnmacht, ich hatte sie oft so vorgefunden. Ihr Blutdruck war niedrig, und hin und wieder hatte sie Anfälle von Unterzucker, und nun hatte sie eine heftige Grippe gehabt, noch vorgestern über neununddreißig Grad Fieber, während ich mit dem Direktor und zwei Dramaturgen des Schauspielhauses über *Achterloo* verhandelte. Ich bettete ihre Beine hoch, den Kopf tief, massierte sie, rief meinen Arzt in Bern an, der mir Ratschläge gab, massierte sie wieder, schlug ihr auf die Wangen, ihr Leib war heiß, und auch, als ich einem Arzt in Neuchâtel telefonierte, und als er kam, war ich nicht sonderlich beunruhigt. »Regardez, docteur«, sagte ich zu ihm, »elle est comme morte.« »Elle n'est pas comme morte«, antwortete er nach einem kurzen Blick auf meine Frau, »elle est morte.« Dann untersuchte er sie gründlich. Ich lief im Schlafzimmer herum und glaubte es nicht. Der Arzt blieb ruhig, bedauerte, den Tod feststellen zu müssen. Wir gingen ins Nebenzimmer, der Arzt hatte noch einige Fragen, füllte ein Formular aus, blätterte in einem Heft, das er mitgebracht hatte, sagte, er suche nach der amtlichen Bezeichnung, nach dem Namen des Todes – auch Tode haben ihre Namen –, und als der Arzt gegangen war, rief ich noch einige Male meinen Arzt in Bern an, ob meine Frau nicht scheintot sei. Ich berührte sie immer wieder. Sie wurde kälter, doch nie so kalt, wie ich mir das vorgestellt hatte. Aber entsetzt war ich nicht. Was sich ereignet hatte, hatte sich zwischen zwei Menschen ereignet. Bei aller natürlichen Trauer war es mir, als hätte mich meine Frau ärgern wollen, als hätte sie mir einen Streich gespielt, der gegen ihre Absicht zu weit gegangen war. Dann wieder bewunderte ich sie, weil sie so schmerzlos sterben konnte, einen »Sekundentod«, wie mir der Arzt erklärt hatte. Nicht daß der Schrecken fehlte, besonders am anderen Tag, mitten im Januar, eine strahlende Sonne gegen Mittag, als man meine Frau in den Sarg legte, als ihre Arme erstarrt in der Luft steckenblieben. Man mußte sie in den Sarg zwängen. Zum Begreifen, daß meine Frau tot war, kam Groteskes: Die beiden Männer des Beerdigungsinstituts, ein großer Dicker und ein kleiner Magerer, waren wie einer Filmklamotte entsprungen, ich mußte an ›Dick und Doof‹ denken. Sie bemühten sich, den Sarg das Treppenhaus hinunterzuschaffen, bald stand er auf dem Kopf, bald auf den Füßen, aber all das gehörte zur grausamen Welt zwischen den Menschen. Was auch geschah, war ohne Bitternis, ein Leben war zu Ende, und die Tote reihte sich dorthin ein, wohinein sich der, der zurückblieb, auch einmal reihen würde. Eine Ordnung vollzog sich. Doch nur scheinbar. Von außen. Von innen: Ich bewegte mich im Unwirklichen. Ich kam von der Vorstellung nicht los, meine Frau würde sich mit Lichtgeschwindigkeit von mir entfernen, jede Sekunde dreihunderttausend Kilometer, achtzehn Millionen Kilometer jede Minute, mehr als tausend Millionen jede Stunde, aber nicht nur von mir entfernte sie sich, auch ich entfernte mich von mir selber, wir sanken beide dahin in einem lichtschnellen Fall, stürzten gemeinsam in die Erinnerung hinab, und dann war es wieder ich, der sich entfernte, vom Zeitsturm weggeschleudert. Ich raste der Zukunft entgegen, statt daß sie auf mich zuraste. Was zurückblieb, war kristallisierte Erinnerung: eine Frau und ein Mann, die sich einmal geliebt hatten und die nun Vergangenheit waren. Doch bin ich schon längst ins Nichtdarstellbare abgedriftet, Gefühle lassen sich nicht beschreiben, der Tod ist nur von außen darstellbar und stellt sich nur von außen dar, sei es als ferne ausgefranste nelkenähnliche Wolke, im Sternbild des Stiers, der Überrest einer Sonne, sei es als weiße tonartige Scherben in einem Plastiksack, der Inhalt einer Urne, sei es als ein toter Hund auf der Rampe einer abgelegenen Abdeckerei.

Querfahrt

Im Frühling 1943 kehrte ich verwahrlost und krank von einer Stadt nach einer anderen zurück. Von Zürich nach Bern. Ich verließ eine formlose Ansammlung von Kirchen, Banken, Kultur- und Bildungsstätten, von Zunft-, Waren-, Geschäfts- und Mehrfamilienhäusern, Mietskasernen, klassizistischen und Gründerjahrpalästen, Villen, Gaststätten, Pinten, Abstinentenlokalen des Frauenvereins, Fabriken, Depots, Ateliers, Gewerbebuden, alles wie hingeschüttet um einen schmalen See und die Hügelzüge hinauf, die ihn umgeben. Hochhäuser waren noch verboten, die Massagesalons wagten noch nicht zu inserieren, der Strich war durch die Verdunkelung teils gefördert, teils behindert. Der See mündet in ein Flüßchen. An seinen Ufern finden sich Reste einer Altstadt, deren Bürger ihren Bürgermeister köpften. Im Mittelalter. Jetzt kacken auf sein Denkmal Möwen. Dann treibt das Flüßchen am trostlosen Bahnhof vorbei, vor dessen Haupteingang ein noch mächtigerer Herrscher steht als der geköpfte Bürgermeister, ein heimlicher König der Gründerjahre, Alfred Escher, auch von Möwen bekackt, eine Aktentasche zu Füßen. Er wurde nicht geköpft. Nur Möwen sind gerecht. Hinter dem geschmacklosen Landesmuseum vereinigt sich das Flüßchen mit einem zweiten und verliert sich gemeinsam nach der geschmackbildenden Kunstgewerbeschule in Gegenden, wohin ich damals nie vorgedrungen bin. Ich flüchtete in eine Stadt zurück, aus der ich kaum ein Jahr zuvor geflüchtet war: ein ebenso sinnloses Unternehmen wie jetzt die Rückkehr. Beide glichen den Irrwegen, die eine Ratte in einem künstlichen Labyrinth eines Labors unternimmt: Sie weiß weder, daß sie sich in einem Labyrinth, noch, daß sie sich mit dem Labyrinth in einem Labor befindet. Sie rennt herum, von Irrweg zu Irrweg, ihr Herumirren macht sie rebellisch, ohne daß sie genau weiß, gegen wen sich ihre Rebellion richtet, vielleicht daß sie sich einen Rattengott vorstellt, der sie diesem Labyrinth überlassen hat und den sie nun verdammt: denn es ist für diese Ratte unmöglich, auf die Wirklichkeit zu stoßen, wohinein ihre Rattenwirklichkeit gebettet ist, eine Wirklichkeit, die wiederum Wesen umfaßt, die nicht Ratten sind, sondern Menschen, die sie, diese vereinzelte, im Labyrinth herumhuschende Ratte, beobachten, um irgendwelche für Ratten und Menschen gleicherweise gültigen Gesetze zu finden, so daß, weil diese Menschenwirklichkeit wiederum labyrinthisch ist, sich zwei ineinander geschachtelte Labyrinthe ergeben, ja drei, vier oder noch mehr ineinander geschachtelte Labyrinthe, wenn die Ratten beobachtenden Menschen ebenfalls unter der Beobachtung von Vorgesetzten stehen, die ihrerseits wiederum usw. Nicht umsonst diese Metapher. Meine Eltern waren über die Irrwege ihres Sohnes ratloser denn je, schien ich doch weder eine Zukunft anzustreben, die ihnen einleuchtete, noch überhaupt eine, ich strapazierte ihr Gottvertrauen gewaltig. Ich erholte mich langsam. Ich bezog eine geräumige Mansarde, die zum Mietshaus gehörte, das meine Eltern im Parterre bewohnten, in einer Art Villa. Ich malte später die Mansarde aus, auf der abgeschrägten Wand über meinem Bett eine wilde Kreuzigung, an der großen Wand skurrile Figuren, am Kamin in der Mitte des Raums eine Salome mit dem Kopf Johannes' des Täufers, an der Decke das Antlitz der Medusa. Das Haus stand an einer breiten verkehrswichtigen Straße, lautlos in der Nacht, weil die Stadt verdunkelt war, nur von ferne manchmal, in mondlosen Nächten, traumartig, über die Alpen herüber, das dumpfe Grollen der Bomben, die auf Mailand fielen. In wenigen Minuten war man auf dem Land: weite Felder, Wälder; einmal, als ich gegen drei Uhr in der Nacht aus dem Fenster schaute, stand mitten auf der vom Vollmond beschienenen Straße ein Reh. Auch hörte ich jede Nacht Schritte vorbeihinken, aber es gelang mir nie, den Hinkenden zu erblicken, wenn ich schrieb oder zeichnete, hinkte er durch mein Schreiben oder Zeichnen, stürzte ich zum Fenster, waren die Jambenschritte schon verhallt. Wenn ich schlief, ging es mir ebenso, das Hinken weckte mich, aber ich kam zu spät, beugte ich mich aus dem Fenster. Für eine Familie aus der Nachbarschaft kam ich zu früh. Sie kletterte, fünfköpfig, Vater, Mutter und drei Kinder, im Pflaumenbaum im Garten hinter der Villa herum, erstarrte, als ich heimkehrte, wie Riesenpflaumen im Baumgeäst im Morgengrauen. Ich störte sie ebensowenig wie den Vagabunden, der auf dem Kanapee in unserer offenen Veranda zu übernachten pflegte. Nur das erste Mal flüchtete er, als ich ihn in der Frühe überraschte, später winkte er mir nur zu und blieb liegen. Ich war gern in diesem Haus. Vieles erinnerte mich ans Dorf, nicht nur die Nähe der Wälder, auch der Gemüseladen schräg gegenüber, dessen Inhaber einen ebenso handlosen Arm besaß, womit er die Salatköpfe auseinanderschob, wie der Gemüsemann unseres Dorfes.

Im Herbst fuhr ich ins Wallis. Ich wollte die Komödie beenden, an der ich in Zürich herumgeschrieben hatte, an einem wilden Durcheinander von lebenden Toten und toten Lebenden, mit einer funktionierenden Weltuntergangsmaschine am Schluß. Ein Riesenknall. Ich richtete mich in einem kleinen Dorf ein, über dem Logis meiner Freundin, die dort mit ihren Eltern in den Ferien weilte. Das Dorf bestand aus kaum zwanzig primitiven Holzhäusern. Es klebte an einem steilen Hange hoch über dem Val d'Hérens. Irgendwo unterhalb des Dorfes, im Wald versteckt, jenseits einer Schlucht, tief gegen Evolène hin, eine Kapelle. Vom Dorf aus schien die weitverzweigte Gebirgsgegend mit einigen kleinen pyramidenähnlichen Bergen in der Talsohle und den Nebentälern, die sich zwischen den Massiven verliefen, eine Mondlandschaft zu sein. Tagsüber war das Dorf still. Kaum daß ich jemanden sah: eine alte schwarzgekleidete Frau, einen Mann, der mich schweigend betrachtete, ein davonhuschendes Kind. In der Nacht herrschte ein geheimnisvolles Treiben: Lastwagen kamen und gingen. Im Land waren die Lebensmittel kontingentiert. Schwarzhandel rentierte. Ich kümmerte mich nicht darum. Ich schrieb verbissen, entschlossen, mit dem Stoff Schluß zu machen, ihn aus meinen Gedanken herauszuoperieren. Ich verknappte die Sprache, strich die Szenen zusammen, schrieb neue mit bösen Liedern, verwarf das Geschriebene wieder, begann von neuem. Ich habe seither nie anders gearbeitet.

Ich schrieb nachts, es ist auch heute noch meine beste Zeit. Tagsüber, wenn wir nicht nach Evolène hinunterstiegen, las ich in dieser kargen, trockenen, in meiner Erinnerung braunen, unatmosphärischen und unbarmherzigen Landschaft, wo es immer noch heiß wie im Hochsommer war, die dschungelhaften Bücher Jean Pauls, herausgegeben von der Deutschen National Literatur, solide Bände, die ich in der Stadtbibliothek von Sion aufgestöbert und mitgeschleppt hatte. Ich las bald trotzig, bald wütend, unvermittelt, dann tagelang nicht mehr, erschöpft vom Verfasser, kam wieder ein Stück weiter, war begeistert oder wollte begeistert sein – man betrügt sich leicht selber –, fand bedeutende Stellen, dann verlor sich die Handlung aufs neue in einem Gestrüpp eigenartiger Käuze und unübersichtlicher Nebenhandlungen. Noch fand ich mich zurecht, versuchte zäh, die Übersicht zu behalten, doch ein Unterbruch der Lektüre – und ich war verloren. Je weiter ich vordrang, desto unübersichtlicher wurde sie. Ich schlug mich mit Jean Pauls Einfällen und Ausfällen herum wie mit Wolken von Fliegen. Dazu eine verschlungene Sprache voller Anspielungen, die ich oft nicht verstand, ferner Bemerkungen über Anspielungen, die ich nicht verstanden hatte. Lesen wurde zur Geheimwissenschaft, im Fremdwörterbuch hätte nachgeschlagen werden müssen, es war keines vorhanden, ich kam mir ungebildet vor; dann stieß ich wieder auf Sätze, die mich begeisterten. Mir ging auf, daß ich an einen der größten Schriftsteller unserer Sprache geraten war, an ein Genie, warum nicht. Aber seine Käuze und die Städtchen, Nester, Kaffs und Kleinresidenzen, wo sich seine Handlungen abspielen, sind nicht dargestellt, sondern kommentiert. Die Einfälle jagen sich, doch mit den Einfällen die Kommentare, und da die Helden und Heldinnen sich selber kommentieren und sich handeln lassen statt zu handeln, wird das Kommentierte wiederum kommentiert, und so, ad infinitum, decken schließlich die Kommentare alles zu. Doch mehr als der *Titan* beeindruckte mich *Ehestand, Tod und Hochzeit des Armenadvokaten F. St. Siebenkäs im Reichsmarktflecken Kuh-*

schnappel. Die Handlung ist nachträglich kaum mehr zu rekonstruieren, schon die Namen bereiten Schwierigkeiten. Die Menschen können bei Jean Paul nicht Meier, Müller oder Blaser, auch nicht Strauß, Kohl oder Schmidt heißen: Der Armenadvokat Firmian Stanislaus Siebenkäs ist mit einer Wendeline Lenette Egelkraut verheiratet. Siebenkäs hat einen Freund, von dem er nicht zu unterscheiden ist, Heinrich Leibgeber (das genügt Jean Paul nicht, er näht immer doppelt, auch bei Doppelgängern: Siebenkäs heißt eigentlich Leibgeber, Leibgeber Siebenkäs). Außerdem kommen eine Nathalie und ein Everard Rosa von Meyern vor (also doch beinahe ein Meier), ein Studienrat Stiefel, ein Obersanitätsrat Oelhafen, der Frühprediger Reuel und der Fürst von Liechtenstein. Die Ehe des Armenadvokaten ist unglücklich, eine verworrene Erbschaftsangelegenheit spielt hinein, macht eine Reise nach Bayreuth notwendig, damals noch ohne Wagner, dafür mit einer jener langweiligen Geliebten, wie sie nur die deutsche Literatur zustande bringt. Jean Paul selber mischt sich ein: indem Siebenkäs als Verfasser der ›Papiere des Teufels‹ gefeiert wird, die wiederum von Jean Paul stammen; endlich das für mich Entscheidende, Wichtige: die Parodie des Todes und der Auferstehung. Siebenkäs inszeniert mit Hilfe seines Doppelgängers sein eigenes Sterben, stiehlt sich nachts aus dem Haus, während sein Freund den Sarg mit Steinen füllt, zunagelt und beerdigen läßt. Ein Jahr später kehrt Siebenkäs als Leibgeber zurück, findet das Grab seiner Frau, nun Wendeline Lenette Reuel, und an seinem Grab seine Geliebte, die den Auferstandenen erkennt. Alles gerät ins Zweideutige, die Reden bekommen einen doppelten Sinn: Blasphemisches vermischt sich in meiner Erinnerung mit Groteskem, Sentimentalität mit

Brutalität, Unwirkliches mit Möglichem, und Striche wären nötig. Eine Prosa, die man nur einmal lesen kann, zum ersten Mal. Doch nicht nur bei Jean Paul. Ob nun Richard III. Lady Ann seine Liebe gesteht, ob Stubb im *Moby Dick* in das Innere eines verwesten, dahintreibenden Pottwals steigt, Ambra zu gewinnen, ob der norwegische Seemann mit seinem Schiff in den Wirbel des Mahlstroms gesogen wird, ob Reimboderl in Nestroys *Robert der Teuxel* sich schlagartig von einem Menschen von besonderer Gutmütigkeit in ein Ungeheuer verwandelt, oder was uns auch immer beim Lesen oder Sehen unmittelbar begeistert, erweist sich am stärksten in der Erinnerung, weil es sich in ihr potenziert und zu etwas Subjektivem wird, zu mehr als Text, zu etwas, das wir darum auch im Text nicht mehr wiederfinden, das uns enttäuscht, wenn wir es wiederlesen oder wieder auf der Szene sehen, wie eine zu oft gehörte Symphonie: Auch finde ich immer wieder, lese ich doch noch einmal, sei es aus Laune oder aus schlechtem Gewissen, in meiner alten Jean-Paul-Ausgabe, im Genist seiner Prosa Motive, von denen ich glaubte, ich hätte sie vor Zeiten einmal gefunden. Es ist, als hätte der große Hexenmeister sie mir untergeschoben. Die Literaturgeschichte hat, nachträglich gesehen, etwas Kontinuierliches, und nicht nur sie. Jede Geschichte. Das Neue scheint sich aus dem Alten zu entwickeln, um selber alt zu werden und Neues hervorzubringen. Die Geschichte verlockt, hinter ihr Gesetze zu vermuten. So entwickelt man denn auch in der Literaturgeschichte einen Schriftsteller aus einem anderen, entweder als Nachfolger oder als Gegensatz; von den dogmatischen Kriterien ganz zu schweigen. Doch die Literatur vermag auf einen Schriftsteller nur einzuwirken, wenn sie in ihm Assoziationen auf seine existentielle Problematik auslöst. Jean Pauls Auferstehungsparodie im *Siebenkäs* erinnerte mich an Lazarus, der in seiner Gruft mit »einem Stein darauf« schon »stinkt«, der herauskommt, »gebunden mit Grabtüchern an den Füßen und Händen, und sein Antlitz verhüllet mit einem Schweißtuch«, dieses Wunder des Jesus von Nazareth, der dabei immer wieder »im Geiste ergrimmte und sich selbst betrübte« mit seinem schnöden Ende: »Bindet ihn auf und lasset ihn gehen« samt der darauf folgenden Groteske: »Aber die Hohepriester trachteten danach, daß sie auch Lazarus töteten«, und ich hatte mir vorgestellt, die Hohepriester würden Lazarus immer wieder töten, und Jesus müßte ihn immer wieder erwecken, ich sah den armen Lazarus nach der zwanzigsten, dreißigsten Wiedererweckung jammernd aus dem Grabe kommen: »Mein Gott, jetzt lebe ich wieder.« Wie auch immer, gleichgültig in welcher Form (es gab eine Kinderbibel, illustriert von Cornelius) ich von dieser Auferstehung erfahren habe, sie beschäftigte mich schon früh, fragte ich doch meinen Vater, als ich im Dorf einen Nachbarn aufgebahrt gesehen hatte, ob denn der auferstandene Lazarus hätte glauben können, daß er tot gewesen sei. Ich weiß nicht mehr recht, was er antwortete, aber ich spürte, daß die Frage ihn verlegen machte. Ich stellte sie ihm auch später, als wir in die Stadt gezogen waren. Vielleicht weil ihn die Frage störte. Söhne sind grausam. Wie aber Jean Paul zu seinem Motiv gekommen ist, kann kaum rekonstruiert werden. Er war weniger ein Erfinder als ein Finder, ein unermüdlicher Leser und Exzerpierer. Er füllte Folianten mit Zitaten und gelesenen Einfällen, er plünderte alles aus, Literatur, Theologie, Philosophie, Wissenschaft. Hinter seiner Parodie des Todes und der Auferstehung mag eine durch die Handlung erzwungene Lösung oder irgend etwas irgendwo Gelesenes und Notiertes stehen, alles Geschriebene ist für Jean Paul nur Material zum Schreiben, das er sich aneignet, indem er es ausgräbt.

Nicht umsonst erinnert mich Jean Paul an die Ruinenstädte Yukatans. Ich kraxelte auf einem Mayatempel herum und blickte über eine Buschlandschaft kleiner Hügel, zwischen ihnen eine ›umgekehrte Baustelle‹: Nicht eine Pyramide oder ein Observatorium wurde errichtet, sondern von Archäologen freigelegt, denn jeder dieser Hügel war eine vom Buschteppich überwucherte Ruine. Es kam mir vor wie ein Film, den man rückwärts laufen läßt, wie etwa der Film, den man von der Sprengung des Basler Stadttheaters drehte, es wurde von der Explosion hochgerissen, zerbrach, löste sich in eine Steinwolke auf, die niederprasselte, sich auflöste, wieder zusammensetzte, aufprasselte, eine Steinwolke formte, zusammensetzte, niedersetzte: So schien mir in Yukatan die Zeit ab- und zurückzuspulen. Die Mayas waren vom Tiefland von Honduras aus nach Guatemala und Yukatan vorgedrungen, hatten Stadt um Stadt gebaut, unbekümmert darum, daß der Dschungel, kaum gerodet, die Städte wieder überwucherte. Die Mayas wanderten weiter, bauten neue Städte, ließen sie wieder überwuchern, die Spanier landeten, wurden festlich empfangen, die Konquistadoren metzelten die Gastgeber nieder, der Dschungel und das Buschgenist deckten die ausgeplünderten und niedergebrannten Städte zu, die Mayas, die sich gerettet hatten, durch Zufall oder weil sie als Sklaven gebraucht wurden, dämmerten dahin, kleine verlumpte mongolische Menschen, ihrer Vergangenheit und ihres Sinns beraubt, während die Kathedralen ihrer Eroberer zerfielen, und nach Jahrhunderten werden jetzt die Städte wieder vom Wurzelgeflecht befreit, schälen sich aus dem Dorngestrüpp. Überfiel mich beim Anblick der emsig rodenden Archäologen zuerst das Gefühl, es wäre schön mitzuhelfen, anzupacken, sich durch das Genist der Zeit zurückzuroden, so lähmte mich der Gedanke an die Sinnlosigkeit der Geschichte, es sei denn, man sehe ihren Sinn darin, Ruinen zu hinterlassen. Ich gab auf, wie ich die Lektüre Jean Pauls aufgegeben hatte. Ich kletterte die Ruinen hinab, an einer bizarren Mayaplastik vorbei, die sich plötzlich bewegte. Es war ein Leguan.

Als ich nach mehr als fünfzig Jahren C. das Wallis zeigte, fand ich das Val d'Hérens meiner Erinnerung nicht mehr. C. fuhr mich Weinberge hinauf. Tief unten lag das Rhonetal, das Val d'Hérens verengte sich, fast senkrecht fiel es von der Straße hinunter, Hunderte von Metern, als befänden wir uns in einer schattigen engen Schlucht, dann weitete es sich, tief unten der Talgrund, doch stellte sich der Eindruck des Mondartigen nicht ein. Überall Ferienhäuser, auch im Dorf, wo ich Jean Paul gelesen hatte. C. parkte den Wagen, und wir tauchten ins Gold der Lärchenwälder. Bleibt nur das Unbewältigte in der Erinnerung zurück? Vom Val d'Hérens, das sich gleichsam zu etwas schemenhaft Unbarmherzigem zusammenkochte, Jean Paul. Immer wieder beschäftige ich mich mit ihm. Immer wieder lege ich ihn beiseite. Begeistert und verärgert, daß ich wieder an ihm scheitere, und ich schreibe immer noch an den Stoffen, die ich begann, bevor ich 1969 nach Yukatan flog. Und der Leguan? Starrte ich mich nicht selber an, als ich ihn erblickte? Und ist es mir nicht, wenn ich zurückdenke, als sehe ich in einen Spiegel, worin Jean Paul mich beschreibt? Wie hießen die Menschen, die ich damals schrieb? Vogeltritt, Tretebalg, Letzermann, der Lustmörder Nabelpfiff und Doktor Zwölf. Und einer stellte sich vor: »Ich heiße Nacht. Schauen Sie in mein Gesicht.« Er nimmt seine Nase ab und stellt sie vor sich auf den Tisch. »Ha ha! Sind Sie erschrocken, haben Sie eine lustige Grimasse gemacht.«

Stoffe brauchen Zeit und suchen ihren Ort, wo sie zum ersten Mal auftauchen, konzipiert werden. Lazarus, von Jean Paul wiederum aus dem Grabe beschworen, blieb in meiner Phantasie, weste in ihr, weigerte sich zurückzusteigen. 1959 wurde ich ins ›Waldhaus Vulpera‹ im Unterengadin verschlagen. Der Kurarzt versuchte das für mich geeignete Insulin zu finden. Mein Tes-Tape-Streifen wurde grün, wann ich ihn auch bepinkelte, wie streng ich auch Diät hielt, wie hartnäckig ich auch herumlief, stets den gleichen Weg: in eine kleine Schlucht hinein, dann über einen Steg zur rechten Seite der Schlucht, ihr entlang, und dort, wo die Schlucht zum Tal wurde, über eine Holzbrücke zur linken Talseite zurück, diese hoch und über den Berg steil den Wald wieder zum Kurhaus hinunter. Alles war vergeblich, und ich fühle noch immer die Wut hochsteigen, wenn ich im Wald den grün gewordenen Tes-Tape-Streifen ins Unterholz warf, eine Wut, von der ich weiß, daß sie sinnlos ist, weil sie ohnmächtig ist, und die mich gerade deshalb von Zeit zu Zeit überfällt und überfiel wie damals und schon oft vorher: Der Tod hat für mich ein grünes Gesicht. Auf diesen sich ständig wiederholenden Spaziergängen, bei denen ich mehr lief als ging, fielen mir *Die Physiker* und *Der Meteor* ein, wobei ich nicht zu sagen wüßte, welcher der beiden Stoffe mir zuerst einfiel, doch erscheint es mir wahrscheinlicher, daß es der Nobelpreisträger war, der neue Lazarus, der immer wieder stirbt und immer wieder aufersteht und der doch nicht an das Wunder zu glauben vermag, das sich an ihm ereignet, der in seiner Todesraserei alle vernichtet, die in sein Sterben geraten: »Wann krepiere ich denn endlich!« Warum mir *Die Physiker* auch noch einfielen, vermag ich nicht zu sagen, es sei denn, mein grüner Tes-Tape-Streifen erinnerte mich an das Orakel, das Ödipus, von Korinth kommend, in Delphi so verwirrte, daß er nach Theben und in sein Schicksal flüchtete, indem er Laios erschlug und Iokaste heiratete, statt sich vorzunehmen, nie einen Mann zu töten, der sein Vater, und nie eine Frau zu heiraten, die seine Mutter sein könnte. Aber Ödipus kehrte nicht mehr nach Korinth zurück, obgleich er nach Delphi zur Pythia gekommen war, weil er zweifelte, daß in Korinth König Polybos und Periboia seine Eltern wären, doch auf einmal zweifelte er nicht mehr: Sein Schicksal war seine Kopflosigkeit. Möbius in den *Physikern* weiß wie Ödipus sein Schicksal nicht durch ein Orakel, sondern weil er sich als Wissenschaftler denken kann, was ihm droht. Wie Ödipus will auch Möbius seinem Schicksal entgehen, die Ausnutzung seiner Forschung durch die Technik, er flüchtet wie Ödipus, wie dieser wählt er den falschen Weg, er flüchtet ins falsche Irrenhaus, die verrückte Irrenärztin hält ihn für normal statt verrückt und nützt seine Entdeckungen aus. Wem der Tes-Tape-Streifen grün wird, weiß sein Schicksal auch, und weil ich es wußte, war ich nun in Vulpera und lief immer in die gleiche Schlucht hinein und den gleichen Berg hinauf und hinunter. Zwei Jahre später schrieb ich *Die Physiker,* fünf Jahre später den *Meteor*. Ich begann, hielt inne. Ich war wieder einmal unsicher. *Herkules und der Stall des Augias,* eines meiner Lieblingsstücke, war kein Erfolg gewesen. Ich sehe immer noch Steckel, den Regisseur, die junge Schauspielerin, welche die Iole spielte, endlos mit ihrem Monolog über die Bühne hetzen: Hopp! Hopp! Es machte sie immer unsicherer. Ein Schriftsteller kam mit seiner Frau nach Neuchâtel zu Besuch. Ich war schon entschlossen, den *Meteor* aufzugeben. Das Ehepaar war zerstritten. Er erzählte sein neues Stück, das vom Schauspielhaus schon angenommen worden war. Seine Frau war dagegen. Ich ging in der Bibliothek auf und ab, hörte zu und wunderte mich, daß vom Schauspielhaus ein solches Stück angenommen worden war und gespielt werden würde und sagte plötzlich: »Jetzt schreibe ich ihn doch.« Womit ich den *Meteor* meinte, was das Ehepaar nicht begriff, da es nichts vom *Meteor* wußte. Steckel spielte ihn dann. Grandios. Sein ›Hopp‹ hatte ich ins Stück hineingenommen. Doch *Der Meteor* und *Die Physiker* sind nicht die einzigen Stoffe, die mir im ›Waldhaus Vulpera‹ einfielen. Schon drei Jahre vor meiner Kur hatte es mich einmal in dieses gespensterhafte Hotel verschlagen, auf zwei oder drei Tage, zum Filmproduzenten Lazar Wechsler, der in der Hotelhalle hofhielt, ein Mächtiger, der an einer leichten Parkinson litt, die ihn zwang, seinen gewaltigen Schädel schräg und ruhig zu halten, neben ihm, in einem ebenso mächtigen Lehnstuhl ebenso mächtig seine Gattin, alles strömte Macht aus von ihm, er war wie von Sklaven umgeben. Er hatte mich im Frühling in seine Wohnung in der Voltastraße in Zürich gebeten, er müsse mich dringend sprechen. Es war wie ein Befehl gewesen, und ich wußte eigentlich nicht, warum ich ihm Folge leistete, ich wußte, wer er war, mit dem Medium Film hatte ich mich erst einmal beschäftigt, sogar ein Treatment begonnen, es war nichts daraus geworden, der Regisseur vermochte den Film nicht zu finanzieren, aber ich war wieder einmal ausgeschrieben, *Der Besuch der alten Dame, Die Panne, Abendstunde im Spätherbst* waren kurz nacheinander entstanden. Ich fuhr mit meinem Wagen nach Zürich, um mir die Zeit zu vertreiben, ein Freund begleitete mich, wir bummelten durch eine Frühlingslandschaft, blühende Kirschbäume, ich wich von der gewohnten Route ab, fuhr über Wynigen, Huttwil, Sursee, endlich durch ein großes Dorf, wir übersahen, daß wir damit in eine Sackgasse gerieten, war doch die Straße vom Dorfe gegen Zürich gesperrt. Wir fuhren in einer Wagenkolonne, es war Mittag, an der Straße standen Kinder, ein etwa achtjähriger Knabe rannte mir vors Auto, ich stoppte, auch die Wagen hinter mir, ein Italiener ergriff den Knaben, rannte mit ihm über die Straße ins Haus eines Arztes. Ich stieg aus, die Kinder schrien, »er ist hineingerannt, er ist hineingerannt«, der Fahrer hinter mir, ein Bauer, kam zu mir, sagte, er habe sich noch über mich geärgert, er habe gedacht, ob wohl der durch das Dorf schleichen wolle, ich wartete, alle warteten, »er ist hineingerannt, er ist hineingerannt«, schrien die Kinder immer noch, immer wieder, die Autos vor mir fuhren weiter, ich fuhr mit dem meinen aufs Trottoir, der Bauer hinter mir auch, »er ist hineingerannt, er ist hineingerannt«, schrien die Kinder unentwegt, doch schon weniger geworden, ich ging zum Arzt, Mietshaus, zweiter Stock. Nicht schlimm, sagte der Arzt, aber er lasse das Kind zur Beobachtung ins Spital bringen. Ich kehrte wieder zum Wagen zurück, wann denn endlich die Polizei komme, fragte der Bauer. Die Kinder hatten sich verzogen. Ein Auto hielt, ein Mann stieg aus, besichtigte meinen Wagen, die Straße, wies sich als Fahrlehrer aus. Wann denn die Polizei komme, fragte ich. Der Fahrlehrer zuckte die Achseln. Ob er meinen Wagen fahren dürfe, fragte er, ich nickte. Die Straße war nun fast leer, Mittagsruhe, wir standen verlassen da, der Bauer, mein Freund, der Fahrlehrer, ich, drei Wagen, der Fahrlehrer fuhr mit dem meinen davon. Ein Rettungswagen kam, zwei Sanitäter holten den Knaben ab, ein stilles, ernstes, weißes Gesicht. Der Rettungswagen fuhr wieder davon. Die Szene wirkte immer gespenstischer. Die leere Straße, das leere Dorf, mehr eine Kleinstadt, die Mittagshitze. Der Fahrlehrer brachte meinen Wagen zurück. Das Auto sei in Ordnung, sagte er, nur die rechte Bremse etwas zu hart angezogen, aber das brauche niemand zu wissen. Dann fuhr er wieder davon. Er solle doch auch gehen, sagte ich zum Bauern. Er müsse Zeuge sein, sagte der Bauer, ich sei langsam gefahren. Endlich kam ein Polizist, gegen ein Uhr. Auf einem Velo. Stieg ab. Ein Kind sei mir in den Wagen gerannt, sagte ich, im Spital zur Beobachtung. Das wisse er, sagte der Polizist, er sei informiert, ging zum Bauern, nahm ihn auf die Seite, machte sich Notizen. Der Bauer ging zu seinem Wagen, rief mir zu, alle seien langsam gefahren, kein Mensch könne etwas dafür, fuhr davon. Der Polizist betrachtete die Straße. Warum da keine Bremsspuren seien, fragte er. Ich sei langsam gefahren, sagte ich. Ob ich überhaupt gebremst hätte, wollte er wissen, natürlich, sagte ich, mißtrauisch geworden. Er starrte auf meinen Wagen, ging um ihn herum, untersuchte ihn, starrte mich an. Sie haben keine Beule, sagte er. Ich begriff nicht. Keine Beule vorne, wiederholte er. Nein, sagte ich und schaute hin, ich hab keine Beule. Gestern, sagte der Polizist, sei ihm auch ein Kind ins Auto gerannt. Es sei tot, und er habe vorne eine große Beule. Ich könne von Glück sagen, daß ich keine Beule habe. Ich könne weiterfahren. Ich war die ganze Zeit ruhig gewesen, nun plötzlich, bei diesem seelenruhigen Polizisten, der leicht verärgert über seine Beule sein Fahrrad bestieg und klingelnd um die Ecke bog, kam der Schock, aber ich mußte weiter. Ich bemerkte erst jetzt, daß ich den falschen Weg eingeschlagen hatte. Ich fuhr wieder zum Dorf hinaus und erreichte auf Umwegen Zürich und traf verspätet Wechsler in seiner Wohnung. Er strahlte etwas ungemein Wohltuendes aus, wie ein gnädiger König. Wir saßen uns in seinem großen Wohnzimmer gegenüber, ich in einem Ledersofa dem seinen gegenüber, es war Raum zwischen uns, hin und wieder, fast in gleichmäßigen Zeitabständen, erhob er sich und ging ins Nebenzimmer, offenbar in sein Büro, um in kurzen Abständen wieder zurückzukehren; als ich ihm folgte, in einen Gedankengang vertieft, den ich entwickelte, sah ich in diesem Büro einen Mann hinter einem Schachbrett sitzen, der wie vom Schicksal zusammengefaltet wirkte: Wechsler spielte, während er sich mit mir im Wohnzimmer unterhielt, mit einem alten Freund im Nebenzimmer Schach. Wechsler hatte schon viele Filme produziert, er hatte die Praesens-Film gegründet, ich liebte die Filme nicht, die er produzierte. Es waren schweizerische Alibifilme, und ich war entschlossen, ihm das zu sagen, aber durch den Unfall und durch sein Mitgefühl war ich dazu nicht fähig, so daß ich eigentlich widerwillig seinen Vorschlag annahm, für ihn eine Filmerzählung zu schreiben. Ich machte mich an die Arbeit, doch rechnete Wechsler nicht mit der Zeit, die ich brauchte, und ich nicht mit der Eile, mit der Wechsler vorging. Er glaubte, ich schreibe ein Treatment, ich begann eine Erzählung zu schreiben. Um über ihr Ende wenigstens in Form einer Skizze verfügen zu können, ließ er mich durch seinen Fahrer nach Vulpera holen, wo er zur

Kur weilte, hatte Wechsler doch reichlich voreilig alles engagiert, Regisseur und Schauspieler. Ich schrieb eine Nacht durch, während des Arbeitens fiel mir erst ein, wie der Stoff eigentlich zu schreiben wäre, aber Wechsler wollte auf meinen Vorschlag nicht eingehen, aus dem Stoff wurde *Das Versprechen,* aber verfilmt wurde ein Drehbuch, das auf meiner unfertigen Erzählung beruhte. Wechsler wollte einen moralischen Film, der Sexualverbrecher mußte bestraft werden (hätte ich damals Fritz Langs Film ›M‹ gekannt, hätte ich den Auftrag nicht angenommen), aber der Dreh, den ich dem Stoff nun geben wollte, der die Suche nach dem Mörder, all den Scharfsinn des Detektivs und die Falle, die er dem Verbrecher stellte, absurd erscheinen läßt, weil der Mörder längst tot ist, diese Wendung gegen die Gesetze des Kriminalromans, nach welchen ein Mörder nicht sterben darf, bevor er entdeckt worden ist, war gegen die Abmachung. Wollte Wechsler eine logische, berechenbare Handlung, faszinierte mich die Möglichkeit, eine grundsätzlich unberechenbare Welt aufzuzeigen, an der eine grundsätzlich richtige Überlegung scheitert. Um den Film zu verhindern, schlug ich Wechsler einen anderen Stoff vor. Nun fielen mir damals Stoffe mit Leichtigkeit ein. Ich saß in der Hotelhalle. Wechsler und seine Frau hatten sich schon zurückgezogen. Ich überlegte, welche Geschichte ich Wechsler vorschlagen könne anstelle jener, die er verfilmen wollte. Ich hatte ihm immer Stoffe vorgeschlagen. Es waren handfeste Geschichten, die ich Wechsler erzählt hatte, wie jene von einem modernen Wilhelm Tell: Er ist ein Handlungsreisender einer Fabrik für Küchengeräte. In seinem Dorf finden jährlich Tellfestspiele statt, wobei er den Wilhelm Tell spielt und sich dazu einen Bart wachsen läßt, so daß er wie Hodlers Tell aussieht. Nach der letzten Aufführung wird eine Nacht durchgefeiert. Unausgeschlafen muß der Handlungsreisende mit seinem Opel, eine neue Fruchtpresse in den Handel zu bringen, nach Italien reisen. Übermüdet wie er ist, überfährt er gegen Abend, kurz bevor er an seinem Bestimmungsort angekommen ist, mitten auf dem Marktplatz eines Städtchens einen Mann. Er sieht, kurz am Steuer eingenickt, noch ein wütendes, fleischiges, hochrotes Gesicht unter der Motorhaube verschwinden, ein mächtiges Rumpeln, eine erstarrte Menschenmasse, er gibt Gas und fährt durch auseinanderstiebende Menschen davon, hält in der nächsten Stadt, seinem Bestimmungsort, parkt vor dem Hotel, wo er immer absteigt, wirft sich in seinem Zimmer aufs Bett und schläft ein. Am nächsten Morgen erst wird ihm bewußt, daß er einen Menschen überfahren und Fahrerflucht begangen hat. Er wartet auf die Polizei. Niemand kommt. Er geht seinen Geschäften nach. Für die Fruchtpresse interessiert sich niemand. Die Polizei kommt immer noch nicht. Am Abend könnte er weiterreisen. Er bleibt. Die Polizei kommt immer noch nicht. Er bleibt auch am nächsten Tag. Nichts. Die Fahrerflucht scheint geglückt, aber am dritten Tag kehrt er ins Städtchen zurück. Er gerät in eine große Beerdigung, hält an. Er fragt, wer beerdigt werde? Der Bürgermeister. Wie er gestorben sei? Von einem Auto überfahren. Er schließt sich dem Trauerzug an. Eine offenbar noch sehr junge, aber tiefverschleierte Witwe. Ihm ist, als werde er von allen Seiten aufmerksam beobachtet, als könnte sich die Menge jederzeit auf ihn stürzen. Vor seinem Auto steht ein Polizist. Er weicht in eine Gasse zurück. Kinder folgen ihm. Dann ein Mann, immer mehr. Die Nacht bricht an. Jemand klammert sich an ihn, eine junge Frau. Sie sei die Witwe, flüstert sie, zieht ihn in ihr Haus. »Danke«, sagt sie immer wieder, »danke«, bewirtet ihn, geht mit ihm ins Bett. Frühmorgens schleicht er sich aus dem Haus. Auf dem Marktplatz steht sein Auto. Er setzt sich hinters Steuer, will starten. Da kommen aus allen Häusern und Gassen Menschen, Männer, Weiber, Kinder. Molte grazie, grazie infinite. Er hat das Dorf von einem Tyrannen befreit. Mit Geschenken überhäuft, den Wagen voller Salami, Chianti, Parmaschinken, blumenbekränzt, fährt er zum Städtchen hinaus. Ich sah mich um. Es mußte eine neue Geschichte sein. Die Kapelle spielte immer noch, und es wurde auch getanzt. Viele ältere Paare. In den Sesseln, unbeweglich, sehr alte. Hin und wieder hörte ich Englisch sprechen. Ich überlegte, wie es wäre, wenn ein alter Boss eines Gangstersyndikats hierher käme? Ich sah ihn im Fauteuil, in welchem Wechsler gesessen hatte, die Gesellschaft beobachtend, hier ein reiches amerikanisches Ehepaar, dort eine schmuckbehängte Witwe. Seine Gesundheit ist angeschlagen, er ist zur Kur im ›Waldhaus‹, spielt überhaupt mit dem Gedanken, sich aus den Geschäften zurückzuziehen, aber dann gibt ihm ein neuer Gedanke Auftrieb. Er läßt das Hotel aufkaufen und einen Teil des Personals durch seine Leute besetzen, die nun als Portier, Oberkellner usw. auftreten. Sie bringen in Erfahrung, welche Häuser der Gäste leerstehen und geplündert und welche Gäste erpreßt oder später entführt werden können. Doch im Winter wird es problematisch. Der Boss hat das leere Hotel mit Gangstern besetzt, die er für einige Zeit vor der Polizei in New York, Chicago und San Francisco in Sicherheit bringen wollte: Nun sind sie im Kurhaus in Sicherheit, aber beginnen sich zu langweilen, und wie sie sich langweilen, beginnen sie das Dorf zu tyrannisieren. Ich dachte mir das

Dorf wie Schuls dem ›Waldhaus‹ gegenüber, durch den Inn getrennt, aber arm und ganz vom Kurhaus abhängig. Die Gangster werden immer übermütiger, das Dorf ist machtlos, alle Rechtsanwälte sind vom Gangsterboss bestochen, auch die Regierung schreitet nicht ein, wer reklamiert ist ein Querulant, da besinnt sich das Dorf auf seine Schweizertugend, das Kurhaus kommt ihm wie ein Zwinguri vor, es erhebt sich und brennt das verhaßte Kurhaus eines Nachts mit Hilfe der Feuerwehr nieder, die Gangster, die sich retten wollen, immer wieder in die Flammen zurückspritzend. Die Geschichte sickerte ins Unterbewußtsein. Nach mehr als dreißig Jahren brach sie wieder aus. Was sich heute alles christlich nennt, brachte mich in Rage. Ich überlegte, wie Gott aussähe, würde man ihn heute personifizieren. Aus dem Gangsterboss wurde der Große Alte. Ich schrieb *Durcheinandertal.* Kaum hatte ich den Roman vollendet, den großen Brand geschildert, brannte das ›Waldhaus Vulpera‹ nieder. C. besuchte mit mir die Brandstätte. Vor ihr, unwirklich, ein gepflegtes Rasenrondell mit einem kunstvollen Brunnen. Dann ein Lattenzaun als Absperrung, dahinter eine zweistöckige ausgebrannte Ruine, Kamine, die sinnlos in den Himmel stachen. Der Mittelteil der Hauptfassade erstaunlich gut erhalten, die Inschrift auf dem steinernen Bogen der breiten Treppe, die von der Halle hinaufführte, noch lesbar: ›Waldhaus Vulpera‹. Auch die Gewölbe und die klassizistischen Sockel der Eingangstüre und Fenster der Halle waren intakt, doch Türe und Fenster fehlten, die Fassade rechts neben dem Treppenhaus brandschwarz, die Fassade links angeraucht. Die Fenster überall leere Rechtecke. Wir gingen ums Haus, verkohlte Balken, ein halbes Holzgeländer hing herunter, vor leeren Türen, die Eisengitter der Balkone, im Seitenflügel, wo ich einmal gewohnt habe, einige Fenster mit Holzrahmen ohne Glas, eines besaß noch eine Fensterscheibe. In einem andern hinter den leeren Fensterscheiben zerrissene Vorhänge. Wir betraten die Ruine durch einen Nebeneingang. In der eingestürzten Halle ein nacktes Eisengebälk, rot, ausgeglüht, welches die Decke getragen hatte, der Platz, wo Wechsler gethront hatte, überall Schutt, die breite Treppe, zum Teil unversehrt, führte ins Leere hinauf, ein Gewirr verbogener Leitungsrohre, Radiatoren, durch einen eingebrochenen Fußboden ahnte man im Keller ein Durcheinander von Eisenstangen und zerborstenen Kesseln. Das ›Waldhaus‹ hatte seinen Dienst getan.

Für die Erinnerung ist Vergessen das Wichtigste. Es filtert die Erinnerung. Darum habe ich nie Tagebuch geführt. Ein Tagebuch verhaftet die Zeit, verhindert Vergessen. Der Mensch, der nichts vergessen könnte, wäre ein Computer, der ständig mit Fakten gefüttert wird. Sein Leben wäre unerträglich, schlösse er sich ab, würde er alles, was er erlebt hat, noch einmal erleben, hinter jeder Erinnerung stünde eine andere Erinnerung, seine Erinnerung würde in lauter Einzelheiten zerfallen. Nur durch das Vergessen wird die Zeit erträglich und das Erinnern formbar. Denn jede Erinnerung ist gefiltert durch die Distanz, die sie zu überwinden hat. Auch wenn sie überdeutlich ist, nie ist sie rein objektiv. Das Subjektive mischt immer mit: Peter Brook probt im Théâtre Sarah Bernhardt Shakespeares erstes Stück, *Titus Andronicus.* Vivien Leigh tritt aus einer Höhle, zwei blutrote Shawls fließen aus ihren Ärmeln, die zwei Söhne der Gotenkönigin haben sie vergewaltigt, ihre Zunge herausgeschnitten und ihr die Hände abgehackt und verhöhnen sie. Ich hatte den *Titus Andronicus* nur flüchtig gelesen, wer hat ihn schon gründlich, wer überhaupt gelesen. Peter Brook milderte nicht, er wagte das Stück, ließ es durchrasen, alles wurde möglich, man begriff nicht mit dem Verstand, aber begriff, in den Strudel hineingerissen, das Groteske, fand es selbstverständlich, daß Titus Andronicus, der schon einundzwanzig Söhne im Krieg gegen die Goten verloren und den zweiundzwanzigsten selber niedergestochen hatte, nur weil der ihm zu widersprechen wagte, sich in der nächsten Szene selber die Hand abhackte, um das Leben seines dreiundzwanzigsten und vierundzwanzigsten Sohnes zu retten: obgleich es doch offensichtlich war, daß der rasende Feldherr einer Täuschung zum Opfer fiel, ein unglaubhafter Narr stand auf der Bühne und leuchtete dennoch ein. Alles geschah gegen jede dramaturgische Vernunft, ja aus dramaturgischem Blödsinn heraus, aber der wurde gewagt, das war das Herrliche, und wurde vollzogen. So wirkte denn auch der Edelmut, mit dem sein Bruder und sein jüngster Sohn, sein fünfundzwanzigster, sich darum stritten, statt Titus' sich selber die Hand abhacken zu lassen, nicht lächerlich, auch den Aufschrei nahm man hin, als ein Soldat in einem Korb des Titus' Hand und die zwei Köpfe seiner Söhne brachte, womit das Handopfer ins Sinnlose geriet: »Nun werde kalt, Siziliens heißer Ätna, und sei mein Herz ein glühender Flammenpfuhl«, sogar der Wutausbruch des leidgeprüften einhändigen Andronicus, dieses Überhiobs am Familientisch, an der Seite seiner verstümmelten Tochter, als sein Bruder eine Fliege erschlug, die einzige Stelle, die mir von der Lektüre geblieben war, ließ niemand in Gelächter ausbrechen: »Wonach schlugst du mit deinem Messer, Marcus?« »Ich traf und schlug sie tot; 'ne Fliege war's.«

»Schäme dich, Mörder; du erschlugst mein Herz; mein Aug ist übersatt von Grausamkeit: ein Mord, an dem unschuldgen Tier geübt, ziemt Titus' Bruder nicht: – steh auf und geh. Ich seh, du taugst für meinen Umgang nicht.« »O Lieber! Eine Flieg erschlug ich nur!« »Wenn nun die Fliege Vater hatt und Mutter, wie senkte der die zarten goldnen Schwingen und summte Klag und Jammer durch die Luft! Harmloses, gutes Ding, das mit dem hübschen, summenden Gesang herflog, uns zu erheitern; und du tötest sie!« »Vergib; 'ne schwarze garstge Fliege war's, ganz wie der Kaiserin Mohr; drum schlug ich sie.« »Oh, oh, oh, ja, dann vergib mir, wenn ich dich gescholten, denn eine Tat der Gnade übtest du. Gib mir dein Messer, ich will sie zerhaun.« Ich hatte mich vorher stets über diese Szene lustig gemacht, doch jetzt, auch wenn ich sie nicht wörtlich, doch ihrem Sinn nach verstand, war ich von ihr beeindruckt, und ich finde in ihr noch heute eine der schönsten und gleichzeitig lächerlichsten Szenen der Bühne, nur in dieser Inszenierung nachvollziehbar, in der Pathetik des elisabethanischen Englisch, gesprochen von Laurence Olivier, bloß auf dem Theater als grandios-groteskes Resultat einer verrückten Bühnenkonstellation möglich. Was ich damals in jener Nacht in Paris an Bühnenungeheuerlichkeiten erlebte, war das Theater, das ich mir erträumte, das Theater in seiner möglichen Unmöglichkeit, das Theater als Weltspiegel, verzerrt und übertrieben, doch durch Verzerrung und Übertreibung wahr, der Wirklichkeit gewachsen, das Theater als schreckliche Gegenwelt, in der unsere schreckliche Welt darstellbar wird. Alles war sinnlos und sinnvoll zugleich, die Welt war Bühne und die Bühne Welt, und gleichzeitig wurde mir bewußt, daß diese Welt nicht mehr zu beschreiben war, wie sie Shakespeare beschrieb, daß es eine andere Sprache, andere Verfremdungen und Verzerrungen brauche, sie darzustellen. Ich war zu erregt, um das Ende der Probe abzuwarten. Ich verließ das Theater um drei Uhr morgens. Ich kam vom Wunsche nicht mehr los, etwas Wildes, Groteskes, Shakespearehaftes zu schreiben, ein Stück für die Gegenwart. Der Eindruck der *Titus-Andronicus*-Probe, diese Vision, wie Theater sein sollte, grundierte den Hintergrund, vor welchem sich *Frank der Fünfte* abspielt. Shakespeares Stücke spielen in einer hierarchischen Welt, auch *Titus Andronicus,* Kaiser, Kaiserin, Prinzen, Feldherr, Offiziere, Volk, diese Hierarchie galt es in die Gegenwart zu transponieren, sie liegt nicht mehr dem Staat zugrunde, sondern einer Firma, einer Privatbank, der Direktor und seine Frau, ihre Kinder, Prokurist, Personalchef, Bankangestellte, Kunden. Auch lockte mich das Abenteuer, das Chanson als dramaturgisches Mittel einzusetzen. Ohne die Handlung sind die Chansons in *Frank der Fünfte* unverständlich. Doch zu ungeduldig, eine Handlung aufzubauen, begann ich eine Handlung zu improvisieren, ohne sie niederzuschreiben. Hatte ich einmal die Konzeption eines Stoffes, schrieb ich noch nie ein Exposé, so wie meinen Bildern und Federzeichnungen nie eine Skizze oder eine Studie vorangingen. Daß ich mich im Schreiben immer wieder verrenne, erschwert die Arbeit. Doch geht die Phantasie nicht nur assoziativ ans Werk, sondern vor allem dialektisch, im Sinne Kants freilich, hielt er doch die Dialektik für ein Pseudophilosophieren, insofern sie allein durch die Vernunft, ohne die notwendige Stützung auf die Erfahrung, zu Erkenntnissen gelangen möchte. Dieses ›Schein-Denken‹ ist der Phantasie eigentümlich: Sie baut ihre Reiche vor allem durch Logik auf, weshalb es ihr nicht möglich ist, die Welt darzustellen, sondern nur mögliche Welten: Die dialektische Phantasie ist unvorausberechenbar, sie kann von einer These eine Antithese und von dieser eine weitere Antithese bilden und so fort, oder von der gleichen Grundthese, gleichsam wie die Stacheln eines Igels, immer neue Antithesen entwickeln. Ich schrieb die Texte der Chansons, und kaum hatte ich Paul Burkhard die erste Strophe vorgelesen, setzte er sich an den Flügel und komponierte. Er war nach Neuchâtel gekommen, wir wanderten jeden Tag über das große Moor zwischen Witzwil und Bellechasse, schnurgeraden Feldwegen entlang, bald in der Nähe der einen, bald der anderen Strafanstalt, auf der Ebene Gruppen und Grüppchen von Gefangenen; das Lied der Frieda Fürst entwarfen wir anläßlich einer Autofahrt nach Yverdon. Wir arbeiteten etwa zehn Tage lang, während dieser Zeit entwarf ich nur eine Szene: Sie entstand schnell, gehetzt, in einem Zug, in wenigen nächtlichen Stunden, die Ermordung des Prokuristen Böckmann durch das Ehepaar Frank, nachträglich war nur Unbedeutendes zu ändern, Stilistisches. Das Schwierige war das Trostlied, das der auferstandene Bankier singt, als Priester verkleidet, während seine Frau den sterbenden Freund mit einer Spritze tötet, damit es nicht zur Beichte kommt, sie traut auch dem Beichtgeheimnis nicht. Ich textete ein Lied Paul Burkhards um, das ›Gebet eines Negers‹, daraus entstand ›Es ist Nacht, tiefe Nacht, ohne Ende Nacht‹ usw. Burkhard sang mir am Flügel das umgetextete Lied vor. Ich hatte das Gefühl, ich hätte ihn mißbraucht. Doch an den meisten Szenen arbeite ich lange und langsam, besonders an Szenen, deren Funktion nur eine dramaturgische ist. Ich taste mich nur mühsam voran, stehe vor Schwierigkeiten, die ich nicht voraussehen konnte, vor Unwahrscheinlichkeiten innerhalb der Fabel, die mir erst nachträglich auffallen, deren Beseitigung oft genug den Umbau der Handlung nötig macht. Die Arbeit scheint nicht vorwärtszukommen, man stellt sich selber Fallen, quält sich an Szenen herum, von denen man später nicht weiß, was denn daran so kompliziert gewesen sein soll. In der Erinnerung scheint die Zeit vertrödelt zu sein.

Der Turmbau zu Babel

Ich plante, jeden Akt in einem höheren Stockwerk spielen zu lassen, in einem Turm, der sich dem Himmel entgegenschiebt, die Wolken durchstößt, in die Leere des Alls vordringt, bis die Akteure nur noch in Sauerstoffmasken auftreten. Sie sind nicht mehr voneinander zu unterscheiden. Es sind die letzten Menschen, die mit immer verwegeneren Konstruktionen auf immer halsbrecherischeren Gerüsten weiterbauen, vom Turmbau nicht ablassen, bis sie in tagelangem freiem Fall zur Erde zurückstürzen oder in der Pechschwärze des Himmels, ans Gerüst geklammert, in der Glut der Sonne verkochen. Als einziger erreicht Nebukadnezar sein Ziel, der König von Babylon, der die Erde unterjocht und die Völker gezwungen hat, den immensen Turm zu bauen, weil er, aus einem ungeheuerlichen Selbsthaß heraus, den Himmel erobern und Gott töten will, den Schöpfer dieser unsinnigen Welt. Aus einer Versenkung kletternd, erschöpft, ein Gespenst seiner selbst, steht er auf einer leeren Bühne, auf dem Weltendach, ein bloßes Schwert in der Rechten. Er reißt sich die Sauerstoffmaske vom Gesicht. Er ist allein. Er schreit. Keine Antwort. Er fordert Gott zum Zweikampf auf. Stille. Nicht einmal ein

Echo. Der Feind zeigt sich nicht. Endlich taucht aus der Leere ein Schemen auf, zuerst verschwommen, dann deutlicher, nimmt Gestalt an, ein Greis, das Antlitz erloschen, gekleidet wie Nebukadnezar, in einer Art Raumfahreranzug, nur zerschlissener, verstaubter, schäbiger, Jahrhunderttausende alt, in sich versunken, mit einem Besen einige Atome zusammenkehrend, ohne auf den König von Babylon zu achten. Wo Gott sei, fragt Nebukadnezar. Der Alte bleibt stehen, starrt ins Leere rundherum. Weiß nicht, antwortet er endlich. Wer er sei, fragt der König. Ein Grinsen verzieht das Gesicht des Alten, ein lautloses Lachen, dann erlischt es wieder. Dein Vorgänger, antwortet der Greis, kehrt weiter mit seinem Besen, einige tote Atome wirbeln auf. Er sei Nebukadnezar, schreit der König von Babylon in die Stille hinein, er habe den Turm gebaut, den Himmel erreicht, und nun suche er Gott zu töten, den Urverbrecher. Das habe er auch einmal unternommen, entgegnet der Alte, eintönig vor sich hinleiernd, in Urzeiten habe auch er die Erde unterjocht und die Völker gezwungen, das Unmögliche zu unternehmen, einen Turm zu bauen, hoch, unermeßlich, den Himmel zu erobern. Wie Nebukadnezar habe auch er ins Genzenlose gebaut, nun habe ihn der König von Babylon erlöst, nun sei es an diesem, den Weltendachboden zu kehren. Diese Arbeit habe doch keinen Sinn, schreit Nebukadnezar. Im Nichts habe nichts einen Sinn, antwortet der Alte, übergibt dem König den Besen, entfernt sich, die Schritte verhallen. Nebukadnezar wirft den Besen von sich, steht unbeweglich. Sekunden verstreichen, sie dauern eine Ewigkeit, der König von Babylon starrt auf sein Schwert, starrt auf den Besen, endlose Minuten, stößt das Schwert in den Boden, geht zum Besen, bückt sich, ergreift den Besen, beginnt zögernd mit seiner stumpfsinnigen Arbeit, entfernt sich allmählich, die Bühne mit seinem Besen kehrend, irgendwohin ins Nirgendwo des Nichts, wird zum Schatten, wird vom eintönigen Grau der Ewigkeit verschluckt, bis ihn einmal ein dritter Turmbauer erlösen wird und diesen ein vierter und so fort in der unermeßlichen Zukunft. Nur noch das Schwert steckt mitten auf der Bühne, vibriert leicht, ein sinnloser Gegenstand.

So war es geplant. Im dritten Akt war der *Turmbau* erst wenige Stockwerke hoch, und ich kapitulierte, machte die alte Geschichte wahr, der *Turmbau* brach krachend zusammen. Wir wohnten in einem kleinen Winzerdorf, als ich an der Komödie schrieb, einige aneinandergebaute Bauernhäuser am Waldrand, ein Bauernhaus unterhalb, eine Weinpinte, darunter der Rebhang, steil abfallend, dann die Kirche, noch weiter unten ein größeres Winzerdorf, eine Straße zwischen zwei alten Häuserreihen, dann die Hauptstraße, dann der See. Wir hausten in einer niedrigen Bauernstube, grün gestrichen, mit einer Schildkröte, die sich zwischen den Büchergestellen und der Wand hin und her zwängte, stur, tagelang, nächtelang das immer gleiche schleifende Geräusch. Die Fenster waren klein, aneinandergereiht, eine unermeßliche Aussicht, die Weinberge, die Petersinsel, die Mündung der Aare, das Seeland, Wälder, Hügel, die Vorberge, die Alpen, eins mit den fernen Wolken, eine patriotische kitschige Postkarte, eine Rufst-du-mein-Vaterland-Stimmung, eine Aussicht so erhaben, daß man sie nur in den ersten Tagen wahrnahm, um sie schleunigst zu vergessen, die unvermutet wieder vorhanden war in Momenten, wo man sie wie zum ersten Male sah, als hätte man sie vorher nie gesehen, mächtig, urweltlich, eiszeitlich, so, wenn etwa der See unter dem Nebel lag wie unter einer spiegelharten Fläche. Damals war der Sommer regnerisch gewesen, mehr: eine Einübung in die Sintflut; die Pyramide des Turnvereins am 1. August unten im Dorf verschwand in den Regenwolken, die Raketen verzischten in den Wolkenbrüchen. Im Herbst ein Sonntag so über jede Vorstellung leuchtend, daß ich wußte, von nun an käme endgültig scheußliches Wetter, was dann eintraf. Der Wein fiel gotteslästerlich aus, die Bauern halfen mit Traubenzucker nach, zentnerweise, das Gesöff wurde nicht besser, es jagte einen aus den Schuhen. Zwischen all dem verwässerten Jammer wir: meine Schwiegermutter, bei der wir wohnten, meine Frau, das erste Kind, ich und ein kleiner Hund, halb Spitz, halb Papillon. Ich lief in einem Overall herum, dick, unförmig, bald würde mein Diabetes entdeckt werden. Ich schrieb. Ich war besessen vom Stoff, vom *Turmbau.* Die Weinbauern beobachteten mich mißtrauisch mit zusammengekniffenen Augen, ärgerten sich, daß ich auch an den Werktagen weite Spaziergänge unternahm, doch duldeten sie mich ungnädig. Ich entwickelte Szene um Szene des *Turmbaus,* es sollte mein bestes Werk werden, *mein* Werk. Die Komödie war für das Frühjahr in Basel angekündigt, ich schickte einen Akt nach dem anderen Kurt Horwitz zu, dem dortigen Direktor des Schauspiels, dazwischen schrieb ich für das Kabarett ›Cornichon‹ Texte, die mich finanziell über Wasser hielten. Dazu kamen dreitausend Franken von der Welti-Stiftung für *Es steht geschrieben,* eine enorme Summe. Ich schrieb weiter. Der *Turmbau zu Babel* nahm kein Ende, ragte in geistige Wolken hinein ins Unabsehbare. Dramaturgisch hatte ich den *Turmbau* mit dem Schicksal des Mädchens

Kurrubi verknüpft, einem Geschöpf, das Gott schuf, indem er mit der rechten Hand hinein ins Nichts griff, den Mittelfinger und den Daumen leicht aneinander rieb, worauf es schon auf seiner Handfläche einige zierliche Schritte machte. Dieses Wesen wird von einem unerfahrenen Engel als Geschenk des Himmels für den ärmsten der Menschen zur Erde gebracht. Kurrubi fällt dem als Bettler verkleideten Nebukadnezar zu, der sie dem Meisterbettler Akki abtritt, beleidigt, weil der Himmel ihn, Nebukadnezar, als den ärmsten der Menschen ansieht, dem allein die himmlische Gnade zukommt. In den folgenden Akten verwandelt sich die Gnade des Himmels immer mehr in einen Fluch, Kurrubi vermag nur absolut zu denken, an ihrer Absolutheit gehen alle zugrunde, die sich in sie verlieben, vom Soldaten Mumabitu bis zum Turmbaumeister Utnapischtim. Der *Turmbau* verlangte immer mehr Personen, ich verliebte mich in jede, die ich schrieb, aber ich war nun in zwei Handlungsstränge geraten, in jenen des Turmbaus und in jenen Kurrubis. Horwitz verlor die Übersicht, schrieb mir seine Bedenken. Mein Glaube an das schwindelerregende Unternehmen begann zu schwinden. Ich war wie ein Seiltänzer, der, mitten in seiner Aktion an seinem Können zweifelnd, weil andere ihm ihre Zweifel heraufrufen, immer verzweifelter balanciert. Ich sah kein Ende mehr. Der November verging, den Dezember in Regengüssen heranschwemmend. Dann ein verzweifelter Entschluß, ein Befreiungsakt, Tabula rasa. Zuerst schmiß ich das Büchergestell um, mein anderthalbjähriger Sohn schrie, meine Frau ging mit ihm, mit dem Kinderwagen und der Einkaufstasche den Rebhang hinunter. Noch spüre ich die Erleichterung, als ich das Fragment samt den Skizzen im Holzherd verbrannte; Hunderte von Blättern flammten auf, krümelten im Feuer zusammen; ich stocherte mit dem Feuerhaken, schob die Manuskripte auseinander, das Papier wurde zu Asche, das Feuer erlosch; und als meine Frau zurückkehrte, sagte sie ruhig: Schreib etwas anderes. Ich war erlöst. Nur durch Zufall fand ich später einiges, lückenhaft, ich bringe nicht mehr zusammen, was ich damals schrieb. Ich erinnere mich nur ungefähr. Eine Szene wollte ich zwar schreiben, doch blieb sie eine Episode, die ich halb geschrieben liegenließ, seltsamerweise erinnere ich mich jetzt an sie, während die meisten Passagen, die ich damals schrieb, immer wieder, mit unzähligen Änderungen, vergessen sind; ich könnte sie nicht erzählen. Die halb geschriebene Episode handelte von Nimrod (der im *Engel kommt nach Babylon* als Bruder Nebukadnezars vorkommt, als dessen wechselnder Vorgänger und Nachfolger auf dem babylonischen Thron, in einer Komödie, die ich 1953 schrieb, fünf Jahre später, indem ich sie aus dem verbrannten ersten Akt des *Turmbaus* entwickelte, aus Entwürfen, die dem Feuer entgingen, in der Absicht – auch sie ist nie zustande gekommen – den *Turmbau* als Trilogie zu schreiben). Im ersten Entwurf jedoch, damals im kleinen Winzerdorf, den ich nicht mehr weiterschrieb, weil er im Riesenbau keinen Platz fand, war Nimrod der ewige Rebell, der Verneiner des babylonischen Gesellschaftssystems, den die Polizei jahrhundertelang sucht und nie findet (in Babylon werden Menschen mehrere hundert Jahre alt). Auch noch ein anderer macht sich auf die jahrhundertelange Suche, Nimrod aufzutreiben und der Polizei auszuliefern: der Tagelöhner Gimmil (auch dessen Name findet sich im *Engel* wieder), um dessentwillen Nimrod zum Revolutionär wurde, weil Nimrod Zeuge gewesen war, wie der Tagelöhner in Urzeiten einer Lappalie wegen von seinem Arbeitgeber ausgepeitscht wurde. Seitdem will Nimrod das kapitalistische Wirtschaftssystem stürzen und eine kommunistische Weltordnung einführen. Doch jede Revolution, die Nimrod im Verlauf der Jahrhunderte anzettelt, wird nach ihrem Scheitern – und sie scheitert immer, auch wenn sie immer beinahe gelingt – von der babylonischen Arbeiterschaft, den Gepäckträgern, von den Bauarbeitern, von den Schreinern, Ziegelbrennern, Bäckern und Kleinwarenhändlern, aber auch von den Polizisten und Soldaten, von den Intellektuellen und Künstlern, ja von den oberen Gesellschaftsschichten dem Tagelöhner zugeschoben, da er den Grund all dieser Unruhen darstellt, auf den Nimrod in seinen Brandreden und Aufständen immer wieder anspielt; man meidet, müde der ständigen und blutigen Terrorakte, den unglücklichen Gimmil wie die Pest, er findet keine Arbeit, er fristet sein Leben wie ein Hund, dabei will er nichts als ruhig leben, wenn auch dürftig, er will bescheiden dahinexistieren, er verlangt nichts für sich als ein kleinbürgerliches Dasein, jede Weltveränderung weist er von sich, geradezu entsetzt, er will keine Revolution, das Unrecht, das an ihm verübt wurde, geht ihn nichts an, ist vergessen, seit Jahrhunderten, es ging ihn überhaupt nie etwas an, es war eigentlich auch kein Unrecht, was er erlitten hatte, gewiß, er war verspätet zur Arbeit gekommen und wurde ausgepeitscht, er war monatelang zwischen Leben und Tod, ein blutiger roher Fleischklumpen, sicher, aber die Gerechtigkeit ist nun einmal die Gerechtigkeit, Strafe muß sein, einige hundert Peitschenhiebe, was ist das schon, nicht der Rede wert, das gehört zur Arbeitsdisziplin, im Gegenteil, der Tagelöhner fühlt sich von Nimrod diskriminiert, nicht jene, die ihn auspeitschten, sondern jener, der ihn verteidigt hat, ist sein Feind: Nimrod, er will sich an ihm für die Schande rächen, die ihm angetan wurde, indem jetzt alle ihn, Gimmil, den staatstreuen Kleinbürger, für einen intellektuellen Aufrührer halten, ihn, der die Keilschrift weder lesen noch schreiben kann. Er will sich rehabilitieren, vom Verdacht befreien, selber ein Revolutionär, ein Weltveränderer zu sein, indem er den Rebellen Nimrod der Behörde ausliefert, und so sucht Gimmil Nimrod ein Leben lang, Stunde um Stunde, Tag um Tag, Woche um Woche, Monat um Monat, Jahr um Jahr, jahrhundertelang, jahrtausendelang, die Suche nach Nimrod ist sein Lebensinhalt, er hungert, um sein Ziel zu erreichen, der Hunger ist ihm gleichgültig. Seine Frau hat ihn längst verlassen, soll sie, seine Töchter gehen auf den Strich, egal, wenn er nur Nimrod findet. Die Szene spielt unter der Euphratbrücke in Babylon, der Ort ist vollgestopft mit Dingen, die der Meisterbettler Akki zusammengebettelt hat: Möbel aus Ur, Statuen aus Uruk, Vasen aus Ninive, Sarkophage aus Ägypten. Nimrod erkärt dem Meisterbettler die Gründe für den desolaten Zustand der Welt, expliziert das einzige Rezept, sie in Ordnung zu rücken, die Weltrevolution; Gimmil klettert die Brücke herunter, Nimrod versteckt sich in einem Sarkophag, auf den sich der ahnungslose Tagelöhner setzt. Doch wie Gimmil Akki mit seinem Unglück belästigt und bei den Göttern schwört, Nimrod aufzuspüren und der Polizei zu übergeben, verläßt den Gesuchten die Geduld, er befreit sich aus seinem Versteck, entsetzt springt Gimmil auf, als der Deckel des Sarkophags unter ihm hochgestemmt wird. Die beiden Gegner stehen sich gegenüber, Nimrod packt Gimmil, rüttelt ihn. Er hält dem Tagelöhner vor, daß er ein Verräter an seiner eigenen Sache sei, ein Überläufer ins Lager der Ausbeuter, und daß er ihn, Nimrod, darum nie in seinem jahrhundertelangen Leben finden werde. Gimmil schreit dem Rebellen ins Gesicht, ihm mit Fäusten drohend, Nimrod habe nie das Recht gehabt, sich in seine, des Tagelöhners, Angelegenheiten zu mischen, er, Gimmil, lasse sich auspeitschen, wann und wo er wolle, es sei sein Recht, sich auspeitschen zu lassen, jede Ungerechtigkeit der Welt zu erdulden, er werde Nimrod finden und der Gerechtigkeit ausliefern, auch wenn er noch weitere Jahrhunderte, ja Jahrtausende suchen müsse; und so geht der Streit weiter, steigert sich ins Groteske, lockt Zuschauer an, wie Vögel hocken sie auf dem Geländer der Euphratbrücke, aus den Sarkophagen kriechen Dichter und anderes Gesindel, die von der Kunst des Meisterbettlers leben. Schließlich taucht die Polizei auf, auch sie erfaßt ihre einmalige Chance nicht, bis sich Nimrod über die Treppe und über die Brücke hinweg davonmacht. Erst jetzt wird dem Tagelöhner Gimmil bewußt, daß er dem Längstgesuchten gegenübergestanden, doch die einmalige Gelegenheit in seiner Wut nicht realisiert hat. Vergeblich setzt er ihm nach, gefolgt von der Polizei, die endlich begriffen hat, und verzweifelt beginnt er mit seinem Suchen von vorne, wieder jahrhundertelang, jahrtausendelang, ohne Hoffnung.

Der Brudermord im Hause Kyburg

Eberhard, trotz seiner Jugend schon ein hoher geistlicher Würdenträger in Rom, zum Kardinal bestimmt nach sorgfältiger Erziehung zu christlicher Demut und Nächstenliebe, gebildet, ein hervorragender Lateiner, dessen Stil Bewunderung erregt, wird vom Papst, der ihn nur ungern ziehen läßt, aus seinem Priesterstande entlassen, um das Haus Kyburg vor dem Untergang zu retten. Düster reist Eberhard seiner vermisteten Heimat entgegen, reitet über die Alpen, schauerliche Abgründe, Schneegestöber, später gießt es in Strömen, längst ist sein Pferd verendet, sein Gepäck verloren, zu Fuß erreicht er Thun, die viertürmige Burg seiner Familie, hinkend, müde, durchfroren, durchnäßt, die Rüstung halb verrostet, sich nach dem sonnigen Rom zurücksehnend. Doch erlauben die Umstände keine Rückkehr. Sein einziger Bruder Hartmann, ein Haudegen fern jeder christlichen und zivilisatorischen Einsicht, hat sich mit der Stadt Bern verfeindet. Deren Anführer, Adrian von Ostermundigen, ist ein ebenso gewaltiger Falstaff und Schürzenjäger wie er, bleibt doch vor den beiden keine Jungfrau im Mittelland sicher. Zudem sind die verfeindeten Saufkumpane überaus große Würfler und Kartenspieler, der Ostermundiger der geschicktere. Hartmann verliert gegen den Berner im Spiel ein Dorf um das andere, holt sich aber das Verlorene mit Waffengewalt zurück, worauf die Dörfer vom Ostermundiger mit seinem wilden städtischen Gesindel aufs neue erobert werden; so geht es hin und her, Vergewaltigungen, eingeschlagene Schädel, eingeäscherte Dörfer. Eberhard, seufzend seine geistlichen und stilistischen Studien verlassend, die Frage zum Beispiel, wie viele Engel wohl auf einer Nadelspitze Platz hätten, oder subtile Überlegungen den Ablativus absolutus betreffend, begibt sich widerwillig in die Niederungen einer handfesten, aber vertrackten, schlauen und pfiffigen, bald adligen, bald städtischen, bald dörflichen Politik. Er versucht die Vernunft durchzusetzen. Frieden zu stiften, verhandelt mit einer Engelsgeduld, redet bald mit seinem störrischen Bruder, bald mit dem noch stureren Ostermundiger, diskutiert in den Dorfpinten mit den Bauern, in den rauchigen Beizen der Stadt mit den Bürgern und macht sich mit seiner humanen Gesinnung und mit seinen vernünftigen Vorschlägen bei allen verhaßt, während sein gottloser Bruder und der nicht minder gottlose Ostermundiger trotz ihrem Unverstand, der alle schädigt, beim Volk immer populärer werden. Die Zeiten sind roh. Doch endlich scheint die Vernunft das dunkle Mittelalter zu durchdringen. Eberhard bringt die Parteien nach endlosen Verhandlungen in der halbgepfändeten und halbverfallenen Burg Hartmanns irgendwo im finsteren Emmental zusammen. Schweine in der Kemenate, Kühe in der Burgkapelle, Ziegen, Hühner, Mägde, teils haben sie dem Ritter schon geboren, viele mehrfach und ergiebig, teils sind sie von ihm erst geschwängert, die Bauern wagen sich nicht zu rühren, sonst knüpft sie der Kyburger an die Bäume, uneheliche Kinder rennen und kriechen ihrem gewalttätigen Erzeuger nach, der im Burghof herumwettert, die Bälger sind überall. Am Morgen des vereinbarten Tages besucht ein Erfinder die Burg. Er bringt das Urexemplar einer Waffe, die in den folgenden Jahrhunderten immer kriegstüchtiger werden wird, die Urkanone, noch ist sie im Anfangsstadium, mit Startschwierigkeiten behaftet. Der Ritter interessiert sich für die neue Waffe, wittert als alter Haudegen Zukunftsträchtiges, riecht neue kriegerische und taktische Möglichkeiten, seine Schulden nicht bezahlen zu müssen und den Bernern die verspielten Dörfer wieder abzujagen, ja wenn möglich, Bern zu erobern und zu schleifen. Aber er will Beweise. Er ist nur bereit, die Kanone zu kaufen, wenn es ihrem Erfinder gelingt, ihn über den Haufen zu schießen. Hartmann stellt sich in voller Rüstung vor die Kanone, umgeben von Scharen seiner Bankerte, klein, groß, verwildert, in Nasen bohrend, mit listig zwinkernden grünen Augen wie er. Der Kanonenbauer lädt sein unförmiges Instrument, doch geht es trotz aller Bemühungen nicht los, der erwartete Bombenschuß, der ›Urknall‹, wissenschaftlich zu reden, bleibt aus. Unterdessen sind Eberhard von Kyburg und Adrian von Ostermundigen eingetroffen, die Kinder werden weggescheucht, kehren immer wieder zurück. Die drei Ritter verhandeln um den Frieden, während der Erfinder sich weiter mit seiner Kanone beschäftigt, sie immer wieder neu lädt, Pulver hineinstopft, die Kugel ins Rohr rollen läßt, die Zündschnur anzündet, ins Rohr hineinguckt, die Bastarde ins Rohr hineingucken läßt, vergeblich, die Kugel kommt nicht. Im Moment jedoch, wie die drei Ritter den Frieden beschwören, geht die Kanone los. Die Neuzeit startet mit einem ungeheuren Knall, die drei gepanzerten Ritter werden über den Haufen geschossen, liegen quer übereinander, erheben sich wuterfüllt, auch Eberhard, trotz seiner christlichen Vorsätze, trotz seiner lateinischen Stilistik. Der Krieg zwischen Hartmann und den Bernern beginnt von neuem, heftiger, grausamer, sinnloser denn je, Hartmann muß zurückweichen, Adrian von Ostermundigen drischt seine Bauern zusammen, nur noch das Städtchen Thun bleibt; bis schließlich Eberhard handelt, ob all dem Unsinn wie von Sinnen, aller christlichen und philosophischen Grundsätze ledig. Nach einem letzten Versuch, seinen Bruder zur Vernunft zu bringen, diesen gotteslästerlichen Hurenbuben, diesen ungeheuerlichen Saukerl, der von allen geliebt wird. Er stößt im Schloß Thun den verwundeten Hartmann, der seinem humanen Bruder ein derart robustes Vorgehen nicht einmal im Traume zutraute, mit dem Schwert nieder, im Rittersaal, schmettert den immer noch Verblüfften, der schon den Geist aufgibt, die Wendeltreppe hinunter, endlos kollert es hinab, dann ein dumpfes Dröhnen, wie ein mächtiger Gongschlag, dann Stille. Die Thuner erheben sich. Mit Hartmann liiert durch seinen Lebenswandel, sahen sie in ihm ihren wahren Landesvater, den wohlerzogenen Eberhard mochten sie nie leiden, der Kerl konnte ja sogar lesen und schreiben. Sie stürmen die Burg, der Brudermörder flüchtet zu Adrian von Ostermundigen, worauf die Berner, vor der Weltöffentlichkeit moralisch gerechtfertigt, das Kyburgerreich annektieren. Still hinkt Eberhard davon, der Letzte seines Geschlechts, der Weltverbesserer, den Bergen zu, den Abgründen, den Lawinen entgegen, schon im ersten Schneesturm bleibt er stecken, kauert nieder, das Antlitz gegen Süden, etwas von Tacitus murmelnd, dann noch etwas Vergil, eine Zeile Horaz, das Mittelalter ist wieder dunkel.

Scheiterte *Der Turmbau zu Babel* beim Schreiben, kommt es bei manchen Stoffen nicht zum Schreiben. *Der Brudermord im Hause Kyburg* wurde nicht geschrieben. Der Stoff war mir seit meiner Jugend bekannt, Thun nicht weit vom Dorf entfernt. In der Oberen Hauptgasse in den hochgelegenen Arkaden kannten wir einen Apotheker mit einem patriarchischen weißen Bart. Von der Apotheke, an den Schloßberg gebaut, gelangte man in seine Wohnung und zuletzt in seinen Garten, der über dem Haus lag. Im Schloß selber, einem mächtigen Wohnturm mit vier Ecktürmen, war ich nie, der Brudermord beschäftigte allzusehr meine Phantasie, und Orten, die meine Phantasie beschäftigen, gehe ich lieber aus dem Wege: so kam ich auch spät nach Griechenland. Als ich das Stück zu planen begann, sah ich es als eine wilde Komödie, Hartmann von Kyburg und Adrian von Ostermundigen als zwei Falstaffe, beide Berndeutsch redend, im Gegensatz zum Hochdeutsch sprechenden Eberhard, am meisten freute ich mich auf die Szene mit der Kanone. Das Stück trug ich lange in mir herum, aber es kam mir zu provinziell vor, zu schweizerisch, was mich in Erzählungen nicht stört, im Gegenteil, erzähle ich, benötige ich die Schweiz als Hintergrund, als eine Realität, die ich kenne, während für mich die Bühne Welttheater ist, die Bretter eben, die die Welt bedeuten. Trotzdem ging der Stoff nicht verloren. Ich stellte ihn im *König Johann* dar. Wie Eberhard will auch der Bastard Philipp Faulconbridge die Vernunft in die Politik einführen und scheitert, weil die Vernunft in einer unvernünftigen Welt zur Unvernunft wird. Wurde *Der Brudermord im Hause Kyburg* in eine Shakespeare-Umarbeitung integriert, so schrieb ich den zweiten Teil von Frischs *Biedermann und die Brandstifter* aus einem anderen Grunde nicht; er war allzu fertig in meinem Kopf. So erging es vielen meiner Pläne. Sie niederzuschreiben wäre kein Abenteuer mehr gewesen sondern Routine. Die Vision eines Stücks oder einer Prosa verführt mich zum Schreiben, nicht der Plan. Ich muß das Ziel ahnen, beginne ich zu schreiben, und ich nähere mich ihm, während ich schreibe, oft auf Um- und Irrwegen, und oft geht es mir wie Kolumbus, der Indien ahnte und Amerika fand. Doch sehe ich das Ziel überdeutlich, bevor ich schreibe, lasse ich das Schreiben. Ich bin schon angekommen. Wenn auch nur in meiner Vorstellungskraft. Doch was ich mir nur vorstellte, gehört ebenso zu mir wie das, was ich realisierte, die ungeschriebenen wie die niedergeschriebenen Stoffe, so daß ich, weil es um mein Denken geht, gezwungen bin, die Quadratur des Kreises zu vollziehen und das Ungeschriebene zu schreiben. Aber auch die Vision eines Stoffs, den ich geschrieben habe, ist nie die Vision selbst, sondern nur eine Annäherung, die mich verführt, die Annäherung immer wieder zu versuchen, ohne das Ziel, das Ufer, je zu erreichen. So komme ich, schreibend oder auch nur planend, aus der Quadratur des Kreises nicht heraus.

Ich lernte Max Frischs *Biedermann und die Brandstifter* in der Hörspielfassung kennen. Die Bühnenfassung schrieb er einige Jahre später. Das ›Lehrstück ohne Lehre‹ ist eine der wenigen klassischen Komödien der Moderne, eine gut erfundene Fabel: Der Haarwasserfabrikant Biedermann gewährt aus schlechtem Gewissen zwei Brandstiftern Asyl, die schließlich mit seinem Haus auch die Stadt in Brand setzen. Ich hörte die erste Fassung mit Frisch in einem Konferenzzimmer des Bayerischen Rundfunks in München etwa 1953. Wir fuhren mit dem Zug hin, in einem Abteil auf den Bänken ausgestreckt. Bei der Einfahrt in München noch viele Ruinen. Auch die Umgebung der Rundfunkanstalt, die schon damals administrativ aus allen Nähten platzte, war noch provisorisch. Die westdeutschen Rundfunkanstalten waren damals unsere Mäzene. Die Intendanten und Dramaturgen benahmen sich auch so. Ohne sie war es unmöglich, sich als Schriftsteller durchs Leben zu schlagen. Sie wußten es, und wir wußten es auch. Ich hatte drei Hörspiele geschrieben, plante zwei weitere. Wie ich glaube, war *Biedermann* Frischs zweites Hörspiel, trieb er doch neben der Schriftstellerei noch die Architektur als Nebenberuf. Er war unabhängiger als ich. Wir wurden mit dezidiertem Wohlwollen empfangen.

Frisch als Intellektueller, ich als Naturbursche. Im Konferenzzimmer herrschte eine feierliche Aufmerksamkeit. Ich war vom Hörspiel begeistert und ziehe es noch jetzt der Bühnenfassung vor. Dann nahmen wir an einer Konferenz über das Fernsehen teil. Clemens Münster hielt vor den Schriftstellern, die der Bayerische Rundfunk beschäftigte, einen Vortrag über wissenschaftliche, politische und künstlerische Aspekte des neuen Massenmediums, dem wir nicht mehr entgehen könnten, welches es auszuschöpfen gelte als eine enorme Möglichkeit, ob zum Guten oder zum Bösen, hänge von uns ab. Wir waren skeptisch. Wieder einmal hatte der Geist dem Fortschritt nachzuspurten. Wir gaben der Neuheit keine große Chance. Das Fernsehen werde nie gegen den Film aufkommen, auch nicht gegen das Theater. Einer bewies seine Prognose damit, das Fernsehgerät gebe ein zu kleines Bild wieder, die Kinoleinwand wirke durch ihre Größe. Clemens Münster bemühte sich, die schon vom Rundfunk müdgespurteten Schriftsteller zu überzeugen, leicht indigniert über den fehlenden Elan der herbeigepfiffenen Kulturlieferanten. Er appellierte an den schöpferischen Geist, der nimmermüd nach immer neuen Möglichkeiten spähe. Der Rundfunk sei bildlos, das Theater zu elitär, und der Vorteil der Television gegenüber dem Film liege darin, daß sie live sende, ein Fernsehspiel sei daher mit dem Theater zu vergleichen, bloß demokratischer, aber unmittelbarer als der Film; daß die Television einmal den Film benutzen könne, sei technisch nicht möglich, dieser Sündenfall sei ausgeschlossen. Wir trauten dem Geist nicht recht, der da sprach. Wir blieben standhaft, wir: Frisch, einige Schriftsteller, ich, – und unten am langen Tisch saß ein Mensch, der mir, ich weiß nicht warum, wie ein Metzger vorkam, abgesondert, einsam, schweigend, den Clemens Münster in der Pause auf die Seite nahm und mit dem er durch den Park schlenderte. Wo dieser Park lag, wo sich diese Konferenz abspielte, weiß ich nicht mehr, irgendwo außerhalb Münchens. Nach der Pause fehlte der Metzger. Es war Martin Heidegger gewesen, wie wir am nächsten Tag der Presse entnahmen. Uns Schriftstellern wurde der Denker nicht vorgestellt. Er brauchte sich nicht mit niederen Geistern abzugeben. Am Schluß der Tagung wurden den Schriftstellern einige hundert Mark als Vorschuß ausbezahlt, um Fernsehspiele zu konzipieren. Wir zögerten, nahmen dann an. Wir waren alle noch keine Wohlfahrtsschriftsteller, die Bestechungssumme, der wir uns beugten, war noch bescheiden, wie Frisch resigniert feststellte. Ob Martin Heidegger auch angenommen, auch gezögert hat, ob ihm überhaupt etwas angeboten wurde, weiß ich nicht. Jahre später, im März 1956, fand in Männedorf in der Evangelischen Akademie ein Treffen zwischen schweizerischen Industriellen und Schriftstellern statt. Was von dieser Zusammenkunft erwartet wurde, lag in der Schwebe. Es wurde nie direkt ausgesprochen. Der Schriftstellerverein war beteiligt, und die evangelische Kirche arrangierte die Zusammenkunft. Die Schriftsteller witterten eine Möglichkeit. Irgendwie wollten sie Geld, ohne es fordern, irgendwie wollte die Industrie kein Geld geben, ohne es abschlagen, und irgendwie wollte die Kirche noch etwas Höheres, ohne es verkünden zu müssen. Die Begegnung hatte etwas Frivoles und Bemühtes, etwas von einem frommen Puff. Es waren viele Schriftsteller da, aus allen Winkeln der Schweiz hervorgekrochen. Großartig war Adrien Turel. Er berichtete zum Entsetzen des Schriftstellervereins und der Kirche von seinen Erfahrungen als Kommunist mit Anstaltsbibliotheken in deutschen Gefängnissen. Die Industriellen horchten auf. Die Schriftsteller sahen das erhoffte Geld davonschwimmen. Die evangelische Kirche war verlegen. Der Präsident des Schriftstellervereins sprach, bemüht, vom weltanschaulichen Dynamit abzulenken, über den Wert des »schmucken Buches«. Ein Industrieller warf Frisch vor, es sei leicht zu schreiben, man brauche dabei bloß die Wolken zu betrachten, ein Wirtschaftsführer dagegen habe den Arbeitern, den Seinen, dem Lande, Europa gegenüber Verantwortung zu tragen. Ich kam mir leichtfertig vor. Ein junger Schriftsteller erbot sich, den Industriellen und deren Familien sonntags seine Gedichte vorzulesen. Werner Weber hielt eine Rede, ich antwortete aggressiv, aus welchen Gründen, keine Ahnung mehr. Ich übernachtete während dieser Tage bei Frisch, der in Männedorf eine Wohnung besaß. Ende Januar war der *Besuch der alten Dame* uraufgeführt worden. Regie Oskar Wälterlin. Frisch hatte eine Aufführung seines *Öderland* in Frankfurt unter der Regie Kortners hinter sich. Er fand die Regie Wälterlins leichtfertig, war aber auch von Kortners Regie bedrückt. Dieser hätte stundenlang Kleinigkeiten geprobt, so etwa, wie die Schauspieler die Teller halten sollten, Raffinessen, die eigentlich überflüssig seien, am Ende hätten nur Kortner und er das Stück begriffen. Wir unternahmen einen längeren Spaziergang, Richtung Pfannenstiel wahrscheinlich, und kamen wieder auf das Hörspiel *Biedermann und die Brandstifter* zu sprechen. Frisch hatte mir vorgeschlagen, zur Bühnenfassung, die er plante, einen zweiten Teil zu schreiben, oder ich hatte es ihm vorgeschlagen. Der Plan hatte uns schon vor der Tagung in Männedorf beschäftigt. Wir fabulierten beide an diesen klaren Märznachmittagen den zweiten Teil zusammen. Es war wie bei einer Schachpartie, die wir miteinander berieten; wer welchen Zug ausführte, ist nachträglich nicht mehr auszumachen. Die Eröffnung war gegeben. Wir brauchten nur am dramaturgischen Drehpunkt des Hörspiels anzusetzen: beim schlechten Gewissen Biedermanns.

Der Brandstifter zweiter Teil

Biedermann hat den Erfinder seines Haarwassers, Knechtling, nicht am Gewinn beteiligt und ihn zum Selbstmord getrieben. Dachten wir die Handlung weiter, wurde aus Biedermann ein betrogener Betrüger. Der zweite Teil sollte denn auch im Keller der Biedermannschen Villa spielen, wo Knechtling mit seiner Frau haust. Zwei Matratzen, ein Tisch, Kisten als Stühle, an den Wänden alte Schränke, eine offensichtliche Armut. Hin und wieder taucht ihre Tochter auf, bucklig, hinkend, ebenso arm, irgendwo Dienstmädchen. Außen an die Kellerfenster gelehnt die zwei Fahrräder der beiden Brandstifter, die auf dem Dachboden Biedermanns Asyl gefunden haben. Die Handlungen der beiden Teile spielen gleichzeitig, doch auf der Bühne nacheinander. Es sollten die gleichen Schauspieler verwendet werden. Nur in anderen Rollen. Der Schauspieler des Biedermann spielt Knechtling, Frau Biedermann Frau Knechtling, die beiden Brandstifter Eisenring und Schmitz stellen einen Pfarrer und einen Sozialfürsorger dar. Die einzige Person, die in beiden Teilen vorkommt und keine Doppelrolle sein kann, ist Knechtlings Tochter. Damit hatten wir die Figuren zu unserer dramaturgischen Schachpartie gesetzt. Wir kehrten in ein Landgasthaus ein, tranken den Wein der Gegend, mehr ein Getränk, doch gut gegen den Durst, beim Zurückwandern und später bei Frisch überlegten wir die Fabel weiter: Ohne daß Biedermann etwas ahnt, ist er von Knechtling betrogen worden. Gottlieb Biedermann ist pleite, er weiß es bloß nicht, sein ganzer Besitz ist auf Heinrich Knechtling übergegangen, der durch raffinierte Machenschaften mit Biedermanns Geld zu einem immensen Vermögen gekommen ist. Biedermanns schlechtes Gewissen ist grundlos, doch nur objektiv, indem Knechtlings Betrug an Biedermann den Betrug Biedermanns an Knechtling aufhebt; subjektiv dagegen, von Biedermann aus gesehen, dem Ahnungslosen, besteht sein schlechtes Gewissen Knechtling gegenüber zu Recht, auch Biedermann ist ein Betrüger. Doch wirkt sich der beiderseitige Betrug verschieden aus. Bringt er Biedermann dazu, sich den Brandstiftern gegenüber großzügig zu verhalten, und seinen Verdacht, sie seien eben doch Brandstifter, zu unterdrücken, was den Inhalt des ersten Teils abgibt, muß im zweiten Teil Knechtling darauf bedacht sein, nicht als Betrüger, sondern als Opfer Biedermanns zu erscheinen. Knechtlings Betrug verdammt ihn zur Armut, obgleich er ihn reich gemacht hat. Er darf seinen ergaunerten Reichtum nicht öffentlich zeigen. Er versteckt ihn. Die alten Schränke der Kellerwohnung, die Kisten, auf denen man sitzt, sind prallvoll, überall versteckte Banknotenbündel, Tausenderscheine in ganzen Stößen, Goldbarren, Pelzmäntel, kostbare Anzüge, Picassos, Gedecke, Teppiche, Schmuck, Fayence, während er und seine Frau in immer neu geflickten Kleidern die bitterste Not vortäuschen müssen, ja nicht einmal anständig zu essen wagen: ein blühendes Aussehen könnte den Schwindel entlarven. Dabei sind Fleischkonserven, Kaviardosen, Bordeaux, Champagner im Überfluß vorhanden, füllen sinnlos die Schränke, schon der Duft von Cognac könnte einen Außenstehenden stutzig machen, werden sie doch öfters vom Pfarrer und vom Sozialfürsorger des Quartiers besucht. Die beiden bringen wohltätige Gaben, Lebensmittelpakete, Kaffee, Milchpulver, Dörrobst, Knäckebrot, Pullover, warme Socken; erschüttert über die Misere des armen Knechtling und der Seinen, aber auch empört über das Verhalten Biedermanns, typisch, ein Beispiel unsozialen Benehmens, das die Unzufriedenheit fördere, ja noch schlimmer: den Kommunismus, der überall wieder als Brandstifterei zum Vorschein komme, man brauche bloß die Zeitungen zu lesen. Der Pfarrer tröstet mit Gott, nicht aufdringlich, aber mit Nachdruck: alles Unrecht rächt sich auf Erden, die Letzten werden die Ersten sein, selig sind, die hienieden Not leiden. Der Sozialfürsorger bedauert: seine finanziellen Mittel seien bescheiden, nicht der Rede wert, seine Hände gebunden, die staatliche Wohltätigkeit dürfe beansprucht, aber nicht strapaziert werden, Biedermann sei ein guter Steuerzahler, Vorsicht sei am Platz. Heinrich Knechtling gibt sich als stiller, bescheidener, wenn auch schwermütiger Dulder. Ein Hauch von Entsagung, eine milde Wolke von Lebensmüdigkeit umschwebt ihn. Wird Biedermann durch sein schlechtes Gewissen verführt, ist Knechtlings schlechtes Gewissen gespielt. (Der zweite Teil muß den ersten parodieren.) Der Pfarrer und der Sozialfürsorger versuchen Knechtling aufzumuntern. Der lächelt. Seine Empörung habe sich gelegt, er habe Biedermann verziehen, der Haarwasserfabrikant sei ein unglücklicher Mensch. Er klage niemanden an. Er habe kein Recht dazu. Wenn er an seinen Zwillingsbruder denke. Der sei nach Amerika ausgewandert. Verschollen. Der gute Stanislaus. Er sei so gut, so unschuldig, so sanft gewesen. Knechtling verstummt. Seine Frau weint. Eine Tragödie muß sich zwischen den Zwillingen abgespielt haben. Der Pfarrer ist erschüttert. Er vergleicht Knechtling mit Hiob, ohne dessen alttestamentarisches Rechthabenwollen mit Gott freilich, mehr neutestamentarisch, wie er nicht ohne Rührung beifügt, christlich, er führe das Wort nicht gern im Munde. Der Sozialfürsorger überzeugt Knechtling, daß es Biedermanns Pflicht sei, ihm zu helfen. Wir planten eine Szene, die nacheinander in beiden Teilen des Stücks stattfinden sollte, zuerst in der Ausführung und dann in der Vorbereitung. Im ersten Teil hinkt Knechtlings bucklige Tochter zu Biedermann, der mit seiner Frau Babette im Wohnzimmer sitzt. Sie erinnert den glatzköpfigen Haarwasserfabrikanten daran, was ihr Vater für ihn getan habe, das erfolgreiche Haarwasser sei seine Erfindung, sie bitte um finanzielle Unterstützung, um eine bescheidene Pension oder wenigstens um zweitausend, tausend, sechshundert oder fünfhundert Franken als einmalige Hilfe, um ein Scherflein bloß, sie wolle bescheiden sein. Sie fleht, nicht nur physisch stehe es mit ihrem Vater nicht zum besten, er sei verdüstert, in sich gekehrt, habe Todesgedanken, sie bricht in Tränen aus, ihre Stimme versagt. Biedermann, indigniert, bleibt hart, das Gejammer geht ihm auf die Nerven. Er lehnt ab, durch seine Wohltätigkeit den beiden Brandstiftern gegenüber ist sein schlechtes Gewissen Knechtling betreffend entlastet. Er kündigt Knechtling die Wohnung. Die Tochter hinkt wieder nach unten zu ihren Eltern. Diese erste Szene wird im zweiten Teil vorprobiert. Knechtling, mit seiner Frau und Tochter allein. Er gibt der Tochter Anweisungen und spielt ihr Biedermann vor. Er weiß genau, wie sich sein alter Arbeitgeber verhalten wird, er kennt seinen Chef – eine Szene, von der wir uns viel versprachen, hatte doch der Schauspieler darin Gelegenheit, seine Doppelrolle gleichsam zurückzudoppeln: Das gleiche tut Frau Knechtling, auch sie spielt Frau Biedermann unter der Regie ihres Biedermann spielenden Gatten. Das Ende des zweiten Teils fällt mit dem Ende des ersten zusammen. Um endlich in den Genuß seiner Reichtümer zu kommen, und weil es nicht mehr lange dauern kann, bis Biedermann seine Zahlungsunfähigkeit und damit den Ruin seines Geschäfts bemerkt, täuscht Knechtling, in Zeitnot geraten, Selbstmord vor. Seine Kleider werden am Seeufer gefunden. Mit einem Zettel: »Gott verzeih Gottlieb Biedermann. Ich suche Frieden.« Die Polizei sucht den See nach Heinrich Knechtlings Leiche ab, stochert mit Stangen, setzt Taucher ein. Vergeblich. Einige Leichen sind erst nach Jahren, andere nie gefunden worden. Die Entrüstung des Pfarrers und des Sozialfürsorgers ist grenzenlos: Es ist Zeit, die Behörden, die Presse einzuschalten, die Öffentlichkeit zu informieren, das Verhalten Biedermanns führe den Sinn der Demokratie ad absurdum – seine Steuerkraft hin oder her. Dann die große Wende, die Peripetie: Heinrich Knechtling tritt als sein reicher Zwillingsbruder Stanislaus Knechtling auf. Der Schauspieler verdreifacht seine Rolle. Der Betrug gelingt, der Auftritt ist vorbereitet und frech: Ohne sich das Gesicht durch einen falschen Schnurrbart oder durch eine dunkle Brille verändert zu haben oder mit Akzent zu sprechen, ist das Auftreten Knechtlings als sein Zwillingsbruder Stanislaus anders als vorher: selbstsicher, gütig, weltmännisch. Knechtlings Kunstgriff: Er spielt einen Selfmademan, der in den Vereinigten Staaten sein Glück gemacht hat und nicht hochmütig geworden ist. Nur der Pfarrer stutzt: Die Ähnlichkeit mit dem unglücklichen Knechtling ist zu frappant. Der Sozialfürsorger dagegen findet ihn unähnlich, man käme nie darauf, daß die beiden Zwillingsbrüder gewesen seien, leider sei die Vergangenheitsform am Platze. Die Verzweiflung Stanislaus Knechtlings zerstört die letzten Zweifel: Er habe hart gearbeitet in den Vereinigten Staaten, sich nichts gegönnt, keine Familie, jeden Dollar auf die Seite gelegt, ein Millionenvermögen, nur um seinem Bruder zu helfen. Und nun ... »Tragisch«, murmelt der Sozialfürsorger. Die Wege Gottes seien unerforschlich, sagt der Pfarrer. Stanislaus Knechtling faßt sich. Der Herr Pfarrer und der Sozialfürsorger hätten es gutgemeint, doch sei es nun an ihm zu helfen, er nehme Witwe und Tochter nach Florida mit sich, in eine neue bessere Heimat. Der Pfarrer und der Sozialfürsorger sehen es ein, nicht unbeschämt über das eigene Versagen, allzulange hatten sie gezögert. Jetzt haben die beiden ein schlechtes Gewissen. Sie nehmen Abschied, stolpern die Treppe hoch. Die Knechtlings sind allein, fallen sich in die Arme, tanzen herum, der Betrug ist gelungen, die Flugkarten nach Florida gelöst, endlich werden sie in den Genuß ihres ergaunerten Reichtums kommen. Es geht hoch her, Champagner, Kaviarbrötchen, dann machen sie sich ans Werk. Knechtling hat vorgesorgt. Er ist mit unzähligen leeren Koffern erschienen. Sie beginnen, die Tausenderscheine, den Schmuck, die teuren Anzüge, die Goldbarren usw. aus den Schränken und Kisten zu verstauen, die Frau schon in einem Nerzmantel, die Tochter taucht auf, auch sie elegant, auf einmal ohne Buckel, ohne zu hinken, ein frisches, freches, wieselflinkes Ding, packt mit. Durch die Kellerfenster sieht man die Beine Eisenrings und Schmitz', wie sie sich auf ihre Fahrräder schwingen, der große Brand bricht aus, breitet sich mit Riesengeschwindigkeit aus, das Gaswerk geht in die Luft – Frisch hat es beschrieben –, das entfernte Feuer äschert nicht nur das ergaunerte Vermögen ein, auch Knechtling, seine Frau und seine Tochter gelangen nicht mehr ins Freie. In der Absicht, die ergaunerte Habe zu retten, zu gierig, etwas im Stich zu lassen – ein Picasso ist noch zusammenzurollen, ein kostbarer Teppich zu bergen, und wo, zum Teufel, ist das Halsband mit den Saphiren? –, verfehlen sie ihre mögliche Rettung, immer neue Koffer packend, werden sie unter dem einstürzenden Haus begraben: Die Biedermanns und die Knechtlings haben sich selber zugrunde gerichtet, ihr Jüngstes Gericht selber inszeniert. Wir sahen den zweiten Teil als Schauspielerartistik, als eine Nestroy-Farce.

Frisch fasziniert die Intellektuellen. Sie finden bei ihm die Schwierigkeiten dargestellt, die sie auch haben oder glauben, haben zu müssen. Eheprobleme, Gesellschaftsprobleme, Identitätsprobleme usw. Sein Problem sind die andern. Seine Maxime, »du sollst dir kein Bildnis machen«, bedeutet, du sollst dir kein Bildnis von ihm machen. Bildnisse von andern macht er selber. Vor Jahren besuchten wir ihn in einer der Vorortsgemeinden am rechten Zürichseeufer, an der ›Goldküste‹, in Zollikon oder Küsnacht, wer weiß in dieser Agglomeration schon, wo er ist. Ein komfortables Reihenhaus an einer Straße mit gleichen Reihenhäusern gleicher Preisklasse, im Souterrain die Garage für die Bewohner, Frischs Wohnung im ersten oder zweiten Stock, geräumig, eine große Terrasse, Frisch öffnet die Tür, betritt sie, breitet die Arme aus, gegen die benachbarten komfortablen Reihenhäuser und Villen gewendet:

»Hier wohnen meine Feinde.« Frisch schreibt seit 1931, er war im Ausland, der Zweite Weltkrieg warf ihn in die Schweiz zurück, in die Armee. Er kommt von diesem Erlebnis nicht los. Mich warf der Zweite Weltkrieg auf mich selber zurück: ins Gefängnis meiner selbst. In das Gefühl, aus der Welt gesperrt zu sein. Politisch hielt ich mich nie von der Armee beschützt. Die Schweiz war von der Weltgeschichte vergessen worden, das war alles. Die Schweiz kam mir absurd vor. Ich erinnere mich, daß ich einmal an einem Aufsatz herumschrieb, *Vom Ende der Schweiz.* Ich vermag es mir gut vorzustellen. Die Schweiz, die sich in Europa einfach auflöst. Nicht durch einen Krieg, sondern durch die Wirtschaft, weil sie nicht mehr rentiert. Weil es zu viele Nachteile mit sich bringt, Schweizer zu sein. Aber ich leide nicht darunter, Schweizer zu sein. Wir stellten einmal am schweizerischen Schriftstellerhimmel ein Doppelgestirn dar, Kastor und Pollux, wobei es unklar ist, wer von uns beiden Kastor und wer Pollux darstellt, sind doch die beiden nur scheinbar ein Doppelgestirn: Kastor ist 42 und Pollux 31 Lichtjahre von uns entfernt; daß Frisch zehn Jahre älter ist als ich, paßt auf den elf Lichtjahre weiter entfernten und damit ›älteren‹ Kastor, auch daß dieser kein Gestirn, sondern ein System von sieben Sonnen darstellt, die umeinander kreisen, deutet auf Frisch hin, es erklärt sein Identitätsproblem, während die Sage, daß Pollux unsterblich sei, dagegen spricht, ich sei dieser, Frisch hat eine relativ größere Chance: relativ, die heutige Weltlage garantiert keinem Schriftsteller Unsterblichkeit. Doch auch sonst hat sich die scheinbare Konstellation der beiden Sterne geändert. Vorher schien unsere Bahn umeinander in einer Ellipse zu verlaufen, bald näherten wir uns, bald entfernten wir uns, um uns wieder zu nähern, jetzt sinken wir auf einer Hyperbelbahn auseinander – um in einer Parabel zu sprechen – und ins Alter hinab.

Das gemästete Kreuz

Der Patriotismus ist ein Glaube, wenn er auch mit Vaterlandsliebe übersetzt wird. Doch wird der Begriff Vaterland näher untersucht, gerät er ins Nebulose. Er ist kein rationaler Begriff, sondern ein emotionaler. Er ist ein Gefühl, das der Einzelne dem Staat gegenüber hegen kann und an das der Staat gerne appelliert. Er ist das Irrationale im Verhältnis des Einzelnen zum Staat. An sich ist der Staat eine Institution. Als Schweizer bin ich Mitglied der Institution Schweiz. Als Mitglied habe ich der Institution Schweiz gegenüber Rechte und Pflichten. Diese sind rational. Gesetzt, ich nenne die Institution einen Verein, ist die Schweiz ein Verein. Wäre sie ein Fußballclub, so hieße dieser F. C. Helvetia, und weil die Schweiz 1291 gegründet wurde, F. C. Helvetia 1291. Ein Fußballverein besteht aus Aktiv- und Passivmitgliedern. Die Aktivmitglieder sind jene, die in den verschiedenen Mannschaften des Vereins, in der A- und B-Mannschaft, in jenen der ersten bis fünften Klassen und in der Juniorenklasse Fußball spielen, und die Passivmitglieder jene, die nicht Fußball spielen, sondern nur die Mitgliedsbeiträge zahlen. So rational der Verein auch geplant ist, ein irrationales Element schleicht sich dennoch ein, wie in jeden Fußballclub. Nicht durch die Statuten des Vereins, sondern durch dessen Sinn. Dieser liegt bei einem Fußballclub im Fußballspiel, das Fußballspiel ist ein Kampfsport, der Sinn des Kampfsports liegt im Sieg. Damit kommt der Ruhm ins Spiel. Er stammt aus der vormenschlichen Zeit, und auch der Boss der Urhorde war berühmt, solange er die Männchen wegzubeißen vermochte, welche die Weibchen besteigen wollten, bevor er sie bestiegen hatte. Beim Fußball breitet sich der Ruhm nicht nur über die Fußballspieler der A-Mannschaft aus, die gespielt und gesiegt haben, sondern auch über sämtliche aktiven und passiven Vereinsmitglieder. Alle sind stolz, Mitglieder des Fußballvereins zu sein, mit dem Stolz kommt der Glaube, als Mitglied des Fußballvereins mehr zu sein als ein Nichtmitglied und mehr als ein Mitglied eines anderen Fußballvereins, und dem Glauben folgt die Treue zu einer irrationalen Glaubensgemeinschaft, in die sich der Fußballverein verwandelt hat. Diese Treue ist für einen echten Fußballpatrioten durch nichts zu erschüttern, und stiege der Verein in die unterste Fußballiga ab. Eine solche Entfaltung der Gefühle ins Irrationale ist auch beim F. C. Helvetia 1291 zu beobachten und ohne sie seine Geschichte unverständlich. Der Verein war zwar klein, ohne Trainer und Masseur, aber mit einem Seelsorger, und der Gemeindepräsident war zugleich Vereinspräsident und Kassier. Man spielte auf der nächstbesten Wiese, als Tore Bohnenstangen, zwischen die man ein Seil spannte, aber die Siege über den F. C. Habsburg und den F. C. Burgund ließen aufhorchen. Der F. C. Helvetia 1291 galt als Fußballgroßmacht, bis die Niederlage der A-Mannschaft 1515 in Marignano andere Maßstäbe setzte. Der Verein gab die internationalen Kämpfe auf und beschränkte sich auf die Spiele innerhalb des Clubs. Daß dieser Entschluß dem Ruhm des F. C. Helvetia 1291 schadete, war zwangsläufig. Die guten Fußballspieler verließen den Club und wurden Fußballsöldner, sie spielten beim F. C. Frankreich, beim F. C. Spanien, beim F. C. Vatikan usw. Ihr Ruhm strahlte zwar etwas auf den F.C.Helvetia 1291 zurück, aber der Hauptruhm blieb bei den fremden A-Clubs, welche die Weltmeisterschaft unter sich ausmachten. Das Vereinsleben des F.C.Helvetia 1291 wurde nicht mehr durch eine A-Mannschaft zusammengehalten, die ihren Sinn verloren hatte, für den Ruhm des ganzen Vereins zu sorgen, dessen Tätigkeit verzettelte sich auf die Turniere innerhalb des Clubs. Langweilige Provinzligaspiele. Die Protestanten spielten gegen die Katholiken. Die Kämpfe untereinander befriedigten niemanden. Ein Ruhm, der nicht über den Verein hinaus wirkt, verblaßt. Auch waren die helvetischen Fußballsöldner längst nicht mehr so berühmt wie früher. Sie waren zu langsam geworden. Stoppen, schauen, passen, sie spielten zu bedächtig und wurden nervös, kamen sie in Tornähe. Clubinterne Kritiker behaupteten, die A-Mannschaft hätte international keine Chance mehr, eine Ansicht, die durch die Niederlage des F. C. Helvetia 1291 gegen eine französische Profimannschaft 1798 bestätigt wurde. Der F.C.Helvetia 1291 hätte von diesem Datum an fußballerisch keine Rolle mehr gespielt, hätten nicht unter der zerstörten Vereinstribüne einige Mitglieder des alten Vereins weiter an ihn geglaubt. Der Dialektik des patriotischen Glaubens ist keine Niederlage gewachsen. Nicht der Sieg ist wichtig, sondern der Wille zum Sieg. Es ist gleichgültig, ob man siegt oder nicht. Ist der Wille zum Sieg vorhanden, ist es unerheblich, ob überhaupt Fußball gespielt wird. Im Gegenteil, der Wille zum Sieg ist dann am stärksten, wenn nicht Fußball gespielt, sondern an den Verein geglaubt wird, der nicht mehr Fußball spielt. Dieser Glaube setzt jedoch wiederum den Glauben voraus, daß der nicht fußballspielende Fußballverein vollendet Fußball zu spielen vermag, wenn er will, was er aber nur will, wenn er muß, weshalb er öffentlich erklärt, daß er nicht will, wenn er nicht muß. Um aber glaubhaft zu machen, daß er nur Fußball spielen will, wenn er muß, gründete der alte Fußballverein den Neuen F. C. Helvetia 1291. Ein modernes Stadion wurde gebaut mit richtigen Toren statt der alten Bohnenstangen. Die Aktivmitgliedschaft wurde obligatorisch, Passivmitglieder die über Sechzigjährigen und die Frauen. Der Verein zählte 25 Kantonsmannschaften (jetzt 26). Die Kantonsmannschaften führten je nach ihrer fußballgeschichtlichen Größe Gemeindemannschaften. Fußballkämpfe zwischen den Kantonsmannschaften und zwischen den Gemeindemannschaften wurden verboten. Auch Freundschaftsspiele. Sie hätten vom Ausland als Vorbereitung für internationale Kämpfe gesehen werden können. So wurde nur trainiert, Elfmeter, Freistöße, Ecken getreten, geköpfelt, ja sogar gerempelt, aber ein richtiger Fußballmatch durfte nicht stattfinden. Auch ließ das Nicht-Fußball-Spielen helvetische Schieds- und Linienrichter auf internationalen Fußballplätzen nicht zu, sie hätten der Parteilichkeit bezichtigt werden können. Doch kam der Neue F. C. Helvetia 1291 während der letzten Weltmeisterschaft ins Zwielicht. Gerade weil er nicht teilnahm, entstand das Gerücht, der Verein habe den Verlierer der Weltmeisterschaft durch geheimes Doping, Massagen, Bally-Schuhe, ja Schiedsrichterbestechung, gefälschte Totozahlen unterstützt. Seine Nichtteilnahme an der Weltmeisterschaft schien bloß ein Vorwand, Geschäfte zu machen. Der Verein kam mit sich in Konflikt. Rundherum hatten Sieger und Besiegte fußballerische Heldentaten vollbracht, der Verein vermochte keinen Star vorzuweisen, seine berühmten Torschützen und Verteidiger gehörten dem Mittelalter an, er hatte den Verdächtigungen nichts als seinen Glauben an die hypothetische Fußballstärke seines Vereins entgegenzusetzen. Gewiß, einen direkten Beweis dieser Stärke gab es nicht, aber einen indirekten. Bis jetzt hatte es niemand gewagt, ihn zum Kampf herauszufordern, der Neue F. C. Helvetia 1291 war der eigentliche Fußballweltmeister. Es war eine Flucht nach vorn. Das Training der Aktivmitglieder wurde verschärft, wer sich weigerte zu trainieren, ins Gefängnis geworfen, die Fußballsteuer erhöht, teure internationale Stars eingekauft, die geschont werden mußten. Leichtes Fitneßtraining, Massagen. Die internationale Fußballmüdigkeit half dem Verein, seine Krise zu überwinden. Weil niemand mehr spielte, wurden die Fußballvereine überall wieder ernst genommen. Es wurde international nur noch trainiert, wenn auch anders als früher. Intensiver. Das Training ersetzte gleichsam das Spiel, es war, als ob man sich auf eine letzte Weltmeisterschaft vorbereitete. Die internationalen Großclubs verdoppelten ihr Training, vervierfachten, verachtfachten es. Auch der Neue F. C. Helvetia 1291. Er hatte sich inzwischen zu einem Großclub entwickelt. Wenn nicht fußballerisch, so doch wirtschaftlich. Er war so mächtig geworden, daß er eigentlich kein Verein mehr war, sondern eine Firma, deren Nebenprodukte begehrt waren und exportiert wurden. Aus der einst bescheidenen Vereinsleitung mit Präsident, Aktuar und Kassier waren ein Verwaltungsratspräsident und Verwaltungsräte entstanden, ein Generaldirektor, ein Vizegeneraldirektor, ein geschäftlicher und ein technischer Direktor und die entsprechenden Vizedirektoren, ein Direktorium, ein Aktivmitgliederkomitee und eine Aktivmitgliederversammlung, sowie ein Passivmitgliederkomitee und eine Passivmitgliederversammlung. Niemand wußte, wer über wen und wer über was regierte, bald regierte der, bald jener, aber irgendwie wurde jeder regiert, weil es eigentlich die Sachen waren, die bestimmten, wer was mußte, produzieren, reproduzieren, herbeischaffen oder fortschaffen. Die Firma produzierte eigentlich alles, wenn auch in verschiedenen Mengen, nicht nur Schuhe und Schienbeinschoner wie früher, sondern auch Valium, Turbinen, Käse, Chips (kartoffelige und elektronische), Seilbahnen, Schokolade, Uhren, Villiger-Stumpen, Milchpulver, Insektenvertilgungsmittel, Schuhe, Schriftsteller, Literaturprofessoren, Textilien, Hoteliers, Zahnpasta, Maler, Komponisten, Nummernkonti, Bankgeheimnisse und Notenwäschereien. Am Fußball waren nur noch die Trainer interessiert, und weil alle Generaldirektoren, Verwaltungsräte und Oberlehrer Trainer waren, gab es viele Trainer. Man trainierte bloß noch, um die Trainer zu beschäftigen, die wiederum vorgaben, das Training sei nötig, um einen möglichen Gegner abzuschrecken. Wichtig war daher die Taktik. Zwar hatten die internationalen Mannschaften erklärt, aufs Fußballspielen zu verzichten und nur noch Fußball trainieren zu wollen, damit, würde doch ein Verein gegen jene Abmachung Fußball spielen, sie imstande wären, alle Angriffe der feindlichen Stürmer abzuwehren, aber es war zu offensichtlich, daß ihr Training ganz auf Angriff ausgerichtet war. Der Neue F. C. Helvetia 1291 beschloß, ganz und gar auf Verteidigung zu trainieren. Der Entschluß ging auf die letzte Fußballweltmeisterschaft zurück, bei der der Neue F. C. Helvetia 1291 zwar nicht teilgenommen, aber für den Fall, sollte doch jemand angreifen, eine Taktik vorgesehen hatte, die abschrecken mußte, nämlich die, alle Spieler auf der Torlinie im Tor zusammenzuziehen, ja man ging so weit, alle Spieler hinter der Torlinie im Tor zu versammeln und dieses zuzunageln. Diese Idee der absoluten Sicherheit wurde nun zwar aufgegeben, aber an dem reinen Verteidigungsfußball weiter festgehalten. Den Spielern wurde verboten, während des Spiels – falls es einmal stattfinden sollte – die gegnerische Platzhälfte zu betreten. Drei Stürmer hatten die Aufgabe, den feindlichen Angriff so weit als möglich zu stören, während die sieben anderen Feldspieler den Sechzehnmeterraum zu verteidigen hatten. Diese Spielweise wurde auf allen Trainingsplätzen geübt, in der Meinung, es gebe nur einen möglichen Gegner. Der Schock war deshalb groß, als ausgerechnet dieser mögliche Gegner erklärte, da niemand mehr Fußball spiele, halte er auch das Fußballtraining für überflüssig. Diese Meinung verunsicherte den Neuen F. C. Helvetia 1291 aufs tiefste, besonders weil sie vielen trainingsmüden Aktiv- und fußballdesinteressierten Passivmitgliedern einleuchtete, bestand doch für sie der Sinn des Fußballtrainings längst nicht mehr im Warten auf einen Gegner, sondern in der Folklore und in der eigentlich sinnlosen, aber kostspieligen Beschäftigung der Trainer. Doch sie vergaßen den Glauben, der den Neuen F. C. Helvetia 1291 zusammenhielt, denn ohne Glauben, sie sei mehr als eine Firma, bleibt eine Firma nur eine Firma, und so blieb denn dem Neuen F. C. Helvetia 1291 nichts anderes übrig, als auf die alten Ideale zurückzugreifen, als auf etwas Vaterländisches, Irrationales, das wie ein gespensterhaftes Gebilde neben dem Firmentrust Helvetia haust als eine Art Phantomverein, der fürs Vaterland Fußball spielen würde, wenn es nötig wäre, auch wenn niemand mehr glaubt, daß es einmal nötig sein würde, und wenn es doch einmal nötig wäre, würde man es ohnehin unterlassen, Fußball zu spielen, denn man tut ja nur so, als könne man Fußball spielen, und so trainieren denn die Aktivmitglieder weiter, schieben sich Bälle zu, dribbeln, köpfeln und schießen ihre jährlich vorgeschriebenen Elfmeter im Gedanken an die Siege vor einem halben Jahrtausend, um sich nach dem Training verschwitzt in Reih und Glied aufzustellen. Aber weil alle nur tun, als könnten sie Fußball spielen, in der Gewißheit, sie vermöchten zu siegen, wurde die Gesinnung wichtig, die darin besteht, so zu tun, als hätte das Fußballtraining und damit der F. C. Helvetia 1291 noch einen Sinn. Eine Vereinspolizei wurde eingesetzt, um zu untersuchen, wer die Gesinnung nicht mehr hatte, man müsse so tun, als wäre das Fußballtraining wichtig, so daß diese entweder ohne die notwendige Gesinnung trainierten oder sich gar weigerten, Fußball zu trainieren, auch war es möglich, daß einige zwar noch an einen Sinn des F. C. Helvetia 1291 glaubten, aber am Sinn des Fußballtrainings, ja des Fußballspiels zweifelten. Nur auf jene Aktiv- und Passivmitglieder war Verlaß, die wirklich an den Sinn des Fußballtrainings und an den Sinn des F. C. Helvetia 1291 glaubten, so daß für die Vereinspolizei nur noch wenige der in Reih und Glied Aufgestellten vertrauenswürdig blieben. Doch Verein bleibt Verein, aufgestellt bleibt aufgestellt. Auf ihren roten Fußballeibchen haben sie ein Zeichen aufgenäht, das einst Angst und Schrecken verbreitete, in dessen Namen die abgeschlachtet wurden, die sich nicht zu ihm bekehrten, und sich die abschlachteten, die sich zu ihm bekannten. Ein Kreuz. Aber es ist kein gefährliches Kreuz mehr, auch nicht eines, woran jener genagelt werden könnte, der gekommen ist, den Menschen Frieden zu bringen, und das Schwert brachte. Es ist ein Kreuz, zusammengesetzt aus fünf Quadraten, als wären zwei Doppelbetten kreuzweise ineinander montiert, ein heraldischer Horror, ein gemästetes Kreuz, ein weißes Wohlstandskreuz, ein Kreuz für jene, die so tun, als wären sie Christen, um nicht Christen, als wären sie unabhängig, um nicht frei und als wären sie Fußballspieler, um nicht Fußballspieler sein zu müssen, die wissen, daß es längst nicht mehr das Kreuz des Neuen F. C. Helvetia 1291, sondern ein Firmenkreuz ist, beinahe immer noch ein Gütezeichen.

Die Brücke

Die Wahrheit ist eine Aussage, die mit den Tatsachen übereinstimmen sollte, sie ist eine wahre Aussage über die Wirklichkeit und damit mit der Wirklichkeit identisch – eine etwas einfache, aber handfeste Definition. Die interpretierende Vernunft leitet entweder eine Wahrheit von einer anderen ab, diese sich wiederum von einer anderen und so fort bis zu einer Wahrheit, die nicht abgeleitet ist, das heißt: Die Vernunft interpretiert deduktiv oder sie geht induktiv mit Fiktionen, Hypothesen, Theorien vor. Die deduktive Vernunft setzt auf Sicherheit, die induktive wagt. Die deduktiv interpretierende Vernunft ist jene der Götter, sie wissen die Wahrheit, sie folgern vom Allgemeinen aufs Besondere. Doch das menschliche Leben bewegt sich im Induktiven und nicht im Deduktiven, im Unberechenbaren und nicht im Berechenbaren, und gerade das Unberechenbare, das wir Zufall nennen, weil es auf uns zufällt wie ein Meteor, verwandelt sich nachträglich, kaum hat er uns zermalmt, in etwas Berechenbares. Um beim Meteor zu bleiben: Die Wahrheit als Tatsache ist ein Identitätssatz, ein Meteor ist ein Meteor; die Interpretation, der Meteor sei ein Eisenklumpen, den Zeus vom Olymp auf die Erde schmettere, ist eine Deduktion. Ohne den Glauben, daß es auf dem Olymp einen Zeus gebe, kommt die Interpretation nicht zustande, auch läßt diese Annahme deduktiv eine unbegrenzte Anzahl weiterer Interpretationen zu, die mit dem Meteor zu tun haben, etwa die, Zeus habe das

Stück Eisen aus Laune heruntergeschmissen, weil er sich in seiner Unendlichkeit gelangweilt habe usw.; will die deduktive Interpretation Zeus selber in Betracht ziehen, ist sie gezwungen, die ganze Mythologie zu glauben, das heißt, von ihr aus zu deduzieren, vom Auftauchen der Gaia aus dem Chaos und der Geburt ihres Sohnes Uranos, der Inzest der beiden, die Entmannung des Uranos durch seinen Sohn Kronos. Ersparen wir uns die übrigen Greuelgeschichten. Die Interpretation dagegen, der Meteor sei ein astronomisches Phänomen, ist zuerst eine deduktive Interpretation, weil sie eine Kette von induktiven Interpretationen voraussetzt, von Theorien, die schon vorher aufgestellt wurden, sich als falsch erwiesen und neue hervorgebracht haben, löst dann aber eine Reihe von neuen induktiven Interpretationen aus, von Hypothesen, die immer abstrakter werden, aber wie die Brüche zwischen Eins und Null nie zur Null gelangen, zur absoluten Wahrheit – wenn ich auch weiß, daß es viele Physiker gibt, die hoffen, einmal diese Null zu erreichen: ihre physikalische Weltformel wäre dann auch eine metaphysische.

Konkreter: Wenn der 22jährige Student F. D. am 15. Oktober 1943 drei Uhr vierzig Minuten und siebzehn Sekunden Schweizer Zeit von einem Meteor erschlagen worden wäre, als er nachts betrunken in Bern über die Kirchenfeldbrücke in Richtung Historisches Museum nach Hause torkelte und dabei durch das Eisengeländer auf den Fluß hinunterpinkelte, auf die Aare, als der Meteor zuschlug – zufällig beobachtet vom Gurten aus, einem Hügel südlich der Stadt, von einem ebenfalls betrunkenen Studenten der Astronomie, der im Norden den Orionnebel fotografieren wollte, der im Süden stand –, würde diese Aussage im großen und ganzen mit der Wahrheit übereinstimmen und wäre nur insofern zweifelhaft, als sich über die Genauigkeit einer Zeitangabe streiten ließe und das ›nach Hause‹ eine bloße Annahme bedeuten würde. Doch wäre die Interpretation der Aussage nicht leicht zustande gekommen. Der verunfallte F. D. hätte genau untersucht und das zufällig aufgenommene Foto des Astronomiestudenten in einen unzweifelhaften Zusammenhang mit dem Unfall gebracht werden müssen, eine sorgfältige und lückenlose Indizienkette wäre notwendig gewesen, somit eine beträchtliche Strapazierung der Vernunft. Doch ließe sich anhand des Beobachteten die Bahn des Meteors berechnen, trotz ihres nur sekundenlangen Aufleuchtens, es ließe sich nachweisen, woher das kosmische Geschoß gekommen wäre, es wäre ein Partikel der Protosonne gewesen, aus der sich die Sonne entwickelt hätte. Die Interpretation des unwahrscheinlichen Unfalls erwiese sich als deduktiv, setzt doch die Möglichkeit, seine Bahn zu berechnen, die Kenntnis der Gesetze der Schwerkraft voraus. Der lächerliche Steinsplitter, der diesen lächerlichen F. D. erschoß, war seit sechs Milliarden Jahren im Sonnensystem herumgewandert, seit seinem Anbeginn nämlich, bevor er, von irgendeinem matterhorngroßen Miniplanetoiden abgelenkt, ins Schwerefeld der Erde geriet und so unglücklich, aber durchaus gesetzmäßig, niedersauste, daß der kosmische Unfall wie ein geplanter Mord aussah. Mit Einschränkungen freilich: Je mehr wir vom Unfall, der sich durch einen simplen Satz ausdrücken läßt und eine ebenso simple, wenn auch wunderliche Interpretation auslöst, auf die Faktoren zurückschließen, die den Unfall auf der Kirchenfeldbrücke in Bern ermöglichten, desto mehr geraten wir in immer kompliziertere Interpretationen; sind die Gesetze der

Schwerkraft noch bekannt, wirft die Schwerkraft selber schon Fragen auf, ebenso die Entstehung des Meteors. Die Antworten auf diese Fragen, das heißt die Interpretationen, werden nur noch wahrscheinlich statt wahr, bis sie endlich ins bloß Mögliche, Hypothetische führen. Sind Wahrheit und Interpretation beim bloßen Faktum noch identisch, bei der weiteren Rekonstruktion des Faktums klaffen sie mehr und mehr auseinander. Das Mögliche braucht ebensowenig wahr zu sein wie das Logische.

Die Wahrheit ist ein derart schwieriges Problem, daß die meisten in ihr keines sehen: Vor allem mein Pate nicht, was die Wahrheit über F. D. betrifft, im Gegensatz zur Wissenschaft, die es mit dem betrunkenen Studenten wesentlich schwerer hätte als mit dem Meteor: würde dagegen jemand meinen Paten nach der Aufklärung der Todesursache ins Gerichtsmedizinische Institut an die Leiche F. D.s geführt haben, wäre jener mit der Wahrheit kurz und bündig umgesprungen. Als ehemaligem Missionar an der afrikanischen Goldküste und beliebtem Zuchthaus- und Gefängnisprediger, daneben noch Pfarrer der Taubstummen, hätte ihm der Student F. D. nicht nur einen Gottesbeweis geliefert: »Da hat einer gesagt, als er betrunken aus dem Wirtshaus gekommen ist, es gibt keinen Gott«, hörte ich ihn im Zuchthaus Basel den Gefangenen predigen, die uns gegenübersaßen, jeder durch eine Art Zelle vom anderen getrennt (1947, verlegen hatte ich auf dem Podium neben dem Gefängnisdirektor Platz genommen), und dann donnerte er, von Gestalt eine Mischung von Bismarck und Clemenceau, die Masse beider in einem Quader zusammengedrückt: »Bums, ein Blitz, und der Mann war tot. Also gibt es einen Gott.« (Und als wir nach Hause gingen, in ein abbruchreifes Haus in der Sankt-Alban-Vorstadt, deduzierte er: »Wenn du deinen Doktortitel gemacht hättest, wärest du jetzt nicht in Zürich mit deinem ersten Stück durchgefallen, du wärest gar nicht auf die dumme Idee gekommen, eines zu schreiben.«) Nein, mein Pate hätte auch noch den Grund angegeben, weshalb der Meteor, der doch eigentlich weiter im Sonnensystem hätte herumirren müssen, ausgerechnet von den damals etwa zweieinhalb Milliarden Erdenbewohnern F. D. getroffen hatte: »Das ist Gottes Strafe dafür, daß der arme Kerl nicht Pfarrer werden wollte, wie sein Vater und vor allem seine Mutter es gewünscht haben, und dafür, daß der Bursche ein Verhältnis mit einer katholischen Malerin gehabt hat. Er hat nicht Französisch verstanden und sie nicht Deutsch, da kann man sich denken, auf welch unchristliche Weise sich die beiden unterhalten haben. Da mußte Gott eingreifen«, hätte mein Pate gesprochen und das Gerichtsmedizinische Institut verlassen, um, in ein Selbstgespräch in irgendeiner Negersprache verwickelt – er konnte deren viele – nach dem Zuchthaus Thorberg zu wandern. Indessen bliebe der Fall F. D. immer noch ungelöst. Wäre es weitgehend gelungen, die verschiedenen Wirkursachen zu rekonstruieren, die den Meteor nach dem Schädel des Studenten lenkten, waren da Gesetze im Spiel, die man kannte und anwenden konnte, wäre man allein über die Beweggründe immer noch im Dunkeln getappt, die F. D. bewogen, um fast vier Uhr morgens über die Kirchenfeldbrücke zu torkeln. Zwar hätte sich einer seiner Freunde erinnert, F. D. habe eine halbe Stunde vor Mitternacht eine Kellerwirtschaft in der Altstadt mit den Worten »Ich protestiere, daß man mich ernst nimmt« zornig verlassen, während ein anderer Mitzecher F. D. als einen chaotischen Nichtstuer geschildert hätte, als einen Zyniker, dem nichts heilig gewesen sei, der offenbar zuviel Nietzsche gelesen und deshalb im Sinn gehabt habe, Philosophie zu studieren, typisch; ein anderer hätte behauptet, F. D. sei nur deshalb kein Nazi geworden, weil die ihm – wie er sich ausgedrückt habe – zuwenig extrem gewesen seien, mein Gott, sogar der Teufel sei ihm zu fromm gewesen; ein Privatdozent der Kunstgeschichte hätte erzählt, F. D. habe ihn kurz vor Mitternacht noch aufgesucht, sie hätten zusammen eine Flasche Wein getrunken, und er habe F. D. einige Passagen aus Dantes *Göttlicher Komödie*, die Hölle betreffend, vorgelesen; der Direktor eines Lebensmitteleinkaufszentrums wiederum hätte gehört, daß F. D. um halb zwei morgens heimgekehrt sei, da er, der Direktor, unter dessen Dachzimmer wohne – das übrigens auf eine groteske Weise ausgemalt sei –, F. D. habe sein Zimmer betreten, das könne er beschwören, F. D. müsse offenbar sein Zimmer später wieder verlassen haben, um erneut in die Stadt zu gehen. Auch hätte ein verkrachter Schriftsteller aus Zürich geschrieben, er habe immer vorausgesagt, auf F. D. warte eine Katastrophe, während ein berühmter Professor der Psychiatrie erklärte, F. D. sei bewußt unter den Meteor gelaufen, er habe F. D. vorausgesagt, er werde Selbstmord begehen.

Trotz all dieser Aussagen wäre irgendein logischer Zusammenhang nicht herausgekommen, dafür mehr der Verdacht, F. D. habe sich einfach von Einfall zu Einfall treiben lassen, weshalb es prinzipiell unmöglich sei, die Beweggründe, die ihn auf die Kirchenfeldbrücke gelenkt hätten, zu interpretieren. Verlaufe die Bahn des Meteors kausal, unterläge jene F. D.s dem Zufall, d. h. ihre Kausalität sei nicht mehr rekonstruierbar und damit auch nicht mehr interpretierbar. Möglich ist denn auch das Zufällige: Vielleicht wollte F. D. eigentlich direkt nach Hause, die Altstadt hinunter, aber als er über den Casinoplatz ging, war ihm ein Igel begegnet, der verloren über die Asphaltfläche gegen die Brücke huschte, ein groteskes kleines Stück Leben, unwirklich in dieser Umgebung; F. D. kam auf den Einfall, dem Igel zu folgen, und als dieser den Münzrain hinunter verschwunden war, geriet F. D. gedankenverloren auf die Brücke und unter den Meteor. Zusammengefaßt: F. D. ist ein unendlich komplizierteres Gebilde als ein Meteor. Gewiß kann F. D. wie das kosmische Objekt behandelt werden. Als menschliche Spezies: Wie der Meteor von einer Supernova stammt, die einst den Nebel aus Wasserstoff verschmutzte, so stammt auch F. D. von koboldartigen Halbäffchen ab, die vor Jahrmillionen in Bäumen herumturnten, aber während sich der Kleinmeteor erhielt, wie ihn die ungeheure Energie der Supernova zusammenbackte, so entwickelte sich F. D. wie jeder Mensch zu einem ebenso rationalen wie irrationalen Wesen. Das Halbäffchen F. D. mauserte sich durch die Zeiträume hindurch zum Homo sapiens, von einem komplizierten Organismus zu immer komplizierteren Organismen, seine tierische Erbmasse durch die Evolution wälzend, ausgestattet mit einem Hirnkosmos, mit einem Gebilde von einer derartigen Kompliziertheit, daß nicht nur einige spärliche logische Überlegungen, sondern überwiegend unbewußte Motive, unberechenbare Launen, nicht näher bestimmbare vorprogrammierte genetische Verhaltensmuster von irgendeinem Urahnen her die Handlungsweise F. D.s bestimmen konnten, auch blitzartige Einfälle, wie etwa die Idee, von der Mitte der Kirchenfeldbrücke in den Fluß zu pinkeln, wie er es als Knabe von der Brücke des

Kirchwegs gerne tat auf die Burgdorf–Thun-Bahn hinunter, die schon elektrifiziert war, worauf er, als eine Bäuerin fragte, warum er das mache, antwortete: »Ich will sehen, ob es mich putzt« (ich will sehen, ob ich verrecke). Traf ihn damals der Starkstrom nicht, traf ihn jetzt der Meteor. Gewiß, als rationales, statistisch erfaßbares und anatomisch sezierbares Wesen ließe sich der verunglückte Student interpretieren (der Gerichtsmediziner hätte festgestellt, daß F. D. in der letzten Zeit eine Hepatitis durchgemacht habe und der Blutzuckerspiegel erhöht gewesen sei, auch hätten sich Ansätze zur Korpulenz bemerkbar gemacht), auch soziologische (Pfarrerssohn) und psychologische (verlängerte Pubertät) Feststellungen wären möglich, und als irrationales Wesen, als das Individuum F. D. also, wäre er nachträglich sogar psychoanalytisch deutbar gewesen, warum nicht. Doch wären nur ungefähre Interpretationen zustande gekommen, Spekulationen, die auch nicht die behutsamste Andeutung eines Gesetzes erlaubt hätten, das F. D. zwangsläufig unter den Meteor gebracht hatte.

Die Wahrheit versagt sich uns im Falle F. D.s kategorisch. Trotzdem meldet sie unbedingte Ansprüche an, während sich die Vernunft mit einer bedingten Richtigkeit begnügt. Der zerschmetterte F. D. auf der zum Glück verschonten Brücke ist damit nur ein unbedeutender Teil der Wahrheit, die mehr sein will: etwas Totales, und als solches will die Wahrheit nicht nur in der Vergangenheit und in der Gegenwart herrschen, sondern auch in der Zukunft. Doch mit diesem Anspruch auf Ewigkeit rückt sich die Wahrheit ins Außermenschliche, ins Reich der Götter. Wird die Wahrheit vom Menschen gelöst, um sie als seinen Sinn erkennen zu können, liegt sie nicht mehr in ihm, sondern außerhalb seiner. Der Mensch müßte, um die Wahrheit über sich zu erfahren, sich verdoppeln können – mit besserem Erfolg freilich, als ich mich mit F. D. verdoppelt habe –, er müßte sich nicht nur selber entgegentreten, nicht nur als Doppelgänger, sondern auch als gleichsam umgestülpter Er-selber, als die Wahrheit außerhalb seiner selbst. So setzt die Aufforderung auf dem Fries des Apollotempels ›Erkenne dich selbst‹ voraus, daß man sich schon selbst erkannt hat, wenn man sich erkennen will, denn jedes Erkennen eines Besonderen setzt ein Allgemeines voraus, aus dem sich das Besondere ableiten läßt. Möglich im rein Logischen. So wird von einem Rabbi berichtet, daß er, von einem chronischen Darmleiden befallen, auf einem Ort, auf dem man nicht an Gott denken darf, um der Versuchung zu entgehen, trotzdem an ihn zu denken, die Geometrie Euklids in Gedanken rekonstruierte, ohne eine Ahnung zu haben, daß es sie schon gab: Die Geometrie war schon in ihm, ohne daß er es wußte, sie ergab sich aus den logischen Denkformen an sich, aus dem Apriori innerhalb des Denkens; eine der schönsten und wohlplaziertesten Geschichten über die Mathematik. Im Existentiellen ist es anders. F. D. etwa, als Allgemeinbegriff behandelt, als ›Mensch an sich‹, gehört dem Bereich des Logischen an, zum Beispiel des Statistischen, demzufolge zwar gesagt werden kann, wie groß F. D.s Lebenserwartung ist, zieht man seinen Gesundheitszustand in Betracht, ohne daß es ihm verwehrt wird, fürchten zu müssen, er sterbe vorher, oder erwarten zu dürfen, er lebe länger. Will man jedoch F. D. als den ganz bestimmten F. D. von einem allgemeinen deduzieren, steht man vor der Unmöglichkeit, aus dem Logischen das Existentielle abzuleiten. Wir müßten denn fingieren, es gäbe nicht nur den einzelnen besonderen F. D., sondern auch einen allgemeinen Begriff F. D., offenbar ein Unding, es sei denn, ein Gott besitzt von jedem einzelnen Sterblichen eine allgemeine Vorstellung, eine Idee, aus der als eine ihrer Möglichkeiten der Einzelne hervorgeht, als Individuum, wobei sich fragt, ob es sich für diesen Gott noch lohnt, über jeden einzelnen der möglichen Menschen nachzudenken: Es lohnt sich nicht. Er ist mit den Ideen beschäftigt.

So bleibt mir denn nichts anderes übrig, statt der Wahrheit über F. D. Möglichkeiten über F. D. wiederzugeben, neben jenem fingierten F. D. 1, den in der Nacht vom fünfzehnten Oktober 1943, drei Uhr vierzig Minuten und siebzehn Sekunden Schweizer Zeit, auf der Kirchenfeldbrücke aus dem Weltall niederzischend der Meteor traf, einen weiteren F. D. zu fingieren, einen F. D. 2, der ebenfalls wie sein Doppelgänger die Brücke erreicht, aber zögert, sie zu betreten. Nicht etwa, weil er über die Möglichkeit nachgedacht hat, daß ihn auf der Brücke ein Meteor treffen könnte. Zugegeben, F. D. 2 wäre, wie übrigens auch F. D. 1 und ich, stets von der Astronomie fasziniert gewesen, aber die Möglichkeit, von einem Meteor zerschmettert zu werden, ist nicht nur zu unwahrscheinlich, sie ist auch zu allgemein: Ein Meteor hätte jeden F. D., den wir fingieren, auch vor der Brücke treffen können oder in der Kellerkneipe oder im Bett, auch mich könnte einer zerschmettern, während ich das schreibe; es ist unheimlich, wie viele Meteore jährlich auf die Erde niederstürzen, mit dem kosmischen Staub mindestens fünf Millionen Tonnen. Nicht der Gedanke an einen Meteor, sondern die Brücke bewirkt, daß F. D. 2, im Gegensatz zu F. D. 1, zaudert hinüberzugehen. Nun will ich nichts gegen die Kirchenfeldbrücke sagen, gegen diese ehrwürdige Eisenkonstruktion aus dem vorigen Jahrhundert. Sie weist, im Gegensatz zu den Betonbrücken, die von der Stadt ans andere Ufer der Aare führen, etwas Schwebendes auf und um die Hauptverkehrszeiten etwas Schwingendes auch, schaut man von ihr hinunter auf den grünen Fluß, etwas Verführerisches. Man versteht, warum hin und wieder jemand hinunterspringt. Darum habe ich stets mit Vorliebe, ging ich in die Stadt oder kehrte ich aus der Stadt zurück, diese Brücke überschritten, ich liebte sie und zog sie der langweiligen Nydeggbrücke vor, die zu solide und zu bieder gebaut ist, um das abenteuerliche Gefühl aufkommen zu lassen, das mir die Kirchenfeldbrücke gewährte: sie könnte jederzeit und vor allem beim Überschreiten einstürzen. Nicht umsonst führt sie ins Diplomatenviertel. Auch F. D. 2 hätte diese Brücke geliebt, ja wie ich jedesmal einen Augenblick lang gezögert, die Brücke zu betreten, ja man darf sich vorstellen, daß F. D. 2 gerade dieses kurze Stutzen gerettet hätte: der Meteor hätte ihn um einige Zentimeter verfehlt. Der Grund seines Zögerns hätte nicht in etwas Objektivem, sondern in etwas Subjektivem gelegen, im Gefühl eben, welches ihm die Brücke immer vermittelt hatte, um dessentwillen er es liebte, sie zu überschreiten. Er hätte gezögert, um dieses Gefühl noch zu steigern, verführt durch die Nacht, die allmählich dahinstirbt. Schon dämmert es (wie hätte F. D. 2 sonst den Igel erblicken können?), hinter der Dunkelheit steht bleiweißes Licht, überdeutlich hebt sich der Gurten ab, der Hügel, auf dem der betrunkene Astronomiestudent fieberhaft an seinem Gerät herumhantiert; die Brücke wird unwirklich, spannt sich endlos über einen Abgrund, wird derart bedrohlich, daß die lustvolle Frage, ob sie auch sicher sei, ebenso unvermeidlich ist wie das gespenstische Ausbrechen des Morgens; eine Frage, die F. D. 2 nach einem kurzen Stutzen, Innehalten, Staunen verführt, nun gerade ihretwegen über die Brücke zu gehen: wird doch dieser Gang, indem F. D. 2 die Sicherheit der Eisenkonstruktion in Zweifel zieht, zum Abenteuer, um so mehr als – F. D. 2 ist eben im Begriff, aus Übermut in die Tiefe zu pinkeln – plötzlich etwas – ein Blitz oder ein Geschoß – alles sekundenlang grell erleuchtet, das Bundeshaus, den Fluß, den Helvetiaplatz, das Historische Museum. F. D. 2 spürt, von einer niederstürzenden Lichtmasse geblendet, daß etwas auf das Eisengeländer fällt, es zerschmettert und tief unten im Fluß verzischt, während die Kirchenfeldbrücke erzittert, dann leicht schwingt. ›Die Deutschen‹, denkt F. D. 2, ›oder ein amerikanisches Flugzeug‹ und rennt – obgleich es eigentlich sinnlos ist – statt zurück, über die Brücke mit offenem Hosenschlitz zum Helvetiaplatz, ungeachtet seiner beginnenden Korpulenz und seiner immer noch militärärztlich festgestellten Kurzsichtigkeit (offiziell hätte er den Igel auf dem Casinoplatz, bevor er die Brücke betreten hatte, gar nicht sehen dürfen), und wie er rennt, wundert er sich, daß kein Donner oder kein Schuß zu hören ist, mächtiges Zischen oder Brausen nur. Doch als er an der Schulwarte vorbei, schweißgebadet und schweratmend hinübergekommen, auf dem Kopf der vollbusigen, breit sitzenden Helvetia den Milchkesseldeckel erblickt, schimmernd in der Morgendämmerung, mit dem er vor einem Monat, auch zu nächtlicher Stunde und von seiner Hepatitis noch nicht genesen, das Denkmal erkletternd die Landesmutter krönte, und an welchem offenbar immer noch niemand Anstoß genommen hat – und der Deckel sollte noch einen weiteren Monat dort bleiben, so gering werden auch in patriotischen Zeiten Landesmütter beachtet –, beruhigt er sich. Ringsum eine Stille, die durch die Nähe der milchkesseldeckelgekrönten Helvetia warm und mütterlich wirkt, kein Laut, geschweige denn ein Alarm – irgend etwas ist geschehen, ein Kurzschluß vielleicht, aber kaum etwas Kriegerisches –, daß es ein Meteor gewesen sein könnte, daran denkt F. D. 2 nicht, diese Möglichkeit ist allzu unglaubhaft; auch dreißig Jahre später hatte ich schließlich nicht daran gedacht, daß jemand von weitem auf mich geschossen haben könnte, obgleich der Vorfall weitaus einleuchtender gewesen war, als es ein niederstürzender Meteor je hätte sein können: Ich war bei Eilat ins Meer hinausgeschwommen, am Morgen hatte im Fernsehen Arafat vor der UNO in New York gesprochen, auf dem Dach des Hotels standen Soldaten mit Maschinenpistolen, ich schwamm gegen einen Öltanker, das Wasser glasklar, das jordanische Akaba zum Greifen nahe, als plötzlich, wenige Meter vor mir, eine Wasserfontäne aus dem Meer schoß, ich dachte, es sei ein Fisch, und schwamm zum Hotel zurück und bin erst viel später auf den Gedanken gekommen, es könnte jemand von Akaba herübergezielt und abgedrückt haben; aber, denkt F. D. 2, vom Helvetiaplatz durch den Englischen Garten nach Hause trottend, er hätte vielleicht doch nicht über die Brücke gehen sollen.

Der Logiker F. D. dagegen – den ich am besten F. D. 3 nenne, um ihn von den zwei anderen zu unterscheiden – braucht nicht erst durch den hereinbrechenden Morgen oder durch die Erfahrung auf die Idee zu kommen, die Kirchenfeldbrücke könnte einstürzen, wenn er sie überschreite. F. D. 3 faßt in der Nacht vom vierzehnten auf den fünfzehnten Oktober 1943, als er um halb zwei morgens sein Mansardenzimmer betritt – der Direktor des Lebensmitteleinkaufszentrums hatte sich nicht geirrt – den Entschluß, Philosophie zu studieren. Zwar hat er sich immer für Philosophie interessiert, aber da er Maler werden wollte und sich im Winter, wie F. D. 1 und F. D. 2 (und wie ich übrigens auch) in Zürich mit dem Versuch zu schriftstellern herumgeschlagen hatte, war er verlegen, was er tun sollte: Die Universität war für ihn eine Wartestation, wie für F. D. 1 und F. D. 2 (und wie für mich damals). Doch während F. D. 1 chaotisch draufloslebt, F. D. 2 immer noch hofft, er werde Maler oder Schriftsteller (das Wort ›Dichter‹ haßt er schon damals), ist F. D. 3 jetzt, halb zwei morgens, auf der Schwelle seines Mansardenzimmers entschlossen, die Schriftstellerei und Malerei fallenzulassen, nicht mehr seinen Wünschen nachzujagen, sondern Denken zu lernen wie man ein Handwerk erlernt. Begeistert von seiner Idee schließt er die Tür wieder, steigt die Treppe hinunter, an der Wohnung des Direktors vorbei – der wieder eingeschlafen ist –, verläßt das Haus und geht die Haspelgasse hinunter, über die Nydeggbrücke in die Altstadt. Er nimmt sich vor, nur noch logisch zu leben. Doch kaum hat er die Nydeggbrücke hinter sich gelassen, kommt ihm der Verdacht, es sei nicht ganz logisch gewesen, ohne weiteres über die Brücke zu gehen, gerät ins Grübeln, geht durch die verdunkelte Altstadt hinauf zur Universität, wo er im Vorjahr Literatur studiert hat – insofern es ein Studium gewesen ist –, geht wieder zurück, mechanisch, immer noch mit seinem Problem beschäftigt, bis er plötzlich – den Igel hat er nicht bemerkt – vor der Kirchenfeldbrücke steht und damit vor seinem Problem, denn jede Brücke ist eine Brücke, die Möglichkeit, daß sie einstürzt, ist logisch nicht auszuschließen: Logisch vermag sie jederzeit einzustürzen. Darum gehört zu jedem Über-eine-Brücke-Gehen ein gewisses Maß an Glauben, die Brücke stürze während des Über-sie-Gehens nicht ein. Dieses Glaubensmaß hängt vom Zustand der Brücke ab, wenn auch andere Faktoren die Brücke zum Einsturz bringen können: ein Erdbeben, ein Sprengstoffanschlag oder ein weitaus größerer Meteor als jener, der dann zwei, drei Minuten später F. D. 1 töten und F. D. 2 knapp verfehlen würde. Ist die Kirchenfeldbrücke in Ordnung, fahren über sie täglich Busse (Straßenbahnen damals), Lastwagen, Autos und Menschen auf Motor- und Fahrrädern, und gehen dazu auf den Trottoirs zu beiden Seiten dem Brückengeländer entlang Hunderte von Menschen, braucht es nur ein fast unmerkliches Maß an Glauben, nachts allein über die Brücke zu gehen, aber doch eben ein Maß. Über dieses Maß an Glauben kommt der Logiker F. D. 3 nicht hinweg, hat er sich doch vorgenommen, nach der Logik zu leben. Er nimmt die Prämisse ernst, daß jede Brücke einstürzen kann, und folgert: »Wenn es immer möglich ist, daß die Brücke einstürzt, so wird die Brücke einmal einstürzen müssen, denn ›immer‹ sind unendlich viele Jetzt.« Er starrt vor sich hin. »Wenn ich jedoch über die Brücke schreite«, murmelt er, »zerfällt auch die Zeit, die ich dazu brauche, in unendlich viele Jetzt. Jetzt ist zeitlos. Jede Zeit, und sei sie nur ein Bruchteil einer Sekunde oder ein Bruchteil dieses Bruchteils, ja immer wieder ein Bruchteil des letzten Bruchteils, zerfällt in unendlich viele Jetzt.« Ihm schwindelt, er kommt zu immer kleineren Bruchteilen. Der Morgen ist längst angebrochen, das Niederstürzen des Meteors hat er nicht bemerkt, wie Sturmwind sausen unendliche Jetzt durch seinen Kopf. »Also wird die Brücke, die einmal einstürzt, und dieses Einmal ein Jetzt ist, einstürzen, während ich über die Brücke gehe«, schließt er endlich, als die erste Straßenbahn an ihm vorbei über die Kirchenfeldbrücke fährt. F. D. 3 hat damit nicht nur wie der griechische Philosoph Zenon, 490–430 vor Christus, argumentiert, sondern verhält sich auch wie dessen fliegender Pfeil: »Wenn nämlich immer alles ruht, solange es einen Raum einnimmt, der gleich groß ist wie er selbst, das Bewegte aber immer im Jetzt ist, dann ist der bewegte Pfeil unbewegt.« F. D. 3 steht jetzt noch vor der Kirchenfeldbrücke, 1990 nach Christus. Die Abermillionen, die seitdem über die Brücke gegangen und gefahren sind, vermögen ihn nicht von der Stelle zu rücken: Nur das Logische ist wirklich, das Nichtlogische Schein. Diesem Gedanken hängt er noch jetzt nach: Auch die Kirchenfeldbrücke ist nur Schein, die Stadt, er selbst, die Erde, das Ganze, der Urknall. Es gibt nichts als einen einzigen Punkt, eine einzige Singularität; einen Grund, sich zum Weltall auszuweiten oder gar Leben zu ermöglichen, gibt es nicht.

Denken wir uns einen F. D. 4, ebenfalls wie F. D. 3 entschlossen, Philosophie zu studieren und logisch zu leben. Dieser starrt verwundert der Straßenbahn nach, die an ihm vorbei über die Kirchenfeldbrücke fährt, gefüllt mit Angestellten der verschiedenen Botschaften, mit Deutschen, Engländern, Amerikanern, Italienern, mit Deutschen geheim in englischen und mit Engländern geheim in deutschen Diensten usw. – alle Kombinationen sind möglich –, mit Leuten, die sich eigentlich 1943, wären sie nicht in der neutralen Schweiz, zumindest verprügeln müßten, befinden sie sich doch untereinander im Kriegszustand. F. D. 4, wie er nun sieht, daß die Brücke nicht zusammenstürzt, obgleich die Straßenbahn, jene überquerend, auch eine Zeit braucht, die sich aus unendlichen Jetzt zusammensetzt, und überdies samt den friedlichen gegenseitigen Todfeinden ein beträchtlich größeres Gewicht aufweist, als er es mit sich brächte, ginge er allein hinüber, folgert, daß irgend etwas in seiner Gedankenkette falsch gewesen sein muß, wäre doch sonst die Kirchenfeldbrücke samt Straßenbahn und Botschaftspersonal in den Fluß und auf den Sportplatz gestürzt. F. D. 4 bleibt wie F. D. 3 vor der Brücke stehen, doch nicht wie dieser gefesselt von der immer gleichen logischen Gedankenkette, F. D. 4 versucht vielmehr, das Axiom, daß die Brücke zusammenbrechen könne, verzweifelt zu widerlegen und einen logischen Ausweg zu finden, der es ihm möglich machen würde, die Brücke in absoluter Sicherheit ohne eine noch so winzige Spur von Glauben, daß sie stehenbleibe, zu überqueren und damit Logik und Wirklichkeit gleichzusetzen. Es ist ihm bis heute nicht gelungen. Das Gran Glauben, das er wegdenken möchte, läßt sich nicht wegdenken. Wie F. D. 3 steht er immer noch vor der Kirchenfeldbrücke.

F. D. 5 dagegen, im Anblick der Straßenbahn und wie F. D. 4 gefesselt, daß sie beim Helvetiaplatz angekommen ist, beschließt, die Logik und damit auch sein Philosophiestudium fallenzulassen, und geht unbedenklich über die Kirchenfeldbrücke nach Hause, nicht ohne hin und wieder auf das Trottoir zu stampfen oder dem Brückengeländer, das an einer Stelle beschädigt ist, einen Fußtritt zu geben, aus Zorn darüber, daß er sich stundenlang in ein Netz unsinniger Gedanken verstrickt hat. Sein Glaube, daß die Brücke nicht einstürzt, wenn er über sie geht, ist derart gewachsen, daß er glaubt, der Glaube sei kein Glaube, sondern Gewißheit.

F. D. 6 geht, durch die Straßenbahn über den Wert rein logischer Überlegungen stutzig gemacht, ebenfalls wie F. D. 5 über die Brücke, doch nachdenklich, untersucht auch das beschädigte Geländer, kehrt auf dem Helvetiaplatz noch einmal um, geht zum Casinoplatz zurück, dann wieder zum Helvetiaplatz und erst dann nach Hause, darüber nachsinnend, was die Erfahrung, die er eben gemacht hat, wohl bedeute. Er wußte, die Brücke würde irgendwann einstürzen, aber glaubte ebenso unerschütterlich, sie würde nicht einstürzen, wenn er über sie gehe. Ob er doch noch Philosophie studieren will, weiß er nicht so recht, er hat plötzlich Lust, Physiker zu werden, und ärgert sich, daß er Griechisch und Latein statt Mathematik getrieben hat.

F. D. 7, entschlossen, sich von der Logik leiten zu lassen, steht, als er um drei Uhr vierzig zur Kirchenfeldbrücke gelangt, vor einer Absperrung. Er fällt beinahe über sie, stutzt: die Absperrung war vor einigen Stunden, als er die Kellerwirtschaft verließ, noch nicht vorhanden. Er geht verwirrt hin und her, liest auf einer Holztafel, als der Meteor herunterzischend alles erleuchtet (so sehr ist F. D. 7 von der Absperrung verwirrt, daß er sich nicht fragt, woher die Lichtfülle denn komme), die Brücke sei vom Einsturz bedroht und es sei verboten, sie zu betreten, weil Todesgefahr bestehe. Seinen Vorsatz vergessend, nur nach logischen Prinzipien zu handeln, klettert er über die Absperrung, von einer unbändigen Lust zum Abenteuer befallen, rennt über die Brücke und dann wieder zurück und so mehrere Male, bis die Furcht, die Brücke könnte einstürzen, ihn jäh einhalten läßt. Er geht nach Hause, schweißgebadet und schweratmend, sich erst dort beruhigend, wo der Kollerweg in den Muristalden mündet. Der Glaube, die Brücke stürze nicht ein, wenn er über sie gehe, war ein Wagnis geworden, das ihn verlockt hatte, über sie zu gehen, obgleich ihm die Logik sagte, die Brücke könnte einbrechen.

F. D. 8 spürt, als er die Absperrung überklettert und die Kirchenfeldbrücke betreten hat, wie diese sich zu senken beginnt, entsetzt verläßt ihn der Glaube, er vermöge noch hinüberzugelangen. Er schwingt sich über die Absperrung zurück in Sicherheit, und die Brücke donnert, vom herabbrausenden Meteor erleuchtet, in die Tiefe. Der Glaube hat F. D. 8 verlassen.

F. D. 9 spürt wie F. D. 8, als er die Absperrung überklettert und die Kirchenfeldbrücke betreten hat, wie diese sich senkt, rennt aber, gegen jede Logik, ohne den Sturz des Meteors zu bemerken, so sehr rennt er, im wahnwitzigen Glauben, er komme noch hinüber, die sich senkende Brücke hinab, dann von der Mitte der Brücke an, die einknickt, hinauf, erreicht den Helvetiaplatz, klettert auf den Schoß der milchkesseldeckelgekrönten Landesmutter und sieht die Brücke zusammenkrachen. Der Glaube des F. D. 9 hat sich bestätigt. Er ist in seinem Leben noch nie so glücklich gewesen wie in seinem Lauf über die Brücke.

F. D. 10, der, in der Meinung, ihm könne nichts passieren, über die Absperrung geklettert war, bemerkt, als die Brücke unter ihm zusammenbricht, noch einen vom Meteor grell erleuchteten Rasen auf sich zuschießen, und denkt ›das ist wieder einmal typisch für mich‹. Sein Glaube war nur eine Gedankenlosigkeit.

F. D. 11, nachdem er, ohne die Warnung zu lesen, die Absperrung überklettert und dabei den Entschluß gefaßt hat, doch lieber Schriftsteller zu werden, geht gemächlich schlendernd und so fasziniert von seinem Entschluß, daß er ebenfalls den Meteor nicht bemerkt, über die Brücke, worauf er, da sie unter ihm niederkracht, offenbar über den klaffenden Abgrund durch die Luft schwebend, zum Helvetiaplatz gelangt. Er bemerkt erst, daß die Brücke nicht mehr vorhanden ist, als er zum Casinoplatz zurückkehren will, entschlossen, doch nicht heimzukehren und seinen Entschluß zu genießen. Er ist verwirrt. Er weiß nicht, wie er über eine Brücke gekommen ist, die tief unter ihm im Flußbett und auf dem Dalmaziquai liegt, vielleicht durch ein Wunder, aber er kann sich auch denken, daß die Brücke erst eingestürzt ist, nachdem er herübergekommen war, und daß er das Getöse, in Träumen versunken, nicht wahrgenommen hat. Erleichtert klettert er auf die Helvetia, nimmt ihr den Milchkesseldeckel vom Kopf und wirft ihn der eingestürzten Brücke nach, freudig rufend, er habe einen Stoff gefunden.

F. D. 12, entschlossen, Philosophie zu studieren, steht vor der Absperrung und liest die Warnung. Er denkt, jede Brücke kann einstürzen, ob gewarnt wird, sie zu betreten, oder nicht. Wenn er sie jetzt betrete, glaube er, daß sie nicht einstürze, wenn er sie betrete; wenn er sie jetzt nicht betrete, glaube er, daß sie einstürze, wenn er sie betrete. Weil aber Glaube Glaube ist, gleichgültig was geglaubt wird, betritt er sie, und als er sie betritt, stürzt die Brücke mit ihm in die Tiefe. Glaube ist nicht Glaube.

F. D. 13 schließlich geht, wie er das Verbot, die Brücke zu betreten, gelesen hat, nach Hause und beginnt die Kirchenfeldbrücke, wie sie zusammenbricht, zu zeichnen, bald mit ihm in der Nacht, kurz vor vier, bald am Tage samt Straßenbahnen und Menschen, die in die Tiefe stürzen, Blatt um Blatt, und zeichnet die zusammenkrachende Kirchenfeldbrücke noch heute.

Wenn wir die verschiedenen F. D. betrachten, fällt uns auf, daß es einen vernünftigen und einen unvernünftigen Glauben gibt. Daß die Brücke, über die eben eine Straßenbahn gefahren ist, nicht zusammenbricht, wenn ich hinübergehe, ist ein vernünftiger Glaube, auch wenn die Möglichkeit, daß sie zusammenstürzt, vorhanden ist. Aber diese Möglichkeit ist derart unwahrscheinlich, daß mein Hinüberschreiten nicht einmal ein Wagnis darstellt. Renne ich über die Brücke, während sie einstürzt, ist der Glaube, ich könne hinüber, ein unvernünftiger Glaube. Die Möglichkeit, daß die Brücke einstürzt, ist nicht nur wahrscheinlich, sondern auch eine Tatsache geworden. Mein Hinüberrennen stellt ein selbstmörderisches Wagnis dar. Die Dialektik des Glaubens spielt sich somit zwischen dem vernünftigen und dem unvernünftigen Glauben ab und nicht zwischen Vernunft und Glauben, denn der Glaube ist der Vernunft immer beigemischt, ohne Glauben ist auch das Vermuten nicht möglich, das immer ein Überschreiten der Brücke zwischen Gesichertem und Ungesichertem ist; ohne Glauben, die Brücke führe nicht ins Leere, sondern auf Neuland, ohne Glauben, es könne so sein, wie ich es mir vorstelle, ohne diese Glaubensbrücke von einem Gefundenen auf eine Hypothese, die eine alte Interpretation erlaubt oder eine neue erfordert, ist keine Wissenschaft möglich. Darum gerade sind F. D. 3 und F. D. 4 keine bloßen Fiktionen. F. D. 3, der aus Furcht, sie könne zusammenbrechen, sich nicht über die Brücke wagt, finden wir in der Politik wieder. So wagte keiner abzurüsten, weil der andere auch nicht abrüstet. Jede Seite spielt der anderen die Begründung zu, nicht abzurüsten (nicht über die Brücke zu gehen). Die Aufrüstungslogik gerät ins Absurde. Neue Nachaufrüstungsprogramme werden zu der schon vorhandenen Aufrüstung erstellt mit der Begründung, wenn dann nach Jahren diese neuen Programme erfüllt seien, werde man den Aufrüstungsvorsprung des anderen aufgeholt haben, und damit sei man in Sicherheit, um dann, ist das neue Aufrüstungsprogramm erfüllt, entrüstet festzustellen, der Feind habe inzwischen weiter aufgerüstet, so daß ein neues Nachaufrüstungsprogramm nötig sei und so ad infinitum. Die Logik der Aufrüstung erzwingt immer neue Begründungen, weiter aufzurüsten. Ihr innerer Widerspruch liegt darin, daß die Frage unterdrückt wird, warum der Feind nicht schon längst angegriffen habe, während man noch aufrüste. In der Begründung ist damit der Glaube versteckt, der logisch nicht begründet werden kann, weil es an sich unmöglich ist, einen Glauben logisch zu begründen, sei er noch so vernünftig – geschweige denn, er sei so unvernünftig wie jener, der für das Nachrüsten gefordert wird; daß man nämlich im Grunde glaubt, der Feind werde in Wirklichkeit nicht angreifen, aber, weil die logischformale Möglichkeit immer besteht, daß er angreift, diese benutzt, die eigene Aufrüstung zu rechtfertigen: Das Empörende der Aufrüstungslogik ist ihre Unaufrichtigkeit. Aber auch in anderen Begründungen sind logische Widersprüche und damit Glauben verborgen, zum Beispiel in der Begründung, der Feind lasse sich abschrecken: Diese Begründung setzt einen vernünftigen, nicht verzweifelten Feind voraus und fällt in sich zusammen, wenn der Feind entweder durch Verzweiflung unvernünftig geworden ist oder glaubt, wir seien durch Verzweiflung unvorsichtig geworden. Auch die Theorie, der Feind lasse sich zu Tode rüsten, fußt auf einem Glauben, der die Möglichkeit übersieht, daß der Feind gerade dadurch gezwungen sein könnte anzugreifen, bevor er zu Tode gerüstet sein wird, läßt er sich doch erst zu Tode rüsten, wenn er an sich nicht angreift. Der Rüstungswettkampf ist irrational, und nur mühsam wird der Spuk als Spuk erkannt, jede Seite erklärt, er sei notwendig gewesen und immer noch, wenn auch begrenzt, notwendig. Und so wird er weitergehen. In dieser oder in einer anderen Form, weil wir um das Irrationale nicht herum kommen. Nur im rein Logischen gibt es absolut Sicheres wie etwa den Lehrsatz des Pythagoras. Im Empirischen gibt es das absolut Sichere allein in der absoluten Tatsache (doch nicht in deren Interpretation). Die absolute Tatsache liegt in der Vergangenheit. Daß ich am 19. Januar 1982 um 20 Uhr beim Starten mit dem Wagen gegen einen Baum knallte, wurde erst eine Tatsache, nachdem ich gegen einen Baum geknallt war: Das Gegenwärtige ist allein als Vergangenheit feststellbar und zu interpretieren, auch wenn es ein Zustand ist, der andauert, denn alles Dauernde verändert sich, und eine Veränderung kann nur festgestellt werden, nachdem sie stattgefunden hat. Alles Zukünftige dagegen ist bloß wahrscheinlich, wobei im Wahrscheinlichen auch das Unwahrscheinliche eingeschlossen ist: Das Wahrscheinliche liegt noch in unserer ungefähren Berechenbarkeit, es tritt wahrscheinlich ein, aber es muß nicht eintreten, das Unwahrscheinliche dagegen, das ebenfalls einzutreten vermag, aber nicht dazu genötigt ist, liegt gänzlich außerhalb des Vorausberechenbaren. Da jedoch das Zukünftige, sobald es eintritt, eine Möglichkeit der Wahrscheinlich-Unwahrscheinlichkeitskette darstellt, die wirklich geworden ist, und weil, was von einer zukünftigen Tatsache gilt, auch für jede Tatsache zutrifft, damit auch für eine vergangene, darf der Satz gewagt werden, daß die Wirklichkeit eine Unwahrscheinlichkeit darstellt, die eingetreten ist. Dieser Satz jedoch umfängt die ganze Wirklichkeit, wie sie auch sei, gleichgültig, ob ich gegen einen Baum gerast bin oder nicht, gleichgültig, ob ich bin oder nicht, ja gleichgültig, ob es Leben gibt oder nicht, und so zurückgefolgert: Der Satz ist kosmologisch und behauptet, daß die Welt unwahrscheinlicherweise so ist, wie sie ist, was nicht dagegen spricht, daß sie so ist, wie sie ist. Wenn nun F. D. 4, der mit der Unwahrscheinlichkeit rechnet und glaubt, daß die Kirchenfeldbrücke eben doch gegen jede Wahrscheinlichkeit einstürzen könnte, falls er hinübergeht, neben der Brücke eine zweite bauen läßt, und, da auch die einstürzen könnte, neben der zweiten eine dritte usw., eine Kirchenfeldbrücke um die andere, so kommt er doch nie hinüber. Er findet immer noch einen Grund, eine neue Kirchenfeldbrücke zu bauen, sei sie noch so monströs: Vor der Gewißheit, daß die Brücke doch, wenn auch unwahrscheinlicherweise, zusammenbrechen könnte, wenn er hinüberginge, flüchtet er in den Glauben, es gebe doch eine Brücke, die unter allen Umständen, auch nicht unwahrscheinlicherweise standhalte, wenn er hinübergehe. F. D. 4 baut weiter eine Kirchenfeldbrücke um die andere, deren Name unsinnig geworden ist, weil sie schon längst nicht mehr ins Kirchenfeld hinüberführt, sondern in der Nähe von Grenchen auf einen Acker, auf dem rechten Ufer der Aare, er baut und baut, nun schon zwischen Aarau und Olten, weil das absolut Sichere als eine logische Forderung sich im Empirischen nicht verwirklichen läßt, wie er glaubt, was zur bangen Frage führt, ob sich das, woran man glaubt, überhaupt verwirklichen läßt; bang deshalb, weil F. D. 4 nur scheinbar etwas Närrisches unternimmt. F. D. 4 ist kein Einzelfall. Ob es sich um die Abschreckung durch Atombomben, um Atomkraftwerke, um die Lagerung von Atommüll, um die Plünderung unseres Planeten usw. handelt, immer reden diejenigen, welche daran glauben, uns ein, wir sollen glauben, was sie tun, sei absolut sicher. Wir haben mit dem Glauben ein menschliches Kraftfeld betreten, das uns das Fürchten beibringt. Nicht was die Menschen über Gott, sondern was sie über sich glauben, macht das Schicksal der Sterblichen aus.

Das Haus

Aus dem Wallis zurück, belegte ich auf der Universität Bern Philosophie als Hauptfach, Psychologie als obligatorisches Nebenfach und als freies Nebenfach Nationalökonomie, aus Verlegenheit, nachdem ich mich in verschiedenen Nebenfächern herumgetrieben hatte. Mein Geld verdiente ich mit Privatstunden, und an der Privatschule erteilte ich Lateinunterricht. Den Weg zur Universität legte ich gemächlich zu Fuß zurück, er führte durch die englische Anlage über die Kirchenfeldbrücke am Casino vorbei zum Bahnhof und dann steil zur Universität hoch. Auf einem dieser Schlendergänge ereignete sich etwas Lächerliches, nicht der Rede wert, eine Clownszene, die ich bloß nicht vergessen habe, weil ich selbst der Clown war, und weil kein stärkerer Eindruck bleibt als der, selbst etwas Lächerliches gewesen zu sein: Ich hatte auf der Universität zu tun, an einem Nachmittag im Spätherbst. Auf der Terrasse vor dem Casino sind in mehreren Reihen Platanen gepflanzt, ein Gärtner war beschäftigt, die Äste zurückzustutzen, er stand auf einer Leiter unmittelbar am Rande der Terrasse gegen das Trottoir, ich betrachtete ihn, als ich an ihm vorbeiging, und er betrachtete mich, ich glitt aus, ein Hundedreck lag auf der Straße, ich saß auf dem Hintern, glücklicherweise unbeschmutzt, ich erhob mich, als ob nichts geschehen wäre, der Gärtner verzog keine Miene, sah mir einfach zu, ich ging zur Universität, kam nach anderthalb Stunden zurück, wieder stand der Gärtner auf seiner Leiter, bloß an einem anderen ersten Baum einer anderen Reihe, wieder betrachtete ich ihn, wieder betrachtete er mich, wieder glitt ich aus, wieder auf dem gleichen Hundedreck, wieder ohne mich zu beschmutzen, wieder erhob ich mich, als ob nichts geschehen wäre, wieder verzog der Gärtner keine Miene, sah mir einfach zu, doch vergesse ich seinen Blick nicht mehr: Es lag ein unendliches Erstaunen darin, die überwältigende Erkenntnis, einem überirdischen Trottel begegnet zu sein, derart, daß es dem Gärtner die Sprache verschlug und nicht nur die Sprache, auch das Lachen, ja auch das Lächeln oder einen Ansatz dazu. Dem Mann auf der Leiter war der Mensch in seiner Lächerlichkeit an sich erschienen, als die Urkomödie, er hatte an mir, an meinem zweimaligen Hinfallen, an dieser Wiederholung des Lächerlichen etwas Metaphysisches erlebt, stellte ich mir blitzschnell vor, damals in diesen ersten Sekunden, stelle ich mir noch heute vor, gerade weil diese Wiederholung unfreiwillig geschah und nicht auf dem Kunstkniff eines Clowns beruhte, auf dem dramaturgischen Trick, das Komische mehrfach zu wiederholen. Indem ich dem Gärtner als das erschien, was ich war, erschien ich mir selber. Vielleicht wurde ich deshalb Komödienschreiber. Lappalien entscheiden, lächerliche Vorfälle bestimmen das Leben oft mehr als scheinbar wichtigere, ja tragischere.

Doch gibt es im Leben keine Zufälle, nur Vorfälle, die wir je nach Kenntnis oder Unkenntnis der Kausalzusammenhänge, die sie bewirken, bald als Notwendigkeit, bald als Zufall bezeichnen. So war es denn auch nicht zufällig, daß ich bei Richard Herbertz studierte. Ein Schüler sucht sich seinen Lehrer instinktiv, und im übrigen war kein anderer vorhanden. Herbertz war schon damals eine legendäre Gestalt. Er war seit kurz vor dem Ersten Weltkrieg Ordinarius der Philosophie an der Universität Bern, weißhaarig, zerhacktes Gesicht, ein akademischer Grandseigneur, dessen Vater noch Konsul des türkischen Sultans gewesen sein soll und dessen Vermögen er, soweit es überhaupt durch Inflation, Konkurse, Pleiten von ganzen Banken zu retten gewesen war, in Thun allmählich verbrauchte. Im ›Beau-Rivage‹. Er kam von der Physik her, verstand viel von Logik und teilte die Philosophen in Metabatiker und Peditionisten ein: Sich selbst nannte er einen metabatischen Peditionisten und war stolz darauf, einer zu sein, ich denke, er war auch einer, wenn mir auch nie ganz klar wurde, was er darunter verstanden wissen wollte. Außer einem Leitfaden zum Studium der Philosophie soll er bloß noch ein Buch verfaßt haben: *Der Alkoholgenuß als Wertproblem.* Jeden Mittwoch las er für die Juristen von elf Uhr fünfzehn bis zwölf Uhr Kriminalpsychologie, nicht unberechtigt, hatte er doch einst über den berüchtigten Massenmörder Haarmann für das Gericht ein Gutachten verfaßt. Haarmann hatte Lehrbuben getötet und zu Wurstwaren verarbeitet. Auch sonst muß früher der Ruf des Philosophen beträchtlicher gewesen sein als in den miesen Zeiten des Zweiten Weltkriegs, Walter Benjamin hatte bei ihm doktoriert. Literarisch war er von den *Galgenliedern* Morgensterns besessen. Ich glaube, er kannte sie alle auswendig, er trug sie am Ende einer Vorlesung frei vor, mit immer noch gewaltigem Schwung. Aber seine Lieblingsthese war, der Wahnsinn Hölderlins manifestiere sich darin, daß im Gedicht *Hälfte des Lebens* in den zwei Zeilen »Ihr holden Schwäne, und trunken von Küssen« das »und« übermäßig betont sei: Er pflegte zum Beweis seiner These dieses

»und« mit furchterregender Miene und Gebärde in den Hörsaal zu brüllen und war fassungslos, als ich einmal erklärte, ich hielte das »und« nicht für besonders betont, nur gerade leise angeschlagen, die Betonung liege vielmehr auf der ersten Silbe von »trunken«. Auch in der Psychologie kam er von einer fixen Idee nicht mehr los, er leitete jede seelische Misere vom Coitus interruptus ab. Er litt in seinem Alter an einer sonderbaren und nicht ganz unphilosophischen Krankheit, an einer Störung der Gleichgewichtsorgane, wie er uns versicherte. Die Krankheit bewirkte, daß er sich wie ein Betrunkener verhielt, wenn er nüchtern war, und wie ein Nüchterner, wenn er etwas getrunken hatte. Am Morgen mußte man den Professor am Bahnhof aus dem Zug von Thun in Empfang nehmen, der Schaffner half ihm hinunter, dann hatte man mit ihm zum Bahnhofrestaurant zu rasen, in Windeseile eine Flasche Roten mit ihm zu trinken und dann im Eilschritt zur Universität hinaufzustürzen, wo er nun beschwipst und gleichzeitig nüchtern seine Vorlesungen oder donnerstags sein Seminar hielt, kreideverschmiert, denn er liebte es, mit gelber, roter, blauer, grüner und weißer Kreide tiefsinnige zeichnerische Verdeutlichungen seiner Gedanken an der Wandtafel abzubilden, gegen die er sich auch anzulehnen pflegte, die farbigen Gedankensymbole erschienen dann spiegelverkehrt auf seinem Rücken, auch verschmierte er sich das Gesicht, weil er, wenn er sich konzentrierte, in seine gespreizte Hand sprach, in der er sein Gesicht barg, wenn er einen schwierigen Gedanken entwickelte. Ich pflegte ihn darauf aufmerksam zu machen und ihm, so gut es ging, den Rücken zu säubern, die Spuren seines Denkens im Gesicht ließ er gleichgültig stehen. Während seiner Vorlesung und seines Seminars durften wir rauchen, er selbst schlotete mehr als wir alle zusammen Villiger- oder Hediger-Stumpen, seine wenigen weiblichen Zuhörerinnen saßen bleich am langen Tisch, an dem wir schrieben und rauchten, doch hielten sie aus Liebe zur Philosophie aus. Vor der Tür hing ein Zettel ›Zuspätkommende gleichwohl eintreten‹. Der kleine schmale Raum, in welchem der Professor dozierte, füllte sich im Verlaufe einer Vorlesung oder eines Seminars nur nach und nach, einer kam zehn, ein anderer fünfzehn Minuten zu spät, erst nach einer Stunde waren wir vollzählig. Nach der Vorlesung oder nach dem Seminar raste man mit ihm (er konnte in nüchternem Zustand nur schnell gehen) zum Bahnhof hinunter, um ihn in den Speisewagen nach Thun zu verfrachten, wo er gerettet war, der Wein wartete schon auf ihn, der Kellner wußte Bescheid. Er hielt mich für einen seiner fleißigsten Studenten, wie er sich anderen gegenüber ausdrückte, da ich seine Vorlesungen am eifrigsten nachschriebe, ein verständlicher Irrtum, ich zeichnete seine Vorlesungen, statt sie nachzuschreiben, in einem Zyklus von philosophischen symbolischen Karikaturen, so stellte ich etwa den Gegensatz zwischen einem Vernunftsding und einem Sinnending dar, indem ich ein bürgerliches Ehepaar mit ihrem Kind zeichnete, welches das Vernunftsding, und eine uneheliche Mutter, eine Vaterschaftsklage studierend, mit ihrem Kind, das ein Sinnending darstellte. Zu Hause in Thun im ›Beau-Rivage‹ standen seine verstorbenen Hunde ausgestopft herum, zwischen ihnen der noch nicht verstorbene, ein Foxterrier, der den ausgestopften glich wie ein Foxterrier einem anderen Foxterrier gleicht, man wußte nie recht, welcher Foxterrier nun ausgestopft und welcher lebendig war. Daneben war er ein eifriger Pilzsammler und Pilzkenner und in irgendeiner Zeitung der Briefkastenonkel, auch gewann er einmal in der ›Berliner Illustrierten‹ den ersten Preis mit einem Gedicht, das auf der letzten Seite erschien: ein Lobgedicht auf Persil. Trotz dieser bizarren Züge war er nicht nur ein tüchtiger Professor, dem ich viel verdanke, sondern auch ein leidenschaftlicher Denker und Grübler, dem ich noch mehr verdanke. Er wußte in mir die Ahnung zu erwecken, was Denken heißt. Das Denken ereignete sich bei ihm als etwas Vulkanisches und zugleich Hilfloses. Er war ein kindlicher Mensch, rührend und von einer echten Liebenswürdigkeit. Einmal rief er mich an, ich solle ihn abholen. Ich fand mich im Bahnhof ein. Der Professor entstieg dem Zug, tränenüberströmt. Er habe Halskrebs, und ich solle ihn zum Inselspital führen. Wir fuhren mit dem Tram. Vor dem Spital wartete ich auf einer Bank unter Bäumen, nicht unsentimental. Wer sieht auch gerne seinen Professor dahinsterben. Es war Hochsommer. Nach einer Stunde kam der Professor herausgehüpft, freudestrahlend, er habe keinen Krebs, es sei nur eine harmlose Schwellung, verursacht durch sein Kragenknöpfchen. Ein anderes Mal bat er mich, ich solle ihm an einem Samstagvormittag aus seinem Thuner Zug helfen, er sagte nicht warum, seine Stimme schien mir irgendwie verlegen zu sein, es konnte auch am Telefon liegen. Ich ging hin, der Zug hielt, der Schaffner half ihm wie immer hinunter, ich faßte ihn am Arm, erstaunt, er trug eine Studentenmütze, ein Studentenband über der Weste, wir rasten ins Bahnhofsbüffet zu einem Liter Roten. Er rückte mit der Wahrheit heraus, er gehöre einer piekfeinen deutschen Studentenverbindung an, Borussia Bonn oder in dieser Preislage, nun begriff ich auf einmal sein zerhacktes Gesicht. Es finde eine Zusammenkunft in Luzern statt, auch der deutsche Botschafter sei dabei, es sei ihm alles peinlich, als Denker, als Philosoph, als metabatischer Peditionist, in einer halben Stunde ginge der Zug, ich brachte ihn auf den Bahnsteig, es wimmelte von Deutschen, eine reichsdeutsche Stimmung herrschte, ›Heil Hitler‹ lag in der Luft, ob es Einbildung war oder nicht, weiß ich nicht, ein blonder germanischer Korpsstudent schnarrte heran, der mir in Zivil unter den Arkaden schon oft aufgefallen war, irgendwie auf der deutschen Botschaft tätig, ich verzog mich, und der Ordinarius fuhr verlegen davon, gegen Luzern zu. Zwar äußerte er sich nie politisch, aber er war rührend zu Emigranten, einige studierten ewig bei ihm, mit einem befreundete ich mich. Er war ein gedrungener, kahler, wimpernloser, glotzäugiger Jude, von einer exquisiten, wenn auch heruntergekommenen Eleganz, Handschuhe, einen Spazierstock aus Bambus schwingend. Sein einst beträchtliches Vermögen war ihm nach und nach ausgegangen, nur schneller als jenes des sparsamen Professors, vom reichen Mann stieg er zum armen und immer ärmeren Lazarus ab, fiel eigentlich geradezu hinunter, nie seine weltmännische Würde verlierend, der Tod seiner Frau gab ihm den Rest, nahm dem Haltlosen den letzten Halt. Sexbesessen, in Abenteuer mit immer billigeren Frauen verstrickt, hauste er in der Altstadt irgendwo in einem Zimmer. Zwei Fenster mit Blick auf einen düsteren Hof, ein Bett, ein Tisch, einige Stühle, an den Wänden Bücher, Zeitschriften. Er war oft krank und wohl nur nicht aus dem Land gewiesen wie viele damals, weil er offiziell der Bibliothekar unserer philosophischen Fakultät war. Die Bibliothek stand im Vorlesungszimmer und befand sich in einem unbeschreiblichen Durcheinander, ich denke, hin und wieder wurde ein ausgeliehenes Buch verkauft. Er war ein Privatgelehrter alten Systems, mit einem immensen, aber unfruchtbaren Wissen, aus seiner alten Heimat ausgestoßen, ohne eine neue gefunden zu haben, Jude aufgrund eines stumpfsinnigen mittelalterlichen Gesetzes, ohne Jude zu sein, ein verzweifelter Verteidiger eines Idealismus, dessen arische Vertreter längst ins Tausendjährige Reich abgewandert waren. Seine Arroganz war die eines hilflosen Menschen, der Mut der Hilflosigkeit, der oft groteske Züge annahm, so etwa, als wir eines Nachts gegen zwei aneinandergerieten. Er war ein Schillerverehrer, ich hatte schon damals meine Schwierigkeiten mit dem schwäbischen Dichter, und wie ich wieder einmal, in jener Nacht eben, unter dem Zeitglockenturm meine Abneigung formulierte, schnauzte er mich an, ein Überpreuße plötzlich, drohend, mit erhobenem Bambusspazierstock, ein in finsterer Zeit in die verfinsterte Berner Altstadt verschlagenes Gespenst der Weimarer Republik: wenn ich noch einmal ein Wort gegen Schiller sage, schlage er mir die Fresse ein.

Weil mir vorerst nichts blieb als Denken, versuchte ich dieses Denken in den Griff zu bekommen, wie vorher die Werkzeuge, mit denen ich zeichnete, oder wie ich beim Schreiben die Sprache als Instrument zu beherrschen versucht hatte, um immer wieder daran zu scheitern. Vermutungen. Doch sollte für mich das Studium Kants entscheidender werden, als ich damals zu ahnen vermochte, vor allem jenes der *Kritik der reinen Vernunft.* Wenn auch Kant keine erkenntnistheoretische Sprach- und Begriffskritik betrieb, wie wir sie heute verstehen, so doch im Ansatz. Gewiß ist er der Abschluß der Aufklärung, aber ebenso gewiß der Beginn der modernen Philosophie, insofern sie die Mathematik und die Physik nicht ausklammert, wie sie es heute gerne tut. Kants Vernunftskritik konnte von der Mathematik und von der Physik weiterentwickelt und widerlegt werden. Sie trennt Wissen und Glauben scharf voneinander. Indem sie das Feld des Erkennbaren absteckt, begrenzt sie auch das Instrumentarium, das dem Menschen zur Verfügung steht, das Denken. Es gibt bei Kant nur ›Menschliches‹ über das Objekt auszusagen. Das Denken ist menschlich strukturiert, nicht etwas außerhalb des Menschen, dem ein außermenschliches ›Sein‹ zukäme, das ohne den Menschen wäre. Über das Ding an sich gibt es keine Aussage, aber damit auch keine Sprache und keine Begriffe. Das ›Ding an sich‹ selbst ist kein Begriff, es stellt die Schranke dar, außerhalb deren es keine Begriffe und damit keine Anschauungen mehr gibt, sondern nur innerhalb derselben: Die Schranke selber ist gleichsam nur an ihrer Innenseite ein Begriff. Sie ist ein Grenzbegriff, ein Gedachtes, Anvisiertes, wovon der Gedanke zurückgeworfen, reflektiert wird, zurückfällt als Formel, als Theorie, als Hypothese usw., auf den, der ihn denkt, auf das Subjekt zurück. Was jenseits dieser Schranke liegt, ist Metaphysik, gehört dem Glauben an, es kann dem Subjekt gleichgültig sein oder nicht, darin liegt die Freiheit des Subjekts. Was mir jedoch in Wirklichkeit Kant wichtig gemacht haben mag und immer noch wichtig macht, ist – ich komme erst jetzt darauf, während ich diese Zeilen schreibe, gezwungen, die *Kritik der reinen Vernunft* noch einmal zu überdenken –, daß sie wohl eine Philosophie des Scheiterns darstellt. Gerade darin scheint mir ihre Bedeutung zu liegen. Indem sie eine unüberwindliche Schranke setzt, stellt sie ein unlösbares Problem auf, stellt sie eine unbeantwortbare Frage. Alle Fragen nach dem Ding an sich sind unbeantwortbar. Es führt grundsätzlich kein Ausweg aus dem Bereich des Wißbaren in einen Bereich, von dem aus das

Wißbare zu überschauen, in ein System zu bringen wäre. Kant mauerte den Ausgang des Labyrinths zu, es gibt nur den ›Sprung über die Mauer‹, den Glauben, das Paradox Kierkegaards. (In dieser Hinsicht schließt die Glaubensdialektik, der religiöse Existentialismus Kierkegaards, ebenso unmittelbar an Kant an wie die modernen logisch-mathematischen Erkenntnistheorien.) Kant lehrte den Menschen, das Labyrinth zu akzeptieren, er erlöste den Minotaurus, nicht wie Theseus, der ihn tötete, sondern indem er ihn zum Menschen verwandelte, er erzog ihn, das Gefängnis seines Wissens zu ertragen, und gab ihm die Freiheit des Geistes, sein Gefängnis zu sprengen, indem er es anerkannte. Das mag zweideutig sein, vor allem für den, der glaubt einen Ausweg aus dem Labyrinth durch Wissen gefunden zu haben, durch einen Ariadnefaden, aber auch für jenen endlich, für den Wissen und Glauben keine Ergänzung, sondern ein Gegensatz bleibt, der entweder den Glauben oder das Wissen absolut setzt, für den, welchem weder der Glaube noch das Wissen etwas Paradoxes ist. (Erkenntnistheoretisch gesehen ist auch das Wissen etwas Paradoxes, d. h. grundsätzlich ist seit Kant das erkenntnistheoretische Problem unlösbar geblieben.) Nun sind freilich diese Sätze mehr als vierzig Jahre nach meinem Philosophiestudium geschrieben, aber ich bin dem Denkimpuls nach Erkenntnistheoretiker geblieben. Insofern ist dieses Verharren die Ursache des Pechs, das ich heute mit den marxistisch getrimmten Intellektuellen habe. Sie halten mich für nicht engagiert oder für zynisch, wenn sie überhaupt noch etwas von mir halten. Ich stamme von einer anderen philosophischen Fauna ab als sie und gelte als Freiwild. War ich zuerst aus Unkenntnis kein Marxist, konnte ich seit meinem Studium aus Einsicht keiner mehr werden, mag auch Marx Hegel auf die Füße gestellt haben, seine Begriffe sind ebenso metaphysisch geblieben wie die des auf die Füße gestellten Lehrers, mag man einen Gaul vom Kopf oder vom Schwanz her aufzäumen, so bleibt er doch ein Gaul, und was die Partei angeht, so ist sie ein ebenso mystischer Begriff wie jener der Kirche. Zum Studium Kants trat jenes Kierkegaards. *Die Krankheit zum Tode, Furcht und Zittern* und *Der Begriff der Angst* beeinflußten mich damals wohl am nachhaltigsten. Als Dissertation hatte ich das Thema *Kierkegaard und das Tragische* gewählt, auch hier ahnungslos über seine zukünftige Wirkung, über das Explosive, das für mich in diesem Vorhaben verborgen war, ist doch Kierkegaard für mich noch wichtiger als Kant geworden: Ohne Kierkegaard bin ich als Schriftsteller nicht zu verstehen. Dramaturgisch ist Kierkegaard der einzige Nachfolger Lessings, nicht nur weil er die Grenze des tragischen Helden und damit der Tragödie aufzeigt, sondern weil er ›dramaturgisch‹ denkt. Nicht die Begriffe sind bei ihm dialektisch gesehen, sondern die ›Positionen‹. Der tragische Mensch ist durch sein Verhältnis zum Allgemeinen bestimmt. Das Allgemeine ist das Ethische. Der tragische Mensch verletzt das Ethische durch seine Schuld, mag das Motiv noch so edel sein, ja mag seine Schuld unverschuldet sein. Er stellt das Allgemeine durch seinen Tod wieder her. Dagegen ist der religiöse Mensch durch sein Verhältnis zu Gott bestimmt. Der religiöse Mensch ist für Kierkegaard der Einzelne. Dieser ist nicht mehr dem Allgemeinen untergeordnet. Im Einzelnen steht das Besondere über dem Allgemeinen. Der Einzelne nimmt gleichsam eine Position zu sich selbst ein. Er tritt in ein Verhältnis, das nur im Paradox gründen kann, um überhaupt ein Verhältnis zu werden. Nur durch das Paradox wird bei Kierkegaard der religiöse Mensch als ein dialektisches Wesen und damit ›dramaturgisch‹ faßbar, weil Gott sich nur im Glauben offenbart. Daß diese Erkenntnis unabhängig von einem Glauben an Gott gilt, daß auch vom Wissen her, da der Einzelne dem erkenntnistheoretischen Problem untersteht, dieser Einzelne nicht aus dem Allgemeinen gefolgert werden kann, diese jenseits des Glaubens und des Wissens angesiedelte individuelle Position jedes Einzelnen, die auch die Domäne seiner Freiheit ist, wurde für mein Weiterdenken entscheidend. Kierkegaard stellte seiner Zeit, die so tat, als sei sie christlich, das Christentum als Idee gegenüber. Aber er selber war nur ein Gedankenchrist. Gott war für ihn nur eine Fiktion, er konnte ihn nur denken, aber nicht mehr glauben, das war seine Schwermut; die heutige Theorie der Struktur des Atoms leuchtet mir ein, aber ich halte sie für widerlegbar, Gott halte ich nicht mehr für denkbar, und an Nicht-Denkbares kann ich nicht glauben. Der Mensch wird bei Kierkegaard durch den Glauben dem Tragischen entrückt, aber auch dem ethisch Verständlichen, er wird unverständlich, vereinzelt, eine dialektische Bewegung, die Kierkegaard zwar beschreiben, aber nicht nachvollziehen kann, wie er immer wieder versichert. Er bleibt außerhalb des Glaubens. Von außerhalb gesehen, ästhetisch, ›dramaturgisch‹ demnach: Es kann im Religiösen (aber auch in der Kategorie des Einzelnen), in der Dramatik nur Komödien geben, die Tragödie schlägt in die Komödie um. Eine Folgerung, die damals auch mir unverständlich bleiben mußte, ich war noch immer in einer labyrinthischen Welt gefangen, gegen die ich rebellierte. (Meine Rebellion war die eines Einzelnen, nicht gesellschaftlich, sondern eine Haltung, die nur darum nicht sinnlos war, weil allein durch sie der Einzelne sich begreift, indem er gegen sich rebelliert. Sie stellte eine subjektive Rebellion dar und war als solche subjektiv notwendig, während eine objektive gesellschaftliche Rebellion sich bloß für politische Selbstverständlichkeiten institutionell rechtfertigen läßt, nicht für ideologische und damit metaphysische Ziele, wie es meistens geschieht, für die, da sie verkappte dogmatische Gegensätze darstellen, sinnlos Blut vergossen wird, wie einst in den Glaubenskriegen, doch wird nichts sinnloser vergossen als Blut.) Nicht umsonst entwarf ich später, als ich nach Kriegsende wieder zu schreiben begann, im letzten Jahr meines Philosophiestudiums *Die Stadt:* Der Erzähler versucht durch reines Denken sich Klarheit über ein unübersichtliches Labyrinth von Korridoren zu verschaffen, in deren Nischen sich Gefangene und Wärter gegenübersitzen, über eine unterirdische Welt, in welcher er sich als Wärter befindet, wie er hofft, denn es ist natürlich auch möglich, daß er in Wahrheit ein Gefangener ist. Seine Frage ist somit nicht bloß eine Frage nach der Beschaffenheit der Welt (eine Frage, die sich wie ihm den gespenstischen Soldaten im *Winterkrieg in Tibet* stellt), sondern ebenso eine Frage nach seiner Freiheit in dieser Welt. Eine Antwort auf diese doppelte Frage könnte der Erzähler bloß bekommen, wenn er sich entschlösse, das Gefängnis wissenschaftlich zu untersuchen und es dann zu verlassen. Doch eine wissenschaftliche Untersuchung erweist sich als unmöglich: Über das Gefängnis läßt sich im Gefängnis nur spekulieren, kein wissenschaftliches Urteil abgeben. Es bleibt bloß die Frage nach der Freiheit übrig, der simple Versuch, die wenigen Schritte zurückzulegen, die ihn von der Ausgangstür trennen. Seine Lage würde sich dann entscheiden. Könnte er den Ausgang durchschreiten, wäre die Freiheit wirklich, nicht eingebildet, nicht fingiert und bloß erhofft; hielte man ihn am Ausgang zurück, wäre seine Unfreiheit eine Tatsache, das Befürchtete träfe zu. Doch er wagt die wenigen Schritte nicht. Er bleibt in seiner Nische. Er wird ewig in ihr bleiben (wie F. D. 3 und F. D. 4 vor der Kirchenfeldbrücke). Er versucht, die Welt durch reines Denken zu ergründen, den ›Versuch eines Grundrisses‹ zu entwerfen, er wird es immer wieder versuchen, mit immer neuen Spekulationen, weil er weder die Unmöglichkeit seines denkerischen Unterfangens zugeben will, noch hinauszugehen wagt. Er ist ein Metaphysiker geworden. Aus Verzweiflung. Aus Furcht vor der Wahrheit. Auch ich wagte damals den Versuch nicht, ins Freie zu gelangen, der ›unbewußte‹ Sinn dieser Geschichte. *Die Stadt* ist eine Selbstdarstellung. Ich fürchtete, als Schriftsteller zu scheitern, wie ich als Maler gescheitert war, und lief nun Gefahr, als Denker zu scheitern, mich doch noch an ein System zu klammern, indem ich mir etwa eines aus der Erkenntnistheorie zurechtzimmerte, statt sie als ›Impuls‹ zu benutzen. Ich fürchtete die ›Antwort‹. Ich war in mein Denken gesperrt, das Studium der Philosophie löste die Krise nicht, es verschärfte sie. Es warf mich immer wieder auf mein Denken zurück und hinderte mich zu handeln. Hätte ich damals zu handeln gewagt, würde ich das Ende der *Stadt* anders geschrieben haben: Der Erzähler wäre zur Ausgangstür gerannt, im wilden Entschluß, die Entscheidung zu suchen, zu wissen, ob er ein Wärter oder ein Gefangener sei, doch, nachdem er die Ausgangstür aufgestoßen hätte, wäre er vor einem neuen Korridor gestanden, gleich dem, den er verlassen hätte, mit Nischen zu beiden Seiten, mit Menschen besetzt, und vor ihm am Ende des neuen Korridors eine neue Ausgangstür, er wäre auch durch sie gestürzt, immer neue Korridore, immer neue Ausgangstüren, endlos, bis er sich erschöpft in irgendeinem Korridor in eine leere Nische geworfen hätte, vielleicht wäre es die Nische gewesen, die er am Anfang verlassen hatte, vielleicht eine andere, er hätte es nicht ausmachen können, ein Korridor wäre wie der andere gewesen, aber dem Erzähler wäre aufgegangen, daß es keine Flucht, daß es nur die eigene Entscheidung gibt, sich als Wärter oder als Gefangener zu betrachten, daß die Freiheit nicht bewiesen, sondern nur geglaubt, gesetzt, gewählt werden kann. Die Freiheit ist eine Bestimmung des Geistes. Der Geist bestimmt sich als frei, ist er dazu nicht fähig, hilft ihm keine Freiheit.

Im ersten Wintersemester behandelten wir Platons *Politeia,* ohne auf den politischen Hintergrund zu achten, der uns doch eigentlich hätte stutzig machen müssen, vielmehr auf die Ideenlehre ausgerichtet. Mich faszinierte besonders das ›Höhlengleichnis‹. In einer »unterirdischen höhlenartigen Behausung« sind Menschen von Kind an derart an Schenkel und Nacken an eine Schranke gefesselt, daß sie nur imstande sind, an die ihnen gegenüberliegende Wand zu starren. Hinter ihnen scheint die Sonne in die Höhle, und zwischen dem Tageslicht und der Schranke, an die sie gefesselt sind, tragen Menschen »Statuen von Menschen und anderen Lebewesen« vorüber, deren Schatten auf die Wand fallen, auf welche die Gefesselten starren, so daß sie die Schatten für die Wirklichkeit halten. Ich weiß nicht, ob ich ohne dieses dunkle Gleichnis auf die Gefängniswelt der *Stadt* gekommen wäre, kannte ich doch damals von Kafka nur, was ich in Zürich im ›Soergel‹ gelesen hatte. Platons *Politeia* ist Dantes ›Hölle‹: wird über der Schönheit der Terzinen vergessen, was Dante schildert und woran er glaubt, so deckt die Erhabenheit der Ideenlehre zu, was Platon verwirklichen möchte, eine Gedankenkonstruktion wird bewundert, statt eine politische Ideologie in Frage gestellt. Auch war ich allzusehr mit der Erkenntnistheorie beschäftigt, mit der Frage, was wir wissen können; der Weltkrieg, der immer deutlicher auf eine deutsche Niederlage hinauslief, stellte für mich nicht ein politisch-ideologisches, sondern ein existentiell-künstlerisches Problem dar. Existentiell, weil die Katastrophe, die heraufzog, auch eine der deutschen Kultur bedeutete, die nicht nur den Nationalsozialismus hervorgebracht hatte, sondern zu der ich mich auch zählte, und künstlerisch, weil ich versuchen wollte, diese Katastrophe zu gestalten. Ich hatte keinen anderen Stoff. Aber ich war von ihm ausgeschlossen. Ich war von Kind an, wie die Menschen in Platons Höhle, an Schenkel und Nacken gefesselt, und ich sah von der Katastrophe nichts als die Schatten an der Wand. Das dumpfe Dröhnen der Bomber, wenn sie die Stadt überflogen, das ferne Donnern der Bombardierungen, Zeitungsnachrichten, Radiomeldungen, Fotos, Emigranten, Platons ›Höhlengleichnis‹ war ein Bild der Lage, in die ich dem Weltgeschehen gegenüber geraten war, ich fand mich in diesem Gleichnis wieder. Zum ersten Mal sah ich einen Weg, die Welt darzustellen. Durch Gleichnisse. Sie entsprachen dem, was mir in der Malerei die Vision bedeutete: der einzige Grund zu zeichnen oder zu malen und der Grund auch, weshalb ich nicht Maler geworden bin, kann man doch Visionen nicht erzwingen. So bin ich denn fähig, nur hin und wieder zu malen. Stoßweise. Ich ließ den Wunsch, Maler zu werden, fallen. Alles bereitete sich vor. Auch die zukünftigen Mißverständnisse. Gleichnisse sind wie Visionen, nie eindeutig, die Deutung, die ich dem ›Höhlengleichnis‹ gab, war subjektiv, erkenntnistheoretisch stellt sich die Frage: Ist es für die Gefesselten überhaupt möglich, von den Schattenbildern auf die Wirklichkeit zu schließen, politisch: Wer hat die Gefesselten gefesselt, wissenschaftlich: Sind die physikalischen Interpretationen der Wirklichkeit mit Schattenbildern zu vergleichen, soziologisch: Hat Platon mit dem ›Höhlengleichnis‹ sein Modell eines idealen Staates parodiert? Gleichnisse sind an sich mehrdeutig, eindeutig werden sie nur durch den Deuter, durch den Leser, durch den Zuschauer, und das nur, wenn er vom Gleichnis betroffen ist, sonst bleibt für ihn das Gleichnis nur eine belanglose, verrückte Geschichte, und viele glauben, ich hätte nur solche geschrieben. Mein Philosophiestudium wurde zur Brutstätte meiner Schriftstellerei, und als ich es aufgab, gab ich es nicht auf. So wie ich mich immer wieder von Zeit zu Zeit mit Philosophen herumquäle, mit denen ich mich schon damals herumgequält habe, mit Hegel zum Beispiel, so beschäftige ich mich auch immer wieder mit Platon: Sein Verhältnis zu Sokrates läßt mich nicht los, und auch die These Kierkegaards nicht, Aristophanes sei mit der Schilderung des Sokrates in den *Wolken* der Wahrheit am nächsten gekommen. Doch gefesselt wie ich damals war, begann ich zum ersten Mal über Politik nachzudenken. Nicht von Platons Staatskonzeption aus, sondern von seiner Höhle.

Auto- und Eisenbahnstaaten

Die politischen Systeme unterscheiden sich im wesentlichen dadurch, ob sie unter dem Patronat der Freiheit oder der Gerechtigkeit stehen. Ist sein oberstes Prinzip die

Freiheit, so ist das politische System mit einer Gesellschaftsordnung zu vergleichen, die aus dem Straßenverkehr hervorgegangen ist. Anfangs kannte diese glückliche Fußgängergesellschaft keine Einschränkung ihrer Freiheit, jeder verließ sein Haus, wann er wollte, wanderte, wohin er wollte, nicht einmal Straßen waren notwendig, Trampelpfade genügten, über die Bäche halfen gefällte Bäume, gespannte Seile über Flüsse, waren sie nicht zu durchwaten. Erst die Kutschen machten Straßen und Brücken notwendig, doch vermochte man sich durch Zurufe persönlich zu einigen. Die Zeit floß gemächlich dahin, Karambolagen kamen so gut wie nie vor. Dann wurde die Eisenbahn erfunden, Schienen durchzogen das Land. Eisenbahnbesitzer regierten, bestimmten die Abfahrts- und Ankunftszeiten, setzten die Tarife fest. Darauf die Erfindung des Autos, das Symbol der Freiheit. Es ratterte über staubige Straßen, überfuhr Scharen von Hühnern, die Bauern warfen ihm Steine nach, doch schon wurden die Straßen verbreitert und geteert, die Hühner überquerten nicht mehr die Straße. Autobahnen wurden gebaut. Die Eisenbahn verkam immer mehr zum Armeleuteverkehrsmittel, ging ein, Gras wuchs über die Gleise, der letzte Eisenbahnbaron erhängte sich an einer Signalstange, sein Monokel zerschellte auf einer Schienenschwelle. Doch auch beim Autoverkehr machten sich Schwierigkeiten bemerkbar. Die Unfälle hatten ein beängstigendes Ausmaß angenommen. Im Straßenverkehrsamt, noch eine windschiefe Baracke, mußte allmählich an eine Straßenverkehrsordnung gedacht werden, obgleich dadurch die Freiheit in Gefahr geriet. Die Vorschrift, rechts zu fahren und links vorzufahren, stelle nur eine freiwillige Abmachung unter freien Menschen dar, beteuerte der noch jugendliche

Vorsteher des Straßenverkehrsamts, es sei eine bloße Regel, kein Gesetz, sie könne umgekehrt werden, links fahren und rechts vorfahren, die Abmachung gehe ein jeder ein aus Gründen seiner Sicherheit, es sei auch keine Moral im Spiel oder gar eine Religion, die einen Andersdenkenden verletzen könnte, ein Verkehrsunfall ereigne sich nicht, weil einer böse fahre und ein anderer gut oder beide böse oder einer christlich und der andere heidnisch, sondern weil einer falsch fahre oder beide falsch, weil einer das Fahrzeug nicht beherrsche oder beide nicht, auch über den Zustand des Verkehrsteilnehmers sage die Verkehrsordnung nur Quantitatives aus, er müsse verkehrsberechtigt sein, das heiße, ein bestimmtes Alter und bestimmte körperliche Fähigkeiten haben, ein Säugling und ein Blinder seien von Natur aus nicht fähig, ein Auto zu fahren, aber was der Einzelne für Charaktereigenschaften habe, spiele keine Rolle: Doch so vernünftig die Erläuterungen auch waren, die Proteste aus allen Kreisen der freiheitsliebenden Bevölkerung lösten eine Staatskrise aus, der Verband stillender Mütter wies darauf hin, daß Auto fahren leichter sei als gehen, und der Blindenverein, daß auch Blinde ein Auto zu steuern vermöchten, wenn neben ihnen dafür ausgebildete Hunde Platz nähmen. Die Straßenverkehrsordnung wurde durch eine Volksabstimmung abgelehnt, die Verkehrsunfälle mehrten sich, worauf sich zwei Parteien bildeten, die eine fuhr konsequent rechts, die andere stur links, wobei die Linksfahrer insgeheim von der Eisenbahn schwärmten, fuhr doch die links, frontal donnerten die beiden Parteien aufeinander, ein blutiges Schlamassel alles in allem. Notgedrungen setzte sich die Überzeugung durch, die Freiheit bestehe nicht darin, daß man fahren könne, wie man wolle, sondern daß man fahren dürfe, wenn man einen Wagen besitze. Die Linksfahrer fügten sich zähneknirschend. Die Freiheit zog sich auf den Besitz zurück. Wer den besten und schnellsten Wagen besaß, war nun der Freiste, und so wollte man immer freier werden. Doch wem der Besitz eines Autos die Freiheit bedeutet, kommt immer wieder mit der Verkehrsordnung in Konflikt. Zwar akzeptiert er sie mit dem Verstand, aber gefühlsmäßig lehnt er sie ab. Wer einen Wagen besitzt, der zweihundertfünfzig in der Stunde fahren kann, sieht nicht ein, daß er einen, der nur zweihundert schafft, nicht überholen sollte, und so überholt er in einer Kurve, und prompt kommt ihm ein Lastwagen entgegen. Der Mensch am Steuer ist für jede Verkehrsordnung unberechenbar. Er genießt seine Freiheit, erst im Auto ist er ganz frei, ein Druck aufs Gaspedal, und er schießt dahin. Das Straßenverkehrsamt, inzwischen in ein Büro der Straßenverkehrspolizeikaserne disloziert, versuchte die Straßenverkehrsordnung zu verschärfen und das Stoppzeichen einzuführen, was nur unter dem Hinweis gelang, das Amt müsse sonst das Straßenpolizeikorps vergrößern, was es ohnehin dann mußte, denn trotz des Stoppzeichens nahm das Massaker auf den Straßen zu. Zehntausende von Toten, Hunderttausende von Schwerverletzten. Jeder verwünschte zwar die Zunahme der Verordnungen, Bußen und Strafen, aber weil bei einem Unfall ohnehin der andere schuld war, akzeptierte man sie, rebellierte auch nicht, als die Strafen immer drakonischer wurden und Geisterfahrer zum Tode verurteilt wurden, indem sie, kamen sie mit dem Leben davon, in ihren Autos von Schrottbereitungsmaschinen platt gepreßt wurden. Seltsamerweise nahm dadurch, daß zum Freiheitsdrang die Gefahr kam, Opfer der Straßenverkehrspolizei zu werden, die Versuchung zu, die Straßenverkehrsordnung zu übertreten, Geisterfahrer wurden als Freiheitshelden gefeiert. Der Graben zwischen den Straßenverkehrsteilnehmern und dem Straßenverkehrsamt mit seiner Polizei vertiefte sich. Durch eine Volksabstimmung wurde die Einführung von Tempo 60 verhindert, wenn auch die enorme Zunahme der Autos ohnehin nur noch Tempo 30 erlaubte. Der Stau wurde von der Ausnahme zur Regel. Zudem half der Smog zeitweise dem Zusammenbruch des Verkehrs, aufrecht umklammerten die Toten das Steuer, nur noch die Tatsache, daß jeder ein Auto oder mehrere besaß, wenigstens einen Cadillac oder einen Rolls-Royce, einen Mercedes und einen Porsche, oder einen Opel Monza und einen Opel Rekord, oder nur einen VW oder nur einen Impala, dafür einen sehr alten, usw., tröstete über den Umstand hinweg, daß man bald nur noch an bestimmten Tagen mit einer bestimmten Endzahl des Nummernschilds fahren durfte, zuerst in zehn Tagen einmal, dann in zehn Wochen, dann in zehn Monaten, dann nie mehr. Der Stau war von der Regel zum Dauerzustand übergegangen. Das endlose Hupen war verstummt. Nur noch das Heulen der Feuerwehr- und der Polizeiautos war zu hören. Sie kamen nicht vom Fleck, und in den zusammengekeilten Autoschlangen zwischen den sich türmenden Autofriedhöfen hatten sich Überlebende wohnlich in ihren Autowracks eingerichtet, sogar Schrebergärten neben den verstopften Autobahnen angelegt, freilich bedroht von den endlich mit Katalysatoren ausgerüsteten Neuwagen, die, obwohl sich keine Käufer mehr fanden, von den vollautomatischen Autowerken immer näher geschoben wurden. Das Parlament tagte seit Jahren in einer Tiefgarage. In der Mitte in einem Rolls-Royce der Vorsteher des Straßenverkehrsamts, um ihn herum die Parlamentarier, die den Titel Straßenverkehrsteilnehmervertreter trugen, jeder in einem Oldtimer. Es hatten sich drei Parteien gebildet. Jene, die prinzipiell gegen jede Straßenverkehrsordnung war, eine zweite, die hartnäckig versuchte, dem Volk wenigstens Tempo 80, auf Autobahnen Tempo 100 vorzuschlagen, und eine dritte Partei, die kleinste, die in einem Kleinbus versammelt war, die Partei der Fußgänger, die verdächtigt wurde, mit der Eisenbahnpartei zu sympathisieren, die im Nachbarstaat regierte, völlig unbegreiflich, war doch die Fußgängerei im Eisenbahnstaat nicht nur verpönt wie im Autostaat, sondern auch verboten. Doch in Wirklichkeit hatte das Parlament, das seine Zustimmung mit Blinken und seinen Protest mit Hupen kundtat, schon längst seinen Einfluß verloren, die Macht war längst auf den Vorsteher des Straßenverkehrsamtes übergegangen, das Parlament blinkte und hupte wirkungslos. Aber auch die Macht des Vorstehers war nur scheinbar. Sie lag beim Amt selbst, dem allmählich das ganze Land unterstand, nicht nur die Straßenpolizei, auch die Feuerwehr, die Notspitäler, die Autobahnkirchen (samt einer Autobahnmoschee), die Raststätten, der Straßenverkehrsunterricht in Säuglingsheimen, Kindergärten, Frauenhäusern, Eroszentren, Saunas, Altersheimen, Primar- und Sekundarschulen, Gymnasien und Universitäten. Die Zahl der Straßenverkehrsamtsbeamten wuchs ins Unübersichtliche. Wer eigentlich regierte, wußte niemand, irgendwie regierte das Amt sich selber, so sehr liefen die Kompetenzen durcheinander und verfilzten sich. So war es denn auch nicht auszumachen, wer eigentlich die Eisenbahngeleise, von Buschwerk überwuchert, roden und wiederherstellen ließ, ob es nun das Straßenverkehrsamt war oder das diesem unterstellte Verteidigungsministerium.

Einerseits mußte der Beamtenapparat beweglich sein, andererseits mußte die Freiheit, die nicht mehr möglich war, wenigstens verteidigt werden. Nun konnte das Verteidigungsministerium auf die Autowerke zählen, wären doch diese durch die Übersättigung des Markts nutzlos geworden, hätten sie nicht begonnen Geländewagen und Panzerwagen zu produzieren, die nicht ans Straßennetz gebunden waren. So war die Armee zwar aufgerüstet, aber die schweren Atomraketen konnten nur mit der Eisenbahn befördert werden, da die Straßen verstopft waren. So mußten für das Straßenverkehrsamt, für den Beamtentransport und für die Armee für den Atombombentransport geeignete Eisenbahnen vom Eisenbahnstaat importiert werden, und nicht nur Eisenbahnen, auch Benzin. Die beiden verfeindeten Staaten ergänzten sich vortrefflich. Der Eisenbahnstaat baute Eisenbahnen, besaß Benzin und hatte keine Panzerindustrie, dagegen wies der Autostaat eine Panzerindustrie auf, aber war ohne Eisenbahnen und ohne Benzin, seine Garagen den Autostaus entlang waren nutzlos, aber an der Grenze zum Eisenbahnstaat konnten Panzer gegen Benzin und Eisenbahnwagen getauscht werden nach einem ganz bestimmten Schlüssel, so daß beide Seiten immer gleichviel Panzer, Eisenbahnwagen und Benzin zu Verteidigungszwecken zur Verfügung hatten: das Gleichgewicht des Schreckens. Dabei waren beide Staaten politisch am Ende. Sie stützten sich nur noch auf Phrasen. Nur noch das Straßenverkehrsamt und die Eisenbahngeneraldirektion hielten sie an einer Art Scheinleben. Ihre Feindschaft war rein ideologisch.

Ging der Autostaat von der Freiheit, ging der Eisenbahnstaat von der Gerechtigkeit aus: Nur die Eisenbahn sei gerecht. Alle müßten sich an den Fahrplan halten und damit an die Beschlüsse der Eisenbahndirektion, ohne sie gäbe es keine Eisenbahn, sei doch diese das Resultat einer Revolution: mit ihr beginne das industrielle Zeitalter. Die Eisenbahn sei von der Schiene abhängig. Sie müsse im Gegensatz zum Auto geplant werden. Das Auto sei nur eine reaktionäre Weiterentwicklung der Kutsche, die Eisenbahn dagegen etwas grundlegend Neues. Sie könne nicht gekauft werden, ein jeder könne sie benutzen, man brauche sie nicht zu steuern, sie werde von den Schienen gesteuert. Sie könne vom Benützer nicht bedient werden, die unmenschliche Trennung in Menschen mit Fahrausweis und Menschen ohne Fahrausweis entfalle, an ihre Stelle trete die menschliche Trennung in Passagiere und Eisenbahnpersonal, dazu brauche es, sei die Eisenbahn mit Dampf betrieben, nur drei Leute: Billetkontrolleur, Heizer, Lokomotivführer, elektrisch zwei, ein Verhältnis, das geradezu als ideal bezeichnet werden könne, denn ein Eisenbahnzug befördere Hunderte, während ein Auto höchstens fünf oder sechs zu transportieren vermöge. Auch sei die mangelnde Organisation des Autoverkehrsamts und die Übergriffe durch deren Polizei bekannt, daß dagegen eine straffe Organisation von Eisenbahnarbeitern, Barrierenwächtern, Weichenstellern, Stationsvorstehern, Bahnhofvorstehern und Hauptbahnhofvorstehern usw. für eine Sicherheit sorge, die in keinem Verhältnis zur Unsicherheit der Straße stehe, sei offensichtlich. Natürlich gelang es nicht, die Doktrin auf Anhieb durchzusetzen. Das Nachbarland mit der Freiheit, die das Auto gewährte, leuchtete vorerst mehr ein. Ein Straßenverkehrsamt wurde gegründet, Straßen gebaut, Autos eingeführt, ja konstruiert. Aber die enorme Weite des Landes war für die Eisenbahn günstiger. Sie begann sich durchzusetzen. Zuerst privat und dem Straßenverkehrsamt unterstellt. Je nach Vermögen der Reisenden wurde sie mit verschiedenen Klassen versehen, für die Regierung die erste, für die Reichen die zweite, für den Mittelstand die dritte und für die Proletarier die vierte Klasse. Trotzdem funktionierte das private Eisenbahnwesen nicht. Der Fahrplan war zu kompliziert, die Anschlüsse klappten nicht, dieser Gutsherr wollte jene Abfahrtszeit, ein anderer eine andere. Aber ein Fahrplan hat zu stimmen. Damit der Fahrplan stimmt, hat die Organisation zu stimmen, die dafür sorgt, daß der Fahrplan stimmt. Daß die Organisation stimmt, ist Aufgabe der Eisenbahngeneraldirektion, diese muß, soll alles stimmen, unfehlbar sein, omnipotent. Das an sich unentschlossene Straßenverkehrsamt vermochte die Revolution nicht aufzuhalten, welche die Eisenbahngeneraldirektion mit Hilfe der Eisenbahnarbeiter angezettelt hatte. Das Straßenverkehrsamt wurde gestürzt, der Straßenverkehrsamtsvorsteher flüchtete ins Nachbarland, der Eisenbahngeneraldirektor übernahm die Macht. Der private Straßenverkehr, das Zufußgehen, Kutsche und Auto wurden verboten und über alle Straßen Schienen gelegt, die Industrie auf den Eisenbahnbau umfunktioniert. Im Namen der Gerechtigkeit wurde die klassenlose Eisenbahn eingeführt, alle durften nur noch vierter Klasse fahren. Natürlich nicht alle. Die Eisenbahngeneraldirektion mußte schließlich auch hin und wieder fahren, ohne Inspektion vermag keine Direktion zu funktionieren. Die Aufgabe war nicht leicht zu lösen. Am Prinzip ›Die Eisenbahn für alle‹ durfte nicht gerüttelt werden, andererseits war es unmöglich, die Eisenbahngeneraldirektion mit dem Volk zusammenreisen zu lassen, die Aufgabe der Eisenbahngeneraldirektion war, die Eisenbahn für das Volk zu kontrollieren und nicht, sich unter das Volk zu mischen. Zum Glück besaß man immer noch aus der Zeit des alten Verkehrsamts Eisenbahnwagen jener Klassen, die für die Eisenbahngeneraldirektion geeignet waren, so daß, weil die Eisenbahngeneraldirektion aus dem Eisenbahngeneraldirektor, dem Vizeeisenbahngeneraldirektor und sieben Eisenbahndirektoren sowie sieben Eisenbahndirektionsanwärtern bestand, jeder Eisenbahnzug mit einem Erstklaßwagen samt Erstklaßschlafwagen und Erstklaßspeisewagen für den Eisenbahngeneraldirektor, mit einem Erstklaßkonferenzwagen für die Eisenbahngeneraldirektion und einem Erstklaßwagen mit einem Zweitklaßschlafwagen samt Zweitklaßspeisewagen für den Vizeeisenbahngeneraldirektor bestückt werden konnte, zu welchen sieben Zweitklaßwagen für die sieben Eisenbahndirektoren plus zwei Zweitklaßschlafwagen für jene, sowie ein Zweitklaßwagen mit einem Drittklaßspeisewagen für die Eisenbahndirektionsanwärter stießen, denen noch ein Drittklaßwagen und ein Viertklaßspeisewagen für die Eisenbahningenieure angehängt wurden. Weil aber die Lokomotiven nicht mehr als zwanzig Wagen zu ziehen vermochten, wären eigentlich für das Volk keine Wagen mehr bereit gewesen, doch da der Eisenbahngeneraldirektor überhaupt nie, der Vizeeisenbahngeneraldirektor eigentlich nie und die Eisenbahndirektoren fast nie, nur ein Eisenbahndirektoriumsanwärter hin und wieder, wenn auch selten genug, Eisenbahn fuhren, war es möglich, zwei, ja sogar drei Wagen zusätzlich anzuhängen, Viertklaßwagen, deren Bänke entfernt wurden. Sie waren derart belegt, daß Sitzen unmöglich gewesen wäre. So stand denn alles, Bauch an Bauch gepreßt, Hintern an Hintern, Hintern an Bauch, wie es gerade kam, rühren konnte sich keiner mehr. Weil es aber die Gerechtigkeit verlangte, daß jeder Ort mit der Eisenbahn erreicht werden konnte, mußte das Eisenbahnnetz ständig erweitert werden, damit war es aber unmöglich, die für die Verteidigung des Landes doch so notwendigen Panzer – wir wissen es – zu beschaffen, aber auch sonst geriet das Land in Schwierigkeiten, welche die Planung übersehen hatte, weil sie in ihr selber lagen. Die Passagiere der zwei oder drei überfüllten Viertklaßwagen am Ende der Züge hatten die Tendenz, nicht einzusehen, weshalb vor ihnen zwanzig meist leere Eisenbahnwagen rollten, sie ließen sich, war das Gedränge zu groß, in diesen nieder, ja einmal wurde ein Passagier sogar im Erstklaßwagen des Vizeeisenbahngeneraldirektors gesehen. Die Generaldirektion konnte nicht umhin, Geheimpolizei einzusetzen, die Billetkontrolleure erwiesen sich als zu machtlos. Die vorwitzigen Passagiere wurden verhaftet, die Gefängnisse und die Arbeitslager füllten sich, gleichzeitig die Eisenbahnen entlastend. In den Städten war das Gerechtigkeitsprinzip am diffizilsten durchzusetzen, war es doch eine der Grundthesen, daß Gehen ungerecht sei: Einige hätten, um zur Arbeit zu gehen, zum Einkaufen oder ins Theater oder ins Kino eine längere Strecke zurückzulegen als andere, darum sei die Benützung der Straßenbahn obligatorisch, nur so sei die Ungerechtigkeit aufzuheben, eine These, die zur Folge hatte, daß zwar für jede Straße eine Straßenbahn eingerichtet wurde, die aber, da sie vor jeder Haustüre zu halten hatte, äußerst langsam fuhr, so daß Straßenbahnfahren viel länger als Gehen dauerte, um so mehr als die Straßen von den Straßenbahnzügen bald derart verstopft wurden, daß die Städter gleichwohl gehen mußten, nicht neben den Sraßenbahnen, was streng verboten war, sondern in der Straßenbahn von einem Wagen zum andern. Das ganze Land kam durch die Gerechtigkeit ins Stocken, denn bald mußte auch der Eisenbahnverkehr eingestellt werden; da die Industrie nichts als Eisenbahn- und Straßenbahnwagen herstellte, waren auch die Eisenbahnstrecken mit Zügen überfüllt, man mußte von Eisenbahnzug zu Eisenbahnzug umsteigen, die sinnlos vor sich herdampfend unbeweglich dastanden. Doch da es verboten war, den Eisenbahnzügen entlang zu laufen und man auch nicht durch die zwanzig Wagen der Eisenbahngeneraldirektion gehen durfte, ging man auf den Dächern der Eisenbahnwagen, manchmal stundenlang, bis man zu einem Zug gelangte, der einige Kilometer weiterfuhr. So reiste schließlich niemand mehr. Das Land lebte von den Schwarzgängern, von Bauern, die auf Handkarren Lebensmittel auf den Schwarzmarkt schoben, der nur mühselig auf den Dächern der Züge oder durch das Gedränge in den Straßenbahnen zu erreichen war. Die Theater und die Kinos blieben leer, es war zu umständlich, sie zu besuchen, im Fernsehen waren Eisenbahnzüge zu sehen, die über weite Ebenen sausten, durch Kehrtunnels und über Viadukte, in den Speisewagen fröhlich speisende Arbeiter, unterbrochen von Meldungen über Unglücksfälle auf den Straßen des Nachbarstaates. Doch in Wirklichkeit war die Wende längst gekommen. Die Eisenbahngeneraldirektion muß dislozieren können, um die Kontrolle über das Land nicht zu verlieren, ein unbewegliches Heer von Eisenbahnbeamten ist machtlos. Zuerst fuhren sie in den Geländewagen herum, die sie vom Autostaat bezogen, Benzin hatten sie ja, dann wurden für die Eisenbahngeneraldirektion Straßen gebaut, streng verboten für das Volk, die ersten Luxuslimousinen, immer mehr Dienstwagen folgten, und so kam es zum ersten Gipfeltreffen. Nicht so sehr aus politischer Notwendigkeit als aus einer Art politischer Nostalgie. Der Eisenbahngeneraldirektor sehnte sich danach, wieder einmal Eisenbahn und der Straßenverkehrsamtsvorsteher danach, wieder einmal Auto zu fahren, und weil die Geleise des Eisenbahnlands mit Eisenbahnen und die Straßen des Autolands mit Autos vollgestopft waren, einigten sich der Eisenbahngeneraldirektor und der Straßenverkehrsamtsvorsteher dahin, daß dieser eine Woche im Eisenbahnland Auto und jener eine Woche im Autoland Eisenbahn fahren dürfe, beide trafen sich an der Grenze, einige höfliche Worte, dann fuhr der Eisenbahngeneraldirektor im Autoland Eisenbahn und der Straßenverkehrsamtsvorsteher im Eisenbahnland Auto, und als sie sich wieder trafen, nannte der Eisenbahngeneraldirektor den Straßenverkehrsamtsvorsteher spaßeshalber Eisenbahngeneraldirektor und der Straßenverkehrsamtsvorstehr geistesgegenwärtig den Eisenbahngeneraldirektor Straßenverkehrsamtsvorsteher. Die Eisenbahn- und Autofahrten wiederholten sich, bald nahmen auch der Eisenbahnvizegeneraldirektor und der Straßenverkehrsamtsvizevorsteher daran teil, dann die Eisenbahndirektoren und die Straßenverkehrsamtsbürochefs, darauf weitere Beamte, endlich war bald eine Hälfte der Eisenbahnbeamten im Autoland, während eine Hälfte der Straßenverkehrsbeamten im Eisenbahnland weilte; auch wurden die für den Atombombentransport benötigten Eisenbahnstrecken beider Länder miteinander verbunden, worauf die Atombomben des einen Landes bald im anderen waren und umgekehrt, so daß das Gleichgewicht des Schreckens erhalten blieb. Doch mit der Zeit spürte auch die Bevölkerung das neue Denken. Zwar häuften sich die Appelle, endlich zum reinen Eisenbahn- oder zum ursprünglichen Autodenken zu kommen, aber eine seltsame Lahmarschigkeit erfaßte die beiden Länder, Schwarzhändler vermieteten im Eisenbahnland Dritt- und sogar Zweitklaßwagen, ja sogar ein Erstklaßspeisewagen-Restaurant gelang es zu eröffnen, während im Autoland zwischen Autohalden die ersten Pferdestraßenbahnen florierten. Freiheit und Gerechtigkeit sind komplementäre Begriffe, weder ist Freiheit ohne Gerechtigkeit, noch Gerechtigkeit ohne Freiheit möglich.

Der Tod des Sokrates

Platon, ein introvertierter Intellektueller, beschloß, eine Welt zu verändern, die er verachtete. Aber er wußte nicht wie. Er war unpopulär, politisch chancenlos, verwandt mit den spartafreundlichen Diktatoren Kritias und Charmides, die bei der demokratischen Gegenrevolution ums Leben gekommen waren. Er war ein Aristokrat, eminent kurzsichtig, hochtrabend und steif. Er haßte die Athener mit ihrer Demokratie, und besonders haßte er Sokrates. Aus Eifersucht. Dieser war dick und häßlich, aber populär und ein stadtbekanntes Original. Die Bildhauerei hatte er aufgegeben. Er lebte von seiner Frau Xanthippe, die ein Antiquariat unterhielt, wie sie hartnäckig ihr Antiquitätengeschäft nannte. Sie war eine große stattliche Frau mit einer einst blonden Mähne, der sie ihren Namen verdankte: blondes Pferd. Sie war praktisch und großzügig. Sie lebte in der Küche hinter ihrem Antiquariat, die sie offenbar nur verließ, wenn ein Kunde kam oder wenn sie neue Ware ausstellte. Sokrates trieb sich tagsüber in der Stadt herum, verwickelte jedermann in aberwitzige und manchmal höchst unsinnige Gespräche. Er kam bei den aristokratischen schwulen Bengeln in Mode, die durch Athen flanierten und sich über die Demokratie lustig machten. Sokrates kümmerte sich nicht um Politik. Er behauptete, er wisse nichts, und wies jedem nach, daß dieser auch nichts wisse. Es gehörte zum guten Ton, ihn einzuladen. Er verkehrte in den besten Familien. Er fehlte bei keinem Gelage. Er war ungeheuer trinkfest. Wenn alle betrunken herumlagen, wanderte er durch die Räume und nahm eine Vase oder eine kleine Statue an sich. Xanthippe verkaufte sie im Antiquariat. Es wurde berühmt für seltene Stücke. Die Bestohlenen schwiegen. Sokrates war Sokrates. Man lud ihn immer wieder ein und wurde immer wieder bestohlen. Nur als die berühmte Hetäre Diotima einmal lachend erzählte, sie habe in Xanthippes Antiquariat einen kleinen Phidias doppelt so teuer wiedererstanden, als sie ihn seinerzeit von Phidias gekauft habe, wobei sie der Meinung gewesen sei, der Phidias, ein Herakles, stehe immer noch bei ihr, dachte Platon daran, die Polizei zu bitten, Xanthippes Antiquariat zu besichtigen, aber dann überlegte er sich, was klüger sei, die Popularität des Sokrates auszunützen oder zu zerstören. Er suchte Sokrates auf. Ob er seine Tragödien gesehen habe, fragte er ihn. Er habe mitgepfiffen, antwortete Sokrates. Es seien eben mehr Lesestücke, meinte Platon, aber sicher kenne Sokrates seine Gedichte. Die fadesten Verse, die je über Knaben geschrieben worden seien, brummte Sokrates. Na ja, gab Platon zu, Lyrik sei nicht seine Stärke. Aber seine Dialoge! Der Philosoph Protagoras habe sich sehr lobend über sie geäußert. Seine Dialoge mit der aristokratischen Hautevolee interessierten niemand, sagte Sokrates. Eben, gab Platon zu, populär müßte man sein. Sokrates sei populär.

Aber er vergeude seine Gespräche. Dazu seien sie da, lachte Sokrates. Niemand schreibe sie auf. Würden sie aufgeschrieben, würde Sokrates weltberühmt, gab Platon zu bedenken. Er wolle sie aufschreiben. Sokrates betrachtete Platon mißtrauisch. Was hatte der hochmütige und etwas linkische Aristokrat vor? Als Honorar biete er hundert Drachmen im Monat, fügte Platon bei. Der Vorschlag sei ihm zu undurchsichtig, meinte Sokrates und wollte sich schon abwenden. So sei Sokrates nicht mehr von Xanthippe abhängig und von einem Antiquariat, das die Polizei vielleicht einmal näher untersuchen könnte, bemerkte Platon noch wie beiläufig. Eine Drohung? fragte Sokrates. Eine Warnung, antwortete Platon. Sokrates zuckte die Achseln. Keiner beklage sich, wenn er etwas mitgehen lasse, das sei sein Honorar, er unterhalte die Gastgeber schließlich. Aber dann überlegte er. Schön, sagte er. Hundert Drachmen für Xanthippe. Aber mitgehen lasse er weiterhin etwas. Platon machte sich an die Arbeit, ersetzte in seinen Dialogen Platon durch Sokrates und gab *Protagoras, Ion, Laches, Lysis, Charmides, Gorgias, Symposion* usw. heraus. Riesenerfolge. Besonders das *Symposion* wurde ein Bestseller. Die Athener waren begeistert. Sie hielten sie für wirkliche Dialoge des Sokrates. Dieser las nicht, was Platon schrieb. Es war ihm gleichgültig. Er redete, das genügte, warum noch lesen, was er geredet haben sollte? Aber Xanthippe blieb mißtrauisch. Die Dialoge seien lebendig, aber viel zu edel, sagte sie zum Komödiendichter Aristophanes, und was er da von Diotima erzähle, sei ganz unglaubhaft. Sie kenne Diotima, sie sei eine dumme Gans. Aristophanes antwortete nicht, schlürfte seine Suppe aus. Seine Komödie *Die Wolken,* worin er Sokrates verspottete, hatte diesem gefallen, und sie waren Freunde geworden.

Nun war er alt und hatte aufgehört, Komödien zu schreiben. Ob es wahr sei, daß Sokrates ihn am Schluß des *Symposions* unter den Tisch getrunken habe, fragte Xanthippe. Sokrates trinke jeden unter den Tisch, antwortete Aristophanes ausweichend. Er wollte ihr nicht sagen, daß Platon das *Symposion* erfunden hatte. Wenn sie nur die Absicht Platons wüßte, die er mit seiner Schriftstellerei verfolge, sagte Xanthippe und schöpfte Aristophanes Suppe nach. Sie traue Platon nicht. Er gebe sich als Sokrates. Wozu? Was führe er im Schilde? Er sei ein Weltverbesserer, und Weltverbesserer seien gefährlich. Xanthippe hatte recht. Frauen haben immer recht. Platon fühlte sich als Sokrates in Sicherheit. Er konnte es wagen. Die Welt mußte verändert werden. Er mußte einen Staat gründen, der jeder Veränderung trotzte. Die Veränderung war das Schlimmste, jede Veränderung entfernte sich von der Idee. Die Idee allein war unveränderlich. Der Staat mußte die Idee der Gerechtigkeit verwirklichen, um unveränderlich zu sein. Der Staat ist aus Menschen zusammengesetzt. Das Unveränderliche am Menschen ist die Seele. Der Staat muß der gerechten Seele entsprechen. Die Seele ist gerecht, wenn die Vernunft den Mut aufbringt, den Trieb zu beherrschen. Auf den Staat übertragen: Die Philosophen als die Vernünftigen müssen herrschen, und das Volk als das Triebhafte hat zu gehorchen. Aber zwischen den Herrschenden und den Beherrschten muß es noch die Muthaften geben, die Wächter, die dafür sorgen, daß die Beherrschten gehorchen. Wenn ein Staat so funktioniert, entspricht er der Idee der Gerechtigkeit und ist unveränderbar. Der Staat ist nicht für den Einzelnen da, sondern der Einzelne für den Staat. Privateigentum ist untersagt, Frauen und Kinder sind unter Freunden gemeinsam. Die wichtigste Aufgabe des Staates ist die gymnastische und musische Erziehung der Wächter. Homer und die Tragiker sind verboten, Militärmusik erlaubt. Nach einer Schilderung der Erziehung der Philosophen und nach einem erneuten Angriff auf die Dichtkunst schloß Platon seine zehn Bücher der *Politeia* mit der Schilderung des Lebens nach dem Tode im Jenseits, wo jeder seine Belohnung oder Strafe empfängt, um dann für seine Seele ein neues Leben zu wählen. Das alles stellte er als die Lehre des Sokrates dar. Er war überzeugt, die Athener damit überreden zu können, ihre Verfassung zu ändern und seine Staatsform zu akzeptieren. Aber die *Politeia* wurde ein Mißerfolg. Zu kompliziert und zu schwerfällig. Zu reaktionär. Sparta war ein liberales Staatsgebilde dagegen. Die Kritik war verheerend. Platon sah sich als Politiker vorerst gescheitert. Aber er gab nicht auf. Er begann sich für seine Idee einzusetzen. Er mietete das Theater des Dionysos. Doch statt der erwarteten fünfzehntausend kam nur Aristophanes. Er saß in der obersten Reihe und schlief ein. Trotz seines Schnarchens redete Platon vier Stunden lang. Beim zweiten Vortrag kamen drei. Der Philosoph Meletos, der Politiker Anytos und der Literaturkritiker Lykos. Sie unterbrachen den Vortrag Platons schon nach einer Viertelstunde. Es sei nicht anzuhören, was er da vorbringe. Die Ideen seien nichts Seiendes, sondern nur Gedachtes, sagte der Philosoph Meletos. Er identifiziere sich auf eine Weise mit dem Dialog des Sokrates, daß man annehmen müsse, die *Politeia* sei nicht von Sokrates, sondern von Platon, mutmaßte der Literaturkritiker Lykos. Die politischen Ideen, die in der *Politeia* vorgetragen würden, seien antidemokratisch. Die Gerechtigkeit bestehe in der Gleichheit aller vor dem Gesetz, stellte der Politiker Anytos fest. Platon widersprach. Er wollte seine

Fiktion retten, Sokrates sei der Verfasser. So würden sie Sokrates anklagen, durch seine gefährlichen Lehren die Jugend zu verführen, kündigte der Philosoph Meletos an. Wie schon Kritias und Alkibiades verführt worden seien, ergänzte der Politiker Anytos. Dann würden sie sehen, ob Sokrates dabei bleibe, die *Politeia* vorgetragen zu haben, höhnte der Literaturkritiker Lykos. Es kam zum Prozeß. Sokrates mußte die Verteidigungsrede auswendig lernen und dazu noch vier verschiedene Reden, eine für den Freispruch, eine für den Strafantrag, eine nach der Verbannung und eine nach dem Todesurteil. Er lernte mühsam. Aristophanes hörte ihn ab. Sokrates brachte immer wieder die Reden durcheinander. Xanthippe befürchtete das Schlimmste. Sie hatte wieder Recht. Sokrates verlor im Areopag den Prozeß. Platon brachte ihr persönlich die Nachricht ins Antiquariat, wo sie eben einen kleinen Apoll von Praxiteles abstaubte. Xanthippe hörte ruhig zu, was Platon berichtete. Kein Wunder bei dieser Verteidigungsrede, warf ihm Xanthippe vor. Sie habe sie oft genug anhören müssen. Sokrates habe den Text verwechselt, antwortete Platon kühl, den Vorschlag auf eine ehrenvolle öffentliche Speisung im Prytaneion hätte er nach dem Freispruch, nicht nach dem Schuldspruch machen sollen, das Gericht sei sich verhöhnt vorgekommen, es hätte darauf nur das Todesurteil fällen können, um seine Würde zu bewahren. Überhaupt habe sich Sokrates nicht an den Text gehalten. Statt den Athenern die *Politeia* zu erklären, habe er sich nicht entblödet, dem Gericht aufzutischen, er sei vom Orakel in Delphi als der Weiseste der Menschen bezeichnet worden. Dabei wisse jeder, daß die Pythia seine Tante sei, Sokrates habe sich das Todesurteil selber zuzuschreiben. Er, Platon, hoffe nur, daß Sokrates seinen nächsten Text besser lerne. Zeit sei genug vorhanden. Das Festschiff nach Delos sei eben ausgelaufen, und erst wenn es zurückkehre, müsse Sokrates den Schierlingsbecher trinken. Aber als dieser im Gefängnis von Platon den Text bekam, den er vor seinem Tode sprechen sollte, weigerte er sich. Wenn er schon sterben müsse, wolle er nicht noch Text lernen. Was heiße sterben, rief Platon aus, wenn Sokrates unsterblich werde! Er brauche nur den dafür bestimmten Text auswendig zu lernen. Der gehe in die Weltliteratur ein, eine einmalige Chance. Sokrates blieb störrisch. Er pfeife beim Sterben auf Literatur. Da mischte sich Aristophanes ein. Er habe Platons Text gelesen. Sokrates sage darin vieles, was einen nachdenklich mache, besonders was er vom Leben nach dem Tode erzähle. Alles Quatsch, sagte Sokrates, tot sei tot. Wahrscheinlich, fuhr Aristophanes fort, auch die drei unterirdischen Flüsse Acheron, Periphlegeton und Kokytos seien geographisch anzuzweifeln, aber im großen und ganzen sei es ein Text, den man Sokrates, bevor er den Schierlingsbecher trinke, zutraue. Aber eben, Aristophanes runzelte die Stirn, erstens, nur wenn Sokrates nachher auch wirklich sterbe, und das sei schade, und zweitens, nur wenn Sokrates fähig sei, den Text auswendig zu lernen, und das halte er für ausgeschlossen. Beim Zeus, klagte Platon, jetzt habe er den *Phaidon* umsonst geschrieben. Dabei habe er an keinem Dialog so gefeilt. Es gebe einen Ausweg, sagte Aristophanes, er werde den Text lernen und den Sokrates spielen. Die beiden andern waren verblüfft. Dann müßte Aristophanes ja auch den Schierlingsbecher trinken, gab Sokrates zu bedenken. Warum nicht? erklärte Aristophanes trocken. Der Vorschlag sei von Platon gekommen. Dionys, der Tyrann von Syrakus, sei von der *Politeia* begeistert und habe Sokrates eingeladen, bei ihm nach seinen Ideen den Staat einzurichten. Platon habe ihn, Aristophanes, schon gefragt, ob er nicht anstelle des Sokrates den Text lerne und sterbe, der *Phaidon,* wie der Dialog heiße, mache einerseits Sokrates unsterblich, wenn dieser sterbe, andererseits sei das Angebot des Dionys eine Chance, die Idee der *Politeia* zu verwirklichen, aber nur wenn Sokrates nach Syrakus flüchte. Er, Aristophanes, habe geantwortet, er wolle sich das mit dem Sterben überlegen, und nun habe er es sich überlegt. Er sei aus der Mode gekommen. Athen sei eine Provinzstadt geworden und seine Politik provinziell. Ungeeignet für Welttheater. Nur noch private Konflikte kämen an. Eheprobleme. Weltschmerz. Nostalgie. Er sei zum Gespött der Kritiker geworden, seine Komödien würden als Klamauk abgetan. Er sei nur noch ein Objekt für die Literaturgeschichte. Es sei höchste Zeit, daß er etwas Nützliches tue. Er werde die Regie des *Phaidon* selber übernehmen, die Hauptrolle in der Maske des Sokrates spielen und den Schierlingsbecher trinken. Sokrates protestierte. Es sei an ihm zu sterben. Aber nicht mit diesem Text, widersprach Aristophanes. In ihm rede ein Sokrates, der von Platon erfunden worden sei, er rede so wie er im *Symposion* und in der *Politeia* rede. Es seien höchst artifizielle Gespräche, schwierig, all die Unsterblichkeitsbeweise der Seele und erst die seitenlange Beschreibung der Erde, der Unterwelt und des Lebens nach dem Tode! Und das alles wolle Sokrates auswendig lernen? Dabei habe er sich schon durch seine Textunsicherheit ein Todesurteil eingehandelt. Das wäre ganz in Ordnung, wenn Sokrates ein Schauspieler wäre, dann hätte er den Tod verdient. Aber er, Aristophanes, wisse, was ein Schauspieler zu können habe, und es sei für ihn als Komödienschreiber kein würdigerer Tod denkbar, als in der Maske des Sokrates zu sterben. Es sei höchste Zeit, daß der Sokrates Platons sterbe und der Sokrates des Sokrates weiterlebe. Er wünsche ihm in Syrakus alles Gute. Aristophanes schwieg. Sokrates fügte sich in sein Schicksal. Aristophanes ließ aus Theben die Schauspieler Kebes und Simmias kommen und probte mit ihnen den Dialog. Seine Regie nannte er poetischen Realismus. In der Zelle war es ziemlich dunkel. Er hatte Maske gemacht, so daß ihn die eingeladenen Athener für Sokrates hielten. Sie folgten atemlos dem Gespräch des Simmias und des Kebes mit dem zum Tode Bereiten. Aristophanes spielte grandios. Als der Mann mit dem Schierlingsbecher eintrat, weinten alle, dann trank Aristophanes, ging hin und her, und als seine Beine schwer wurden, legte er sich hin, und als sein Unterleib erkaltet war, deckte er sich noch einmal auf und sagte zum alten Kriton, der ihn noch immer für Sokrates hielt, er schulde dem Asklepios einen Hahn, machte noch eine Bewegung und verschied. Aristophanes wurde als Sokrates verbrannt, ganz Athen sah zu, wie sich die Rauchwolke im Blau des Himmels auflöste, während Sokrates mit Xanthippe und Platon auf einem korinthischen Frachtschiff nach Syrakus unterwegs war. Xanthippe führte die besten Stücke ihres Antiquariats mit, Phidiasse, Praxitelesse, Gemälde von Eupompos und Thimantes, mykenische Vasen und Mischkrüge, Klassikerausgaben, korinthische und persische Textilien. Doch Platon hatte sich verrechnet. Zwar hielt auch Dionys dessen Ideen für jene des Sokrates, aber auf seine Art. Dionys hatte sich eine Söldnerarmee aus ganz Italien zusammengekauft. Er herrschte mit Schlauheit, hetzte die Bürger aufeinander und verschanzte sich in der Burg Euryalos. Er brauchte Sokrates propagandistisch. Ein Herrscher imponiere, der mit einem Philosophen verkehre. Aber Platon wollte Dionys zu einem Philosophen machen, um seine Staatsidee zu realisieren. Er fragte ihn, wie es um seine mathematischen Kenntnisse stehe, und dieser antwortete verwundert, zum Rechnen sei sein Sekretär Damokles da, und als Platon von ihm Tugendhaftigkeit verlangte, ließ er ihn als Geisel festnehmen, von einem aristokratischen Geizkragen war ein saftiges Lösegeld zu erpressen. Tugendhaft hatten die Beherrschten zu sein, nicht die Herrscher. An Sokrates dagegen fand Dionys Gefallen. Sie pokulierten zusammen nächtelang in der Festung Euryalos. Ob denn Dionys wisse, was herrschen sei, wollte etwa Sokrates wissen. Herrschen sei Menschenkenntnis, war die Antwort. Was dann aber Menschenkenntnis sei, war die Gegenfrage. Menschenkenntnis sei eben Menschenkenntnis, antwortete Dionys, das könne einer nicht lernen, das könne einer, oder einer könne es nicht. Was einer nicht sagen könne, was er könne, wisse nicht, was er könne, folgerte Sokrates. Er wisse nicht, was herrschen heiße und herrsche, lachte Dionys, und alle lachten, weil es unhöflich war, nicht zu lachen, wenn Dionys lachte. Dann hörte er plötzlich auf zu lachen, schaute finster. Alle erschraken und lachten nicht mehr. Da mußte Dionys wieder über ihre Furcht lachen, und alle lachten aus Höflichkeit wieder. Nur Sokrates tafelte ruhig weiter. Leider hatte Dionys einen Schwur getan, jeder müsse sterben, der ihn unter den Tisch trinke. Sokrates trank Dionys unter den Tisch. Sokrates mußte nun doch den Schierlingsbecher trinken, Dionys erwartete einen großen Spektakel und mietete zum Tode des Sokrates das Amphitheater von Syrakus. Alle Syrakuser erschienen, die Aristokraten, die Offiziere, die Bürger, ja sogar den Weibern wurde erlaubt zu kommen. Aber Sokrates trank den Schierlingsbecher schweigend. Dafür sprach Xanthippe. »Syrakuser! Ihr habt einen Mann sterben sehen, von dem ihr dabei große und tiefe Worte erwartet habt, eine Rede über den Sinn des Todes und womöglich eine Aufklärung darüber, was uns, die wir alle einmal sterben, nach dem Tode erwartet. Ihr wurdet enttäuscht. Sokrates hat geschwiegen. Statt seiner rede ich, Xanthippe, nun zu euch. Sokrates war mein Mann, und sein Schweigen gibt mir das Recht, in einer Welt, in der sonst die Weiber schweigen, zu reden, um so mehr, als ich zu Wesen rede, die alle von Weibern geboren sind, das einzig sichere, denn wer seine Mutter war, weiß jeder, und sei sie eine Hure gewesen. Aber seinen Vater? Er ist bei vielen von euch ungewiß, leben wir doch, ist es Frieden, in einer Welt des Ehebruchs, so daß von vielen unter euch nur eure Mutter euren Vater kennt, und, ist es Krieg, in einer Welt der Vergewaltigung, in der nicht einmal eure Mutter euren Vater kennt, und es ist meistens Krieg. So daß ich nicht weiß, ob ich zu Syrakusern, Karthagern oder Oskern rede, es gibt eben Fragen, die sich nicht beantworten lassen. Das wußte auch Sokrates. Nicht daß es Fragen gegeben hätte, auf die er keine Antwort gewußt hätte, etwa auf die Frage, ob er ein guter Bildhauer sei oder ein schlechter: Er ließ das Bildhauern sein, und viele hätten es auch gelassen, hätten sie sich diese Frage je gestellt. Auch auf die Frage, welcher Wein der beste und wie er zu mischen sei, wußte er zu antworten, aber vor allem verstand Sokrates, sich selber zu sein. Sokrates blieb Sokrates, eine Fähigkeit, welche die wenigsten Männer besitzen, zuerst sind sie Kinder, dann werden sie Männer, und wenn sie Männer geworden sind, werden sie Politiker, Feldherren, Dichter, Helden oder sonst etwas, nur nicht sich selber. Sie sind keine Männer mehr, sie spielen Männer, während wir Frauen Weiber bleiben, wenn wir Mütter, Hetären oder Huren werden. Sokrates dagegen spielte nicht Sokrates, er blieb das, was er seit Anbeginn war, Sokrates. Er wußte, daß er nichts wußte, und darum fragte er einen jeden, was er wisse. Er fragte Handwerker, Philosophen, Astronomen, Politiker, er fragte und fragte, bis niemand mehr eine Antwort wußte, niemand von den Handwerkern, Philosophen, Astronomen und Politikern, die er fragte, so daß er immer wieder vor dem ungeheuren Meer des Nichtwissens stand, worin alle Fragen münden und wo es unsinnig ist, weiter zu fragen, denn je mehr man zu wissen glaubt, desto unermeßlicher wird dieses Meer. Er war überzeugt, Unrecht zu erleiden sei besser, als Unrecht zu tun. Darum tat er nichts. Er war von einer göttlichen Faulheit. Er hielt sich aus und ließ sich aushalten. Sein war ihm alles, Wissen nichts. Er schaute jeder Hetäre und jedem hübschen Knaben nach. Er liebte gutes Essen und trank gern. Und nun hat er euren Tyrannen unter den Tisch getrunken. Dafür mußte er sterben. Er nahm sein Todesurteil gelassen hin. Es sei in Ordnung. Es sei die natürliche Folge seiner Trinkfestigkeit. Jeder andere, der ebensoviel getrunken hätte wie er, wäre schon längst an der Leber gestorben. Er trinke den Schierlingsbecher getrost. Er habe ihn verdient. Sokrates starb als Sokrates. Ich bin stolz, seine Frau gewesen zu sein. Syrakuser, ich scheide nun von euch. Ich nehme Platon mit mir. Ich habe ihn vom Erlös freigekauft, den ich vom Antiquariat erzielte, das zu errichten mir Sokrates ermöglichte. Auch durch seine Trinkfestigkeit. Platon ist das erste Stück meines neuen Antiquariats. Ich werde ihn doppelt so teuer verkaufen, als ich hier für ihn gezahlt habe. Er ist ein Original. Er glaubt, daß er weiß. Er hat Sokrates nach seinem

Bilde beschrieben: Einen Sokrates, der nicht wußte, daß er nichts wußte. Lebt wohl.«

Den Versuch zu schreiben hatte ich nur zögernd wieder aufgenommen. Im Sommer 1944 verbrachte ich meinen Hilfsdienst in Interlaken. Ich war dem Geniechef der Armee zugeteilt und in einer jüdischen Pension einquartiert, in der Nähe des Hauptquartiers des Generals. Oft, wenn ich mich morgens zur Arbeit begab, ritt das Sinnbild des schweizerischen Widerstands an mir vorüber. Da ich Zivilkleidung trug, brauchte ich nicht zu grüßen. Meine Arbeit war auch dementsprechend. Man hatte meine Fähigkeit entdeckt, mit Tusche Erkennungsmarken zu schreiben. Ich wurde der Kalligraph einer ganzen Division, deren ›Grabsteine‹ ich von früh bis spät schrieb: Name, Grad, Einteilung, Blutgruppe. Während der Mittagspause las ich im Garten einer Confiserie, flankiert von Offizieren, von zwölf bis zwei Uhr *Dichtung und Wahrheit.* Keine andere Prosa Goethes vermochte mich seitdem derart zu fesseln, sehe ich von gewissen Passagen aus der *Farbenlehre* ab, die ich aus Freude über die Durchsichtigkeit ihrer Sätze hin und wieder aufschlage; Goethe schulte seine Sprache an der Anschauung, nicht an der Spekulation wie Schiller. Seine Stärke ist die Beschreibung, im Fingieren ist er schwach, er gerät leicht ins Unwahrscheinliche, Gekünstelte hinein, die Welt des Theaters im *Wilhelm Meister* wird durch den alten Harfner und Mignon nicht poetisch erhöht, sondern zerstört. Ebenso geht es mir mit der *Novelle.* Sie ist bei weitem nicht so gut wie Emil Staigers Essay darüber. Oder mit Ottilie in den *Wahlverwandtschaften,* das Überstilisierte und das Elementare,

›Poetische‹, decken sich nicht, während in *Dichtung und Wahrheit* das Prätentiöse, bewußt Klassizistische als etwas Unwichtiges dem Gedächtnis entschwindet, so daß der Eindruck nachwirkt, das Werk sei mühelos entstanden, aus einer reinen Freude am Nacherzählen heraus – etwa wenn Goethe von Abraham berichtet, der den Hain Mamre schildert, als eine Geschichte, die für ihn einmal wichtig gewesen sein muß, ein Vorgang, der mit der überlegenen Nonchalance zu vergleichen ist, mit welcher der über achtzigjährige Ranke die Weltgeschichte darzustellen beginnt, blind, bloß aus dem Wissen, aus der Erinnerung und damit aus der Gelassenheit der Distanz heraus. Nun sind diese Eindrücke subjektiv. Sie charakterisieren den Leser, nicht den Autor. Nach dem Sprachdschungel Jean Pauls beeindruckte mich die Sicherheit der Schilderung, die Selbstverständlichkeit, mit der Goethe mit der Sprache umging. Es wurde mir aufs neue bewußt, daß ich die deutsche Sprache nicht als etwas Selbstverständliches beherrschte. Der deutsche Teil der Schweiz kapselte sich im Zweiten Weltkrieg auch sprachlich von Deutschland ab, ein Prozeß, der sich seit dem Ersten Weltkrieg beschleunigt hatte, vorher scheint es noch viele Gebildete gegeben zu haben, die untereinander ›Hochdeutsch‹ sprachen. Im Verlauf der politischen Entwicklung war die Volkssprache auch die Umgangssprache der Gebildeten geworden und ist sie bis jetzt geblieben. Dazu gehörte ich einer Generation an, die nicht mehr einige Semester in Deutschland studieren konnte, wie etwa noch mein Vater, ich wuchs gänzlich in einer schweizerdeutschen Sprachwelt auf. Deutsche Grammatik wurde nur in der Primar- und in der Sekundarschule unterrichtet, doch schon in der Sekundarschule wurde das Französische vom Schüler wichtiger genommen, nicht weil es ihm leichter, sondern weil es ihm schwerer fiel, mit dem obligatorischen Französischunterricht begann bei den ein breites Berndeutsch redenden Schülern des Emmentals der Schuljammer. Auch bei mir. Der sadistische Lehrer pflanzte mir einen Widerwillen gegen die französische Sprache ein, der mir geblieben ist. Was ich von der französischen Literatur kenne, las ich in Übersetzungen. Ich liebe es noch heute nicht sonderlich, französisch zu reden, obgleich ich seit bald vierzig Jahren in der französischen Schweiz lebe; meine Aussprache ist scheußlich geblieben. Im Gymnasium wurden die alten Sprachen wichtig. Von den Noten in Latein und Griechisch hing für den Schüler sein Schicksal ab. Man lernte Deutsch instinktiv und lernte es wieder nicht. Das ist noch heute so. Der Abstand zum ›Schriftdeutschen‹ ist zu groß und zu klein. Das Schriftdeutsche ist eine Fremdsprache und doch keine. Der Schweizer ist von klein auf gewöhnt, Deutsch zu lesen, aber er spricht es nur während der Schulstunden, nie privat, auch mit dem Lehrer nicht, wenn er sich nach dem Unterricht an ihn wendet, das ›Hochdeutsche‹ wird dadurch zur ›Schrift- und Amtssprache‹. Ansätze eines phonetischen Unterrichts erlebte ich nur in der Sekundarschule. Ich erinnere mich noch. Ein gewichtiger Graubündner, der Oberlehrer, eine Respektsperson auch in der Gemeinde, versuchte uns Fünftkläßlern die deutsche Phonetik beizubringen. Sie bestand darin, daß er das R auf eine übertriebene Weise rollte: ›Derrr Herrr‹ mußten wir im Chor in seiner Aussprache wiederholen, immer wieder. Später, im Gymnasium, wurde auf die Phonetik kein Wert mehr gelegt, auch auf der Universität nicht. Natürlich sprachen wir mit den deutschen Professoren und mit den Emigranten hochdeutsch, doch ohne Zwang, phonetisch richtig zu sprechen: Emigranten hüten sich, über die Aussprache der Einheimischen zu lächeln oder jene gar zu korrigieren. Doch wie ich nun selber zu schreiben versucht hatte, war mir auf einmal die deutsche Sprache zum Problem geworden, die Naivität, mit der ich sie gehandhabt hatte, die unschuldige Meinung, ich ›verstehe‹ Deutsch, jäh in Frage gestellt. Durch die Stoffe, die mich damals beschäftigt hatten, an der Schwierigkeit, sie niederzuschreiben, war mir die Sprache bewußt geworden, über die ich verfügte. Es war nicht ›Hochdeutsch‹, es war ein emmentalerisches Schriftdeutsch. Verlegen, nur mit dem Willen versehen, mich auszudrücken, koste es was es wolle, war ich zu meinen ersten schriftstellerischen Unternehmen angetreten, die mit einem Rückzugsgefecht in die Philosophie ihr Ende genommen hatten. Vorläufig. Doch hatte ich das Problem mehr verdrängt, statt es zu lösen. Ich war in Zürich aus expressionistischer Unbeholfenheit, ängstlich bedacht, meine Sprachunkenntnis zu vertuschen, nach vielen Schreibversuchen ins Einfache ausgewichen, und damit ins Sichere oder in riesenhafte Sätze und so ins Maßlose: Aus Furcht, man käme hinter mein ›mangelhaftes‹ Deutsch, hatte ich wilde Kunststücke verübt, war sprachlich kopfgestanden. Später hatte ich mich, im Wallis, die Nächte durchschreibend, angelehnt bald an Büchner, bald an Grabbe, bald an das Wenige, das ich von Brecht kannte, mich an ›Bildungsmäßiges‹ gehalten, Traditionelles nachgeahmt. Doch nun, wo es galt, eine Dissertation zu schreiben, war es unmöglich, ins Einfache oder ins Maßlose auszuweichen, auch nicht ins ›Kantische‹, das Denken als etwas Persönliches verlangte einen eigenen Denkstil: Es fehlte mir wieder die Sprache, meine Gedanken auszudrücken. Das Problem ließ sich diesmal nicht negieren.

Paradoxerweise raubte mir das philosophische und nicht das literarische Studium die sprachliche Unschuld. Ich scheiterte in der Philosophie an der Sprache, an der Unfähigkeit, meine Gedanken zu formulieren; weil es meine eigenen Gedanken waren, vermochte ich sie nicht in irgendeinem schon vorhandenen philosophischen Sprachstil auszudrücken, hätte ich das versucht, wären meine Gedanken mir entfremdet, verfälscht worden. Ich hätte mich durch eine angenommene philosophische Sprache gedanklich gleichsam selbst enteignet, ein sprachliches Scheitern, das mich wieder dazu brachte, Erzählungen zu schreiben: um mich in der Sprache zu üben. Wieder begann ein Rückzugsgefecht, diesmal in umgekehrter Richtung: aus der Philosophie in die Literatur. War ich vorher der Meinung gewesen, die Sprache sei erlernbar und damit zu beherrschen wie ein Instrument, etwas Objektives also, Gesichertes, so war ich unsicher geworden. Zuerst war diese Unsicherheit nicht viel mehr gewesen als ein dumpfes Unbehagen der Schriftsprache gegenüber, an der ich feilte, ein Zweifeln am Sinn meines sprachlichen Experimentierens, das ich nicht zu begründen vermocht hatte. Erst allmählich ging mir das Phantomhafte der Sprache auf. So wie es keine Sprache gibt, sondern bloß Sprachen, gibt es auch keine deutsche Sprache an sich: gäbe es sie, wäre die deutsche Sprache etwas Totes, so wie das Latein und das Griechisch, das ich in der Schule lernte, etwas Totes waren: weil sie nur noch Schriftsprachen sind und vom gesprochenen Wort nicht mehr geformt werden. Sie sind sprachliche Petrefakte. Die Sprache, die wir sprechen, und die Sprache, die wir schreiben, sind dagegen etwas Lebendiges, wenn auch voneinander Verschiedenes, die Sprechsprache findet ihren Niederschlag in der Schriftsprache und umgekehrt. Politische, gesellschaftliche, kulturelle Veränderungen greifen unaufhörlich in die sprachlichen Vorgänge ein. Die Sprechsprache wirkt auf die Schriftsprache wie die Lufthülle auf die Erdoberfläche, unmerklich, durch Erosion, durch sprachliche Wanderdünen, so daß mit der Zeit eine vertraute sprachliche Landschaft fremdartig erscheint. Andererseits verändert sich die Schriftsprache selber, durch Erdbeben, durch tektonische Verschiebungen, auch wirkt sie, indem sie sich verändert, auf die Sprechsprache ein, wie die Erdoberfläche auf die Lufthülle ja auch einwirkt, durch Erhitzung, Ausdunstung usw. Gibt es aber nur deutsche ›Sprechsprachen‹, deutsche Dialekte, deutsche Sprachbräuche, gesellschaftlich, politisch, landschaftlich bedingt, die mehr oder weniger die deutsche Schriftsprache durchdringen, umformen, und sich in ihr abfärben und die nun ihrerseits von der Schriftsprache durchdrungen, umgeformt und von ihr gefärbt werden, bricht innerhalb dieses gesamten sprachlichen Hin- und Zurückfließens immer wieder auch noch der persönliche, individuelle Sprachausdruck eines jeden Einzelnen durch, auch seine Sprech- und Schriftsprache werden durch persönliche Eigenarten wechselseitig geprägt. Ein komplizierter Tatbestand, den die Grammatiker bald zu unterdrücken, bald nachträglich zu sanktionieren versuchen, besteht doch ihr Handwerk darin, eine ›richtige‹ deutsche Sprache zu fixieren, ein Leitbild aufzustellen. Nicht ohne Berechtigung, doch auch nicht ohne Anmaßung, beide Tendenzen halten sich die Waage. Darum glaubt denn eigentlich nur der Nicht-Schriftsteller an die deutsche Sprache, er schreibt und glaubt ›naiv‹, das Schreiben ist ihm höchstens ein grammatikalisches Problem, das grundsätzlich lösbar ist. Sie brauchen sich nur nach der Grammatik zu richten, um ›richtig‹ zu schreiben. Im Gegensatz dazu stellt sich für den Schriftsteller weniger die Frage, ob er grammatikalisch ›richtig‹ oder ›falsch‹ schreibe, die ›Subjektivität‹ der Sprache wird ihm bewußt, ihn beunruhigen die Fragen, ob er sich ›gut‹ oder ›schlecht‹ ausdrücke, ›genau‹ oder ›ungenau‹. Diese Fragen sind keine grammatikalischen, sondern stilistische. Ein ›guter‹ Satz ist nicht wissenschaftlich zu begründen. Eine Literaturwissenschaft des Stils ist Literaturtheologie. Es gibt keine Stilkunde, wonach der Schriftsteller sich ›stilistisch‹ richten könnte, und richtet er sich nach gewissen allgemeinen Prinzipien, so geschieht das nur vordergründig, in Wirklichkeit wird seine Sprache von seinem persönlichen Duktus geformt. Ein ›guter‹ Satz ist für den Schriftsteller aus Evidenz gut. Er leuchtet ihm ein, aber diese Evidenz ist subjektiv, einem anderen braucht der Satz nicht einzuleuchten, der Satz kann grammatikalische Fehler aufweisen und doch für den Autor richtig erscheinen, richtig insofern, als er im Zusammenhang oder in der Vereinzelung, in der er steht, dem Schriftsteller als ›notwendig richtig‹ einleuchtet. Etwas anders stellt sich das Problem des ›genauen‹ oder ›ungenauen‹ Satzes. Dessen Evidenz ist von der Logik abhängig, ›objektiver‹, doch sind ›völlig genau‹ und ›völlig ungenau‹ nur Grenzbegriffe, die in der Sprache nie vollständig erreicht werden, ebenso wie sinnvoll und sinnlos, es gibt ebensowenig einen gänzlich sinnvollen wie einen gänzlich sinnlosen Satz, auch hinter der Feststellung, der Rappe sei weiß, mag sich ein Sinn, oder hinter dem Satz, A sei A, ein Unsinn verbergen. Wenn sogar in der einzigen allgemeinen ›Sprache‹, die wir kennen, Streit darüber herrscht, was evident sei oder nicht, in der Mathematik nämlich, um so mehr in der ›Schriftsprache‹. Die Grammatik ist kein Naturgesetz, sie besteht aus Vorschriften, die historisch aus gesellschaftlichen Sprachtendenzen und Sprachgewohnheiten, aber auch aus ›Sprachereignissen‹, wie etwa Luthers Bibelübersetzung, entstanden sind oder aus Transpositionen aus der Grammatik anderer Sprachen usw., aus Regeln, die wieder geändert werden, weil sie von jenen geändert werden, die schreiben und nicht an sprachliche Gesetze und Tabus glauben. Schlecht und ungenau schreiben heißt nicht, grammatisch unrichtig schreiben, sondern daß ohne Instinkt für das persönlich Richtige und Genaue, ohne Sprachcharakter geschrieben wird, ohne das Diktat der Evidenz, ohne den Drang (was mich betrifft), einen Satz immer wieder neu schreiben, immer wieder korrigieren zu müssen, bis sich die Gewißheit einstellt, die Evidenz eben, der Satz, die Passage, das Kapitel, die Szene sei richtig, genau ›durchsichtig‹, eine Gewißheit, die durch nichts zu beweisen, durch keinen Zauberspruch zu beschwören (es gibt keine Magier der Sprache), aber auch durch keine Anleitung herbeizuführen ist, also auch durch jene nicht, die ich angeführt habe. Gewiß, ich schreibe immer wieder um, forme um, trage hier ab, ergänze dort, streiche durch, doch andere lassen stehen, was sie schrieben: Die Größe Gotthelfs besteht darin, daß er nicht korrigierte, nichts zurücknahm. So sind auch die Methoden, die Schreibtechniken, individuell. Einige konzipieren sorgfältig, andere flüchtig, wieder andere überhaupt nicht. Doch muß die Sprache einleuchten; ihre Evidenz ist das Entscheidende, wird es für einen Schweizer oft schwierig zu schreiben: Er traut der Evidenz seiner Sprache nicht, er verfällt zu leicht dem Vorurteil, seine Schreibsprache sei von seiner ›Sprechsprache‹ beeinflußt, vom Schweizerdeutschen, das er redet. Er hält die Sprache, die er zu schreiben versucht, für etwas Objektives, Erlernbares, der Schule, dem Duden Unterstehendes, er wagt seine Sprache nicht, die Sprache wird damit für ihn das, was sie nicht sein sollte, nicht ein Ausdruck seines Charakters, seiner Denkkraft, seiner Freiheit endlich, sondern ein Ergebnis seiner Dressur und seiner Unfreiheit, die im kulturellen Minderwertigkeitsgefühl wurzelt, das ihm, ohne daß er es zugibt, als Schweizer, als Nichtdeutscher, als Kleinstaatler allzuleicht anhaftet. Seine Sprache wird unbeholfen oder gekünstelt, papieren oder schöngeistig, goethisch oder virtuos, indem er gekonnt gleich alle Stile nachahmt, oder was auch immer, er verdrängt die Spannung zwischen seiner Mundart und der Schriftsprache, statt sie auszunutzen, statt die Sprache, die er schreibt, durch die Evidenz zu bereichern, die er unmittelbar empfindet, weil sie seinem Mittelhochdeutsch entstammt. Diesem Irrtum war auch ich verfallen, es brauchte Jahre, ihn zu überwinden.

War ich vorher ein Einzelgänger gewesen, wurde ich geselliger. Ich verkehrte mit anderen Studenten, doch auch mit Bekannten aus der Gymnasialzeit, mit Freunden, mit denen ich in einer kleinen Kellerkneipe in der Altstadt und nachher oft noch in meinem ausgemalten Mansardenzimmer diskutierte. Der Lärm war manchmal beträchtlich, besonders wenn sich eine Gesellschaft gegen ein Uhr in der Nacht zu mir nach oben begab, jeder eine Flasche unter dem Arm, oder gegen Morgen mehr oder weniger sanft die vier Treppen nach unten bewältigte, was nicht ohne Stürze abging. Meine Eltern waren großzügig, nur einmal intervenierte mein Vater schüchtern, verlegen, merkwürdigerweise Schriftdeutsch sprechend, als es hoch herging, gegen vier morgens. Ich bewirtete einen Kunstmaler, dessen

Frau, Studenten und den ›außerordentlichen Professor‹ für Kunstgeschichte, Wilhelm Stein. Die Gäste waren verwirrt, das Zimmer voller Rauchschwaden, durch welche die Fratzen an den weißen Wänden glotzten, Kerzenlicht, mein Vater wirkte gespenstisch in seiner notdürftigen Kleidung, er hatte nicht erwartet, einen Professor bei mir zu finden, entfernte sich, ich fühlte mich gedemütigt, man brach auf. Stein las über die Kunst der Renaissance und hatte nicht viele Hörer. Er war der Sohn des noch legendäreren Vorgängers des schon legendären Philosophieprofessors, bei dem ich studierte, eines sagenumwobenen Grandseigneurs, über dessen Reichtum, Witz und Überlegenheit die phantastischsten Gerüchte umliefen, der eine Riesenvilla hoch über dem Fluß bewohnt hatte, die nun dem Diakonissenhaus, an welchem mein Vater wirkte, als Heim für alte Schwestern diente. Seinen ersten Sohn nannten wir den »Kunststein«, seinen zweiten, Privatdozent für Philosophie, den »Stein der Weisen«. Wilhelm Stein wohnte in der Kramgasse. Oft trank er bei uns Studenten im »Klötzlikeller«, oder ich saß bei ihm in seinem Arbeitszimmer, allein oder mit einem Freund, oft spät in der Nacht. Sahen wir in den verdunkelten Fenstern seines Arbeitszimmers durch die Ritzen noch Licht dringen, läuteten wir an der Haustüre in der finsteren Arkade. Nach einer Weile hörten wir seine Schritte, und er öffnete uns. Seine Wohnung lag im zweiten Stock. Von der Haustüre führte ein Korridor ins Innere des Hauses, über dunkle Holztreppen stieg man nach oben. Das Arbeitszimmer war ein langgestreckter hoher Raum mit zwei Fenstern, von denen man auf die Kramgasse hinunter sah, auf den ›Samson‹, auf ein mittelalterliches Bauwerk, das er besonders liebte, auf einen Brunnen mit einer schlanken Säule und einer bemalten Figur, den biblischen Helden darstellend, wie er den Löwen erwürgt, mitten in der breiten, sanft geschwungenen Gasse. Nach hinten, gegen den Hof, mußten weitere Räumlichkeiten liegen. Irgendeine Frau oder ein Ehepaar besorgte ihm den Haushalt, wir wußten nie Näheres. Stein bewirtete uns mit Wein. Sein Stadtberndeutsch war schön und gepflegt. Wir sprachen über die Dichter. Hinter seinem Schreibtisch hing ein großes Gemälde des Schweizer Malers Coghuf, doch gehörte es ihm nicht, der Maler verlangte es irgendeinmal für eine Ausstellung zurück, es kam ein anderes Gemälde hin, Rokoko, unbestimmt, irgendeine mythische Szene, sie paßte nicht recht zu ihm. Er war Georgianer, er gehörte dem Kreis des Meisters an, doch hatte er sich offenbar nur am Rande des Kreises ansiedeln können, er mußte irgendwelchen geheimnisvollen Diadochenkämpfen innerhalb des Kreises zum Opfer gefallen sein; es mußte dort wohl unerbittlich zugegangen sein, die verschiedenen Jünger scharten neue Kreise um sich, die einander feindlich gegenüberstanden, niemand vergaß, wer einmal etwas geäußert, geurteilt, verdammt hatte, doch hielt er dem Meister die Treue. Er liebte es, ihn vorzulesen, in einem feierlichen Singsang, als etwas Kultisches, Heiliges. Die Freunde, die er um sich sammelte, waren Maler und Bildhauer akademischen Stils, auch hier viel Geheimnisvolles, Andeutungen von Auseinandersetzungen, Freundschaften gingen in die Brüche, er versuchte zu vermitteln. Vom Theater sprach er nie, von Prosa nur, insofern sie George gebilligt hatte, so Passagen aus Jean Paul, aus dem *Titan,* oft las er aus Georges Danteübersetzungen vor. Der Musik mißtraute er. Sein Hang zum Feierlichen hielt seiner Neigung zum Feiern die Waage. Ich rebellierte gegen seine Kunstauffassung, ohne es ihm zu sagen, um ihn nicht zu verletzen, doch wußte er es und sah über diesen Umstand hinweg. Es war ihm wichtiger, daß ich etwas wurde, als daß ich seine Anschauungen teilte. Er war einer der ersten Menschen, die mich ernst nehmen.

Georges Gedichte blieben mir fremd. Sie waren mir zu absichtlich, zu bewußt Kunst. Zwar liebte ich Hölderlins *Archipelagus* und Goethes viergeteilten Chor aus der klassischen ›Walpurgisnacht‹, aber lieber waren mir Gedichte, denen die ›Dichtkunst‹ nicht anhaftete, die gleichsam Natur waren, ein Gedicht etwa wie jenes von Matthias Claudius, das anfängt: »Es ist so dunkel in des Todes Kammer«, oder jenes, das aufhört: »Ich bin nichts mehr, ich lebe nicht mehr gerne«, des umnachteten Hölderlin, dunkle Gedichte, die erschüttern. Heym, Trakl und die Lyrik Brechts lernte ich erst später kennen. Nun verlangt die Sprache eines Gedichts die gleiche Disziplin wie die eines Theaterstücks oder einer Prosaarbeit. Auch wenn die Sprache nachlässig, salopp tut. Sie darf diese Nachlässigkeit nur vortäuschen. Sie muß so gewollt, gesteuert sein, sie muß unbeabsichtigt, leicht, geradlinig, nonchalant, wenn nötig, erscheinen, genauer gesagt: sie muß notwendig so sein, wie sie scheint, nicht zufällig, und wenn es Passagen, Artikel, Stücke gibt, die ehern, unerbittlich, knapp und hart sind, ist es nicht ein äußerliches Formprinzip, das sie regiert, sondern ein inneres, vom Inhalt her, wie es auch beim Gedicht der Fall ist, wobei Form und Inhalt ebensowenig wie die Oberfläche einer Plastik zur ›Innenfläche‹ einer Plastik einen Gegensatz darstellen. Es gibt keine ›Innenfläche‹. Die Form ist die Erscheinung des Inhalts: Alles ist Gedicht, Form, Gestalt, eine Erkenntnis, die ich im wesentlichen Wilhelm Stein verdanke, diesem unerbittlichen Hohepriester des reinen Worts, obgleich ich schon damals mißtrauisch gegen alles Hohepriesterliche war, allergisch schon gegen das Wort ›sprachlich‹. Stein selbst habe ich später wohl darum nur noch selten gesehen, ich mußte mich von ihm freimachen. Wir sprachen dann nie über meine Schriftstellerei, auch nie über George. Ich hatte einen anderen Weg eingeschlagen. Seine Welt war nicht die meine.

Gedichte wurden für mich erst wichtig, als ich in Paris Paul Celan kennenlernte. Wir besuchten ihn in seiner Pariser Wohnung. Eine Frau, malend, ein Kind. Er war schwermütig, verzweifelt, dumpf, glaubte sich verfolgt, irgendeine deutsche Zeitung hatte ihn kritisiert oder falsch zitiert, doch als er uns dann eines Tages in Neuchâtel mit seiner Frau besuchte und einige Tage bei uns blieb, lernten wir ihn von einer anderen Seite kennen. Wir hatten das Ehepaar in einem Hotel auf dem Chaumont einlogiert, zuerst war er traurig, so wie wir ihn von Paris her kannten, wir waren bedrückt, wie wir in Paris bedrückt gewesen waren, versuchten ihn aufzurichten, wir wußten nur nicht wie, wie wir es in Paris auch nicht gewußt hatten. Am letzten Tag hatte sich seine Schwermut auf einmal verzogen, wie ein dunkles Gewölk sich auf einmal verzieht. Der Tag war heiß, schwül, kein Wind, lastendes Blei. Wir spielten stundenlang Tischtennis, er war von einer ungeheuren, bärenstarken Vitalität, er spielte meine Frau, meinen Sohn und mich in Grund und Boden. Dann trank er zu einer Hammelkeule eine Flasche Mirabelle, einen starken Schnaps, seine Frau und wir tranken Bordeaux, er trank eine zweite Flasche Mirabelle, Bordeaux dazwischen, in der Pergola vor der Küche, am Himmel die Sommersterne. Er dichtete in das bauchige Glas hinein, dunkle, improvisierte Strophen, er begann zu tanzen, sang rumänische Volkslieder, kommunistische Gesänge, ein wilder, gesunder, übermütiger Bursche. Noch als ich ihn und seine Frau zum Chaumont hinauffuhr, durch den nächtlichen Jurawald, als schon der Orion heraufstieg, dann immer mächtiger der Morgen, und wie die Venus aufflammte, sang, grölte er, wie ein ausgelassener Faun. Später hörten wir wenig mehr von ihm. Einmal schickte er einen Zeitungsausschnitt, flehte, ich solle einschreiten, er vermutete einen geheimen Angriff, ich las den Artikel immer wieder, konnte nichts finden, begriff seine Vermutung nicht, antwortete nicht, weil ich nicht begriff und nicht wußte, wie ich ihn beruhigen könnte, ohne sein Feind zu werden, sah er doch nun überall Feinde, witterte überall Intrigen. Dann kam er noch einmal, aus Paris oder aus Deutschland, wie auf der Flucht, saß in meinem Atelier zwischen meinen Bildern, schwieg, ein Gespräch schien sich doch noch anzubahnen, versiegte, meine Frau bereitete das Gastzimmer vor, ich ging in den Weinkeller, unglücklich, ich wußte, daß ich ihn unglücklich gemacht hatte, daß er Hilfe gesucht hatte, ohne sie gefunden zu haben, kam mit einigen Flaschen zurück, das Atelier war leer. Erst jetzt höre ich Celans Stimme wieder. Mehr als zwanzig Jahre später. Der Suhrkamp Verlag hat zwei Platten herausgegeben. Ich höre der Stimme zu. Celan liest seine Gedichte eindringlich und exakt, das Tempo gleichmäßig, manchmal beschleunigt. Wortschöpfungen, Assoziationen, ich sehe Bilder, indem ich ihm zuhöre. Bilder von Hieronymus Bosch, ›Das Jüngste Gericht‹, ›Der Garten der Lüste‹. Sind diese Gedichte noch sprechbar, nicht zu esoterisch, um unmittelbar zu wirken, Hieroglyphen, die sich erst nach langem Betrachten enthüllen, Gedichte der vollkommenen Einsamkeit, hinter schalldichten Glasscheiben gesprochen, Gedichte ohne Zeit und Ton, schwarze Sprachlöcher, Wortalchemie? Die gleiche Hilflosigkeit überfällt mich, die ich Celan gegenüber empfunden habe, die Traurigkeit, die er zu verbreiten wußte.

George hat sich nachträglich für meine Abneigung gerächt. Auf Umwegen. Meine sprachliche Unsicherheit ließ mich nach einem Vorbild suchen, nach einem Schriftsteller, der mir entsprach, der wie ich bildhafte Gleichnisse schrieb. Indem ich mich von George absetzte, stieß ich auf Ernst Jünger. Heute teilen sich die Bewunderer schroff von jenen, die diesen Schriftsteller ablehnen. Sein Sternbild ist nach rechts gedriftet. Die ihn ablehnen, sind in der Überzahl. Ich kannte damals von Ernst Jünger nur *Das abenteuerliche Herz* und *Auf den Marmorklippen.* Jünger ist einer der klarsten und vagsten Schriftsteller zugleich. Ein Verarbeiter unvorstellbarer Lesemassen, von Kirchenvätern über *Tausendundeine Nacht* bis zu Büchern, von deren Existenz wohl nur er Kenntnis hat. Ich begreife ihn, während ich ihn lese, und habe ich ihn gelesen, habe ich vergessen, was ich begriffen habe. Er ist auf eine seltsame Weise geheimnislos. Auch Dalís brennende Giraffe ist ohne Geheimnis. Sie ist nur bizarr. Auch Jüngers *Heliopolis.* Daneben sind mir einige Capriccios aus dem *Abenteuerlichen Herz* geblieben, so der Hippopotamus, aber von allen Gestalten Jüngers haben nur der Oberförster und Nigromontanus meine Phantasie beschäftigt, vielleicht noch Zapparoni aus den *Gläsernen Bienen.* Es sind verkleidete Götter. Im Oberförster sah ich einmal ein Sinnbild für Hitler, doch ist der Oberförster weder Antisemit noch Wagner-Liebhaber, er weist nichts von einem gescheiterten Künstler auf mit den größenwahnsinnigen Bauphantasmagorien, die er plante. Er erinnert mich merkwürdigerweise an Gotthelfs Hagelhans im Blitzloch in *Uli der Pächter,* der in einer Gegend wohnt, »welche ziemlich unbekannt ist, aus einem großen Hügelknäuel besteht, durch den keine Heerstraße führt ... Hagelhans war ein Bauer, groß von Statur und reich an Geld, hatte Knochen wie ein Ochs, ein Gesicht wie ein Löwe und Augen wie eine Katze, wenn weder Sonne, Mond noch Sterne am Himmel stehen. Lieb war er, so weit man wußte, niemandem, kam er in einen Stall, so schlotterte das Vieh, sah ihn ein armer Mensch auf der Straße, so floh er über alle Zäune weg, kam er in ein Wirtshaus, so floh das Stubenmädchen auf den Estrich und rief den Wirt, als täte es am Messer stecken; einen Hund hatte er, groß wie ein vierteljährig Kalb, der begleitete ihn Tritt für Tritt, und Tauben trippelten furchtlos um seine Füße.« Wie Hagelhans eine Bauerngottheit ist, stellt der Oberförster eine Waldgottheit dar, dessen schwer zugängliches Herrschaftsgebiet riesige Forsten, Lichtungen, Schindereien, Urwälder, Dschungelnester und Sümpfe umfaßt, die eine alte Kulturlandschaft überwuchern – ein Gleichnis, das sich heute fremdartig ausmacht, in einer Zeit der gewaltigen Rodungen und der Betonwüsten. Noch geheimnisvoller ist Nigromontanus, vielleicht, weil von ihm nur berichtet wird, und das in verschiedenen Büchern. Er ist schwer zu orten, sein Seminar befindet sich im dritten Stock eines Braunschweiger Mietshauses, der Weg zu ihm ist in der Erinnerung nicht mehr herzustellen, sein Gartenhaus vor den Toren Wolfenbüttels. Für Nigromontanus ist die Oberfläche mit der Tiefe identisch. Er stellt die Welt als Vexierbild dar, deren Geheimnisse auf der offenen Oberfläche liegen, so daß es nur einer geringen Anpassung des Auges bedarf, sie zu entdecken. Doch das Vexierbild ist wieder ein Vexierbild, eine erneute Anpassung des Auges, und ein neues Vexierbild entsteht. Die Lesbarkeit der Welt ergibt einen ewig anderen Sinn: Jeder Sinn wird möglich, auch der Unsinn. In Nigromontanus hat sich Jünger selbst dargestellt. Er enträtselt die Welt und verrätselt sie wieder. Wie alles Neue den stärksten Eindruck macht, empfand ich seine Prosa revolutionär, auch wenn sie mir heute seltsam manieriert vorkommt. Doch half mir gerade dieses Manierierte, Syntaktische, weiter. Das Konstruktionsprinzip dagegen, das mich damals leitete, die Gedrängtheit, die Dichte, war mir immanent, sie war der übertragene Stil meiner Federzeichnungen. Auch mag mich vom Denken her Jünger an Kassner erinnert haben. Beide sind Beobachter und Deuter. Wer deutet erklärt, indem er die Welt seiner Deutung unterwirft, während die Welt in ihrer Rätselhaftigkeit zunimmt. Kassner konstruiert mit seiner Philosophie der Einbildungskraft zwei Welten, eine magisch-mythische und eine Welt der Freiheit, ein exquisites Christentum, eine ästhetische Theologie, während Jünger sein Kriegserlebnis, modifiziert durch die Niederlage und die Hitlerzeit, zu einer mystischen Welt zusammensetzt, zu einem Vexierbild eben, wo sich die Ereignisse wie auf einer zweiten Erde noch einmal abspielen. Jünger ist von der Form bestimmt, Kassner von der Gesellschaft. Kassners Sprache ist im höchsten Grade Konversation, während Jünger zum Aphorismus neigt, zur syntaktischen Geschliffenheit, zur ›Form‹. Jünger ist an den Rand des heutigen literarischen Interesses gerückt, wiederbelebt durch sein Alter, während Kassner unbemerkt dem Bewußtsein der deutschen Literatur- und Geistesgeschichte entschwindet, das gnädigste Schicksal, das sich in dieser jeder Modeströmung hilflos ausgelieferten deutschen Literatur denken läßt. Ich verdanke beiden in dieser ersten Zeit meiner schriftstellerischen Versuche die Impulse weiterzuschreiben. Es ist sinnlos, diese Einflüsse zu verschweigen, mögen sie sich nachträglich noch so seltsam ausmachen, der Durstige trinkt aus allen Quellen, gleichgültig, wo sie entspringen. Doch wäre ohne die Kenntnis Stefan Georges Ernst Jünger für mich kaum so wichtig geworden. Ich setzte mich nur scheinbar von Stefan George ab. Er und Jünger sind beide vom Französischen beeinflußt, beide streben, der eine im Vers, der andere in der Prosa, das gleiche sprachliche Absolute an, das nur das Französische besitzt, dank seiner Akademie. Um beide schart sich ein Kreis. So bin ich denn in meinen Anfängen, literaturkriminalistisch gesehen, wohl einer der merkwürdigsten Georgianer, den es je gab. Wie sich überhaupt die Zeit vor meinem Entschluß, auszubrechen, zu handeln und Schriftsteller zu werden, seltsam in eins zusammenzieht, in einen Zustand, der mich zur Entscheidung drängte, wo jeder einzelne Faktor von einem anderen abhing, in einer Dichte, wie in meiner damaligen halb ›jüngerschen‹, halb eigenen Prosa eben, in meiner ›kassnerschen‹ Welt, in die Kant und Kierkegaard einbrachen und später Karl Barth, dessen *Römerbrief* ich zu lesen begann. Der Pflicht, eine Dissertation zu schreiben, der nicht bloß mein Versagen entgegenstand, mein Denken zu formulieren, indem ich jeder Formulierung mißtraute, sondern auch die Unmöglichkeit, das philosophische Studium überhaupt abzuschließen, indem das Denken als eine fortwährende Aufgabe des Menschen keinen Abschluß zu finden vermag, es sei denn, es erstarre in einem System, in einer Dogmatik oder in einer Ideologie, so daß mich schließlich nichts als eine sinnlose Prüfung über meine Kenntnisse in der Philosophiegeschichte erwartete, eine Überprüfung, wie fleißig ich die gängige Literatur gelesen hätte, nicht etwa die Denker, sondern die Bücher über die Denker und die Bücher über die Bücher über die Denker, ein formaler Blödsinn, der meine Vorstellung, was Denken sei, entwürdigte, das dumpfe Gefühl, keine eigene Sprache zu besitzen, einer hoffnungslos zusammengekrachten Kultur verhaftet zu sein, ob ich wollte oder nicht, das wiederum meine Faszination denen gegenüber wachrief, die sich wie Jünger und George eine Sprache und eine Kultur gleichsam gewaltsam angeeignet hatten, als wären Weltkriege, Atombomben, Untergänge mit Stil zu bewältigen. Ich sehe mich vor dem langen Schreibtisch Wilhelm Steins, ich höre ihn Verse singen, auf einem Büchergestell zwischen den Fenstern gegen die Kramgasse hin ein Jünglingskopf mit blauen Haaren. Ich sehe mich mit meinen Freunden im ›Klötzlikeller‹ in der Gerechtigkeitsgasse zusammensitzen, hinten im schmalen Raum am langen Tisch, bei Weißwein, Brot und einem ›Landjäger‹, einer harten, schmalen, salamiartigen Wurst, ich sehe mich nachts durch die verdunkelte Stadt nach Hause gehen, auf Umwegen, oft der Aare entlang, stundenlang, mit mir unzufrieden, ohnmächtig auf eine Handvoll Erde verbannt, die von der Geschichte vergessen worden war, irgendwie fortgeworfen, achtlos, wofür man ihr noch dankbar sein mußte, so komisch war die Gnade. Ich sehe mich noch an meinen Stoffen herumdenken, die niederzuschreiben ich nicht die Fähigkeit hatte, aus dem einfachen Grunde, weil nun auch das Schreiben mir sinnlos vorkam, ohne Ahnung, daß gerade dieses Gefühl der Sinnlosigkeit einen der wenigen Gründe darstellt, dennoch zu schreiben.

In diese Zeit fällt auch die Beschäftigung mit einem Stoff, den ich *Das Haus* nennen möchte. Vorausgegangen war eine seltsame Begegnung in einem Zimmer der Kram- oder Gerechtigkeitsgasse in Bern mit einem uralten Fräulein, das sich als Ibsens letzte Geliebte ausgab und ihren dürftigen Briefwechsel mit dem Norweger für eine enorme Summe zu verkaufen suchte. Ich kam zu dieser Begegnung durch einen Zufall: Mein zukünftiger Schwager schleppte mich zu ihr, ich ging aus Gefälligkeit, mehr widerwillig mit. Ich hielt die Alte für eine Schwindlerin. Ich irrte mich, sie war Ibsens letzte Geliebte, wenn auch diese Bezeichnung wohl übertrieben und die Beziehung recht einseitig gewesen sein muß. Er schrieb ihr, meines Wissens, nur wenige Briefe, zwei oder drei, sie sei zwar das schönste Erlebnis seines Lebens gewesen, solle jedoch im übrigen nicht mehr schreiben. Dafür schrieb sie ihm Briefe. Die Begegnung mit dem alten Fräulein in der Altstadt, in irgendeiner Pension, war peinlich, das Fräulein lebte in ärmlichen Umständen, verängstigt, klammerte sich an Ibsen, ohne Wissen, daß ihren Briefwechsel schon Karl Kraus in der ›Fackel‹ verspottet hatte, daß sie ein Kuriosum im Literaturkabinett geworden war und keine zweite Friederike aus Sesenheim, als die sie sich vorkam. Wir versuchten ihr die Illusion auszureden und sie doch irgendwie zu trösten. Vergeblich. Sie bestand auf ihrer enormen Summe, in Dollars auszuzahlen, ihre Liebe zu Ibsen war etwas Kostbares. Sie behandelte uns wie Banausen, Tränen in den Augen, und mein zukünftiger Schwager, ein Student in ewigen

Geldnöten wie ich, der im Auftrag irgendeines Sammlers sondiert hatte, räumte mit mir das Feld, genauer, wir wurden von der erbosten Alten vor die Tür gesetzt. Doch kam ich durch diese Begegnung auf einen Stoff, der mich aus einem ganz bestimmten Grunde verlockte: Er war möglich. Ich traf zum ersten Mal auf eine Geschichte, die gleichnishaft war, aber ohne das Unwirkliche, Mystische auskam, die bisher meine Erzählungen charakterisiert hatten. Sie hätte sich abspielen können.

Das Haus

Ein junger Mann, mit dem Studium der Mathematik beschäftigt, verstrickt in eine Dissertation über Fragen der Grundlagenforschung, die ihn in immer ausweglosere Antinomien und unvermutete erkenntnistheoretische Schwierigkeiten führt, weshalb sein Studium kein Ende zu nehmen scheint, so sehr fühlt er sich in denkerische Sackgassen verrannt, geht eines Nachmittags die Spitalgasse hinunter, gegen fünf Uhr, begegnet einem Kommilitonen, den er von der Universität nur flüchtig kennt, einem untersetzten, rothaarigen, sommersprossigen Medizinstudenten. Er setzt mit ihm den Weg durch die Arkaden fort, widerwillig, sie haben den gleichen Weg, der Mathematiker will nicht unhöflich erscheinen. Er ist zerstreut, antwortet einsilbig, familiären, gutbürgerlichen Umständen nachgrübelnd, sein Onkel feiert seinen achtzigsten Geburtstag, stinkreich, der Bruder seines Vaters, in dessen Haus seine Eltern wohnen, der, an den Lehnstuhl gefesselt, die Familie tyrannisiert, einmal wird man seine Millionen erben, der Student hat Blumen gekauft, fünf rote Rosen, eine ansehnliche Ausgabe für den Knappgehaltenen, obgleich er weiß, daß sein Onkel Blumen haßt, zu Hause wird alles für das Fest vorbereitet; er stellt es sich vor, wie er die Altstadt hinuntergeht an der Seite des unaufhörlich redenden Mediziners, der irgendeine grausige Geschichte aus der Anatomie erzählt, die offenbar witzig sein soll, vielleicht auch witzig ist, der junge Mann kümmert sich nicht darum, die Gedanken an das Bevorstehende haben ihm den Humor vertrieben: Gäste werden erwartet, einige Verwandte vom Lande sind sicherlich schon gekommen, sitzen verlegen in der Veranda, ein feierliches Abendessen steht bevor, mit dem bösartigen, verrunzelten Onkel am Ehrenplatz, die Serviette umgebunden, Suppe schlürfend, Einlaufsuppe, die er sich jeden Tag wünscht, zweimal, auch an seinem Geburtstag. Der junge Mann reißt sich zusammen, die ganze Festlichkeit ist ein unabwendbares jährliches Ereignis, es ist nicht zu umgehen, es muß wie alles Familiäre überstanden werden. Der Mathematiker und der Medizinstudent tauchen aus der schattigen Arkade in die Sonne, überqueren den Waisenhausplatz, kehren wieder in den Arkadenschatten der Marktgasse zurück, geraten wieder ins grelle Sonnenlicht, wie sie über den Zeitglockenplatz schlendern. In der Arkade der Kramgasse bittet der Bekannte den jungen Mann unvermittelt und etwas verlegen, ihn in ein Haus in der Gerechtigkeitsgasse zu begleiten, welche die Kramgasse gegen die Nydeggbrücke hin fortsetzt, in eine Pension, er habe dort einen kurzen Auftrag zu erfüllen, ohne den kurzen Auftrag näher zu erläutern. Aus Gutmütigkeit kommt der Student der Mathematik dem Wunsche nach, aber auch aus einem bösartigen Pläsier heraus, den leidigen Gang nach Hause zu seinem sabbernden Onkel zu unterbrechen, und sei es auch bloß für Minuten. Sie betreten in der Gerechtigkeitsgasse ein altes Haus. Der Eingang führt durch einen schmalen Korridor mit gräßlicher geblümter, halb abgeblätterter Tapete zu einer Halle, auch hier ist die Tapete geblümt, zum Kotzen, mit farbigen Stichen an den Wänden, Stadtansichten, verschiedene dunkel gestrichene Türen, am Ende des Korridors steht ein Mann, riesig, dick, verschwitzt, stoppelige Haare, ein hängender Schnurrbart. Er ist im bloßen Hemd, trägt braune Manchesterhosen, über die seine schwabblige Wampe fällt, die Füße stecken in blauen, riesigen, geflickten Hausschuhen. Der Riese tritt devot zur Seite, der Hauswart, wie der junge Mann annimmt, auch bemerkt er, daß es sich um einen Blinden handelt, eine Erkenntnis, die ihn erschreckt, ihm unbehaglich ist, er mag Blinde nicht. Aus einer Tür kommt eine Frau, sie ist schön, blond, gepflegt, trägt schwarze Hosen und einen schwarzen Pullover, die Frau des Hauswarts (wenn es überhaupt der Hauswart ist), denkt der junge Mann unwillkürlich, ohne zu wissen, weshalb er das annimmt, um so mehr, weil diese Annahme ihn verwirrt. Es kommt ihm vor, als sei er aus einem läppischen Zufall in eine nicht geheure Welt geraten, doch gleichzeitig verdrängt er den Gedanken als Unsinn, er ist schließlich Mathematiker, kennt das Paradoxe nur aus logischen Zwangsläufigkeiten, aus der Mengentheorie etwa, einen nicht mathematisch faßbaren Unsinn gibt es nicht, ein Unsinn, der nicht aus der Logik heraus geboren wurde und deshalb eigentlich keinen Unsinn darstellt, ist undenkbar. Von hoch oben durch ein schmutziges Glasdach dringt das ferne Tageslicht gelblich, als sei eine Cremeschnitte in der Sonne geschmolzen, die Halle ist eigentlich mehr ein Treppenhaus mit massigen gedrechselten Holzgeländern. Der rothaarige, sommersprossige Medizinstudent geht ohne zu grüßen an dem blinden Hauswart (angenommen es sei der Hauswart) und seiner Frau vorbei (falls sie wirklich dessen Frau ist), steigt eine Treppe hoch, gelangt ins erste, dann ins zweite Stockwerk, der Mathematiker hinterher, seine fünf Rosen vor sich hertragend, feierlich, lächerlich, wie ihm beim Hinaufsteigen bewußt wird. Auch hier sind die Wände mit fürchterlichen geblümten, halb abgeblätterten Tapeten beklebt, wieder mit alten farbigen läppischen Stichen versehen, mit ewigen Stadtansichten einer längst verbauten Kleinstadt, die einst Großmacht spielte, mit Frankreich großspurig verhandelte, Bauern köpfte und in die Tannen hängte, wieder durch verschiedene Türen unterbrochen, in der Mitte des Treppenhauses befindet sich der Treppenschacht, auf dessen Grund der riesige, dicke, verschwitzte, blinde Hauswart oder Hausbesitzer oder Pensionär oder wer er sonst auch immer ist, nach oben horcht, ohnmächtig, gierig, lüstern, wie der junge Mann fühlt, ohne hinabzusehen. Der Bekannte klopft an eine der Türen, eine junge Dame kommt aus einem Zimmer, rote Haare, sommersprossig wie der Medizinstudent. Ein knallroter Bademantel verhüllt den Leib, die Brüste sind halb nackt. Sie macht dem Bekannten eine Szene, beide schreien, beschimpfen einander, beide sind wie verrostet im schmierigen Licht des Treppenschachts, alles kommt dem jungen Mann kitschig vor, zuviel rote Farbe, wie von einem Sonntagsmaler auf eine Leinwand gepappt. Der Medizinstudent ergreift die Flucht, poltert die Treppen hinab, von Ferne schlägt die Haustür zu, der Student der Mathematik steht mit seinen fünf roten Rosen für seinen bestialischen Onkel allein mit der jungen ramponierten Dame da. Die Szene ist unpassend, es ist ihm peinlich bewußt, allzu peinlich, verlegen gegen das Geländer gelehnt, vage an die Grundlagenforschung denkend, um sich abzulenken, auf einmal umringt von empörten Pensionären, die aus allen Türen quellen, von oben herabsteigen, wo sich offenbar weitere Stockwerke befinden, von unten heraufhumpelnd alte Männer und alte Frauen, ein Schwall von Schweiß, Zahnpasta, Odol, billigem Parfüm dringt herauf und herab, die alten Leute sind verwahrlost und ungepflegt, in Haus- und Morgenröcken. Sie sehen im jungen Mann den Urheber des Streites, um so mehr, als sich die junge Dame, ohne eine Erklärung abzugeben, in ihr Zimmer zurückzieht, mit flammenden roten Haaren, eben mit offenem knallrotem Bademantel, so daß er noch ihren nackten sommersprossigen, unanständigen Leib sieht, unanständig, weil ihm plötzlich alles unanständig vorkommt, wohl weil alles nun wirklich sinnlos ist, zufällig, improvisiert, konfus, ohne Zusammenhang der Dinge, mathematisch nicht greifbar, auch aufgrund der Grundlagenforschung nicht, skandalöseste Wirklichkeit. Der Mathematiker versucht vergeblich, seine zufällige Anwesenheit zu erklären, sie ist auch logisch fragwürdig, sein Dasein in keiner Weise zu begründen, die roten Rosen sprechen gegen ihn, die Geschichte mit dem Geburtstag seines Onkels glaubt ihm niemand, überhaupt sind Onkel als Motive unglaubwürdig, wer kauft einem Onkel schon Rosen, einem Onkel kauft man Zigarren, und wenn er nicht raucht, Pralinen, alte Männer lieben Süßigkeiten. Er verwickelt sich in die mannigfaltigsten Beziehungen mit den Hausbewohnern, wird allein durch seine Gegenwart mit einem Pensionär nach dem anderen bekannt, er ist nun einmal aus Zufall in dieses Haus geraten, erfährt eine Lebensgeschichte nach der anderen, ein skurriles Schicksal nach dem anderen, er kann sich nicht freimachen, aus Gutmütigkeit, aus Schüchternheit, aus Verlegenheit. Eine alte Jungfer nimmt ihn geheimnisvoll in ihr kleines Biedermeierzimmer beiseite, auch sie im Biedermeierkostüm, an den Wänden in ovalen Rahmen Schattenrisse. Der Mathematikstudent muß sich setzen, sie setzt sich ihm gegenüber, ein Tisch mit Patiencen zwischen ihnen, sie flüstert, sie warnt ihn vor Bismarck, das preußische Ungeheuer werde bald Österreich überfallen, er habe riesige weiße Ballone mit schwarzen Streifen bereitstellen lassen, die Rattenkönige in alle Länder Europas tragen sollten, ungeheure stinkende Klumpen von Tausenden zusammengewachsener und zusammengeklebter Ratten, tonnenschwer, praktisch unsterblich, zeugend, gebärend, krepierend in einem einzigen grausigen Rattenbrei, gelbäugig, schrill pfeifend vor Wut, Millionen von Jungtieren aus ihren geschwollenen Bäuchen werfend, immer wieder, wenn sie erst einmal gelandet seien, würden aus diesen scheußlichen Klumpen unermeßliche Rattennationen herausschießen in unvorstellbarer Mächtigkeit, sich pfeilschnell verbreitend, die Länder kahlfressend, Tiere und Menschen anfallend, die Meere durchschwimmend, so daß ein Kontinent um den anderen dem Andrang der Ratten erliegen würde, rettungslos, gleichsam von einer Rattensintflut verschlungen, erstickt unter den grauen, glitschigen kleinen Leibern, dazu dezimiert von der Pest und von noch schrecklicheren Seuchen, selbst die Kirchen, die Museen und die Bibliotheken würden ratzekahl gefressen, kein Stein bliebe auf dem anderen, indem alles, Städte, Dörfer und Einzelhöfe, in die von unzähligen Gängen unterhöhlte Erde hinabstürzen würde, alles sei wohlgeplant, aufs minutiöseste kalkuliert vom preußischen Junker, den der preußische König schon bald zu seinem Ministerpräsidenten machen wolle, das alte Fräulein glaubt sich offenbar in einem anderen Jahrhundert, die Zeit ist für sie zurückgeblieben. Der junge Mann empfiehlt sich, die weiterplappernde Dame nimmt keine Notiz mehr von ihm. Aufatmend erreicht er den Korridor, doch ein alter Ingenieur fängt ihn ab, glattrasiert, kahlköpfig, mager, ganz in Weiß, mit weißen Turnschuhen, führt den Studenten in sein Zimmer, in einen kahlen Raum, weiße Kalkwände, ein Feldbett, ein Stuhl, eine Schiefertafel, ein Tisch mit einem Apparat. Er erläutert dem Studenten seine komplizierte Erfindung, ein Durcheinander von Spulen, Batterien, Drähten, ein Oszillograph, er versucht eine Zeitfalle aufzustellen, seine Augen sind fiebrig, fahrig kritzelt er mit weißer Kreide die Schiefertafel voll, wilde unverständliche Symbole, die Zeit bestehe aus Partikeln, die kleinsten existierenden Einheiten, die linear, gleichsam eindimensional dahinschössen, in Lichtgeschwindigkeit, zweidimensional, paarweise also, stellten diese Zeiteinheiten die Energie, dreidimensional die Materie, vierdimensional den Raum dar, wenn es gelänge, ein Zeitpartikel einzufangen, ein einziges nur, werde die Zeit stillstehen, die Ewigkeit anbrechen, endgültig, unbedingt, ein ungeheurer Ruck werde durch das Weltgebäude gehen, die Energie, die Materie, der Raum werde in einen Punkt zusammenstürzen, in die eingefangene Zeiteinheit eben. Weltuntergangsaussichten auch hier. Der junge Mann vermag sich nur mühsam zurückzuziehen –, der Ingenieur ist jähzornig, verständlich kurz vor Anbruch der Ewigkeit, in wenigen Minuten werde die Zeitfalle funktionieren, der junge Mann sei doch Mathematiker, Grundlagenforscher, es sei gänzlich unverständlich, daß er dem unerhörten Ereignis nicht beizuwohnen gedenke –, doch erwartet ihn schon die rothaarige Freundin seines rothaarigen Bekannten im Treppenhaus, immer noch im knallroten Bademantel, immer noch nackt darunter, entschuldigt sich, wenn auch widerwillig, sein Freund sei ihrer schon längst überdrüssig, sie wisse, daß er den Mathematiker nur mitgeschleppt habe, damit sie dessen Freundin werde. Der junge Mann versichert, das sei nicht der Fall, keineswegs, er habe nichts von ihrer Existenz gewußt, im übrigen sei er auch kein Freund ihres Freundes, sondern bloß ein flüchtiger Bekannter. Sie will ihm nicht glauben, die Geschichte des Onkels sei ein Märchen, wer schenke schon einem achtzigjährigen Onkel rote Rosen. Nun will er nach Hause, endgültig, sein Onkel hat Geburtstag, die pure Wahrheit, wenn auch die Wahrheit, er gebe es zu, unwahrscheinlich sei, er weist ihr immer wieder entschlossen, wenn auch völlig unnötig, die fünf roten Rosen vor, die nun schon mehrere Blätter verloren haben und sich ohnehin recht erbärmlich ausmachen, auch sie seien als Geschenk für einen achtzigjährigen Onkel unwahrscheinlich, auch das gebe er zu, der Onkel habe sich zwar Havannas gewünscht, aber nun habe er, der Student, ihm eben Rosen gekauft, das sei sein Recht, das gehe niemanden etwas an. Die junge Rothaarige wird energisch, resolut, sie läßt sich nicht überzeugen, ihre Stimme wird wieder schrill, in den Türen erscheinen aufs neue die Pensionäre, spähen herauf, herunter, der Mathematiker kann sich nicht befreien, wer wird schon gegen eine junge Dame brutal, auch wenn sie Unsinn schwatzt, es wird spät, vom dreckigen Glasdach dringt nur noch spärliches Licht ins Treppenhaus, er erweckt die Eifersucht des blinden Hauswarts oder Hausbesitzers oder Pensionärs, wie er spürt, der die Treppen herauftappt, dumpf, riesig, die junge rothaarige Dame ist außer sich, schreit, sie lasse sich nicht verkaufen, sie sei keine Dirne, der junge Mann solle wenigstens den Mut haben und zu seiner schändlichen Absicht stehen. Der junge Mann ist verblüfft, steht verlegen da, immer noch die roten, nun bedenklich entblätterten Rosen in der Hand, die Pensionäre glotzen ihn an, alles scheint sich von vorne abzuspielen, wie ein Rad zu drehen, von unten nähert sich keuchend der ungestalte Blinde, der junge Mann weicht aus, gelangt ins oberste Stockwerk, wird von einer gespenstischen Gestalt angefallen, in deren riesigem Gesicht die Nase fehlt, nur zwei scheußliche Löcher befinden sich an ihrer Stelle. Der junge Mann ist starr vor Entsetzen, um so mehr, als sich das nasenlose Antlitz an das seine preßt. Er wird in ein Zimmer gesperrt, auf den Boden geschleudert. Er krümmt sich zu Füßen eines Offiziers in einer schwarzen SS-Uniform, dem nicht nur die Nase fehlt, das ganze Gesicht ist auf die gräßlichste Weise verbrannt. Der Offizier setzt sich auf ein ungemachtes Bett, außer einem Schrank befindet sich nichts im Zimmer, außer daß hinter Glas unzählige aufgespießte Schmetterlinge die Wände dekorieren. Der Offizier beginnt zu sprechen, die starren, lidlosen Augen unbeweglich, aus dem lippenlosen Mund dringt bloß ein Krächzen, er sei der wahre Gauleiter dieses Landes, der Stellvertreter des Heiligen Reiches, der Führer sei der geheime Menschensohn gewesen, die leibliche mystische Synthese zwischen Gott und Satan, der Führer habe freiwillig auf die Macht verzichtet und sich geopfert, damit die Erde als etwas Schmutziges der Atombombe anheimfalle und sich ins Nichts auflöse, denn nur so könne die Welt von der Erde gereinigt werden, von diesem unzüchtigen Planeten, der in Wahrheit ein Planet der Würmer sei. Im übrigen solle der Student sich hüten, das rothaarige Mädchen im knallroten Bademantel noch einmal zu besuchen und ihr Rosen zu bringen, es sei seine Braut, mit der er nach dem Untergang der Erde durch einen dritten Weltkrieg auf einem anderen, würdigeren Planeten eines anderen würdigeren Sonnensystems einen zweiten Führer zeugen werde, den Sohnmenschen. Nach dieser Erklärung erhebt sich der Offizier ruhig, reißt den jungen Mann hoch, der immer noch auf dem Boden liegt, schlägt ihn zusammen. Der Student in mathematischer Grundlagenforschung taumelt blutend ins Treppenhaus, halb ohnmächtig, unten hört er immer noch den Blinden nach ihm herumsuchen, er verirrt sich auf den Dachboden, weiß nicht, wie er dahin geraten ist, Gerümpel, Möbel, zusammengerollte Teppiche, einige Mansardentüren, er findet ein Fenster, mehr ahnt er es, als daß er es sieht, öffnet es, blickt ins Treppenhaus hinunter. Der Mathematiker lauscht, noch hört er ferne Stimmen, irgendwo wird eine Tür zugeworfen, irgendwo flucht jemand, der Hauswart offenbar, sicher ist er der Hauswart, mordgierig, irgendwo glaubt der junge Mann die Stimme der blonden Frau zu hören, die ihn besänftigt, sicher ist sie dessen Frau, dann wird es still, vom schmutzigen Glasdach her fällt kein Licht mehr in die Finsternis des Treppenhauses, von einem Zimmer her wehen Klänge, Mozart, irgendeine Sinfonie, über vierzig Sinfonien hat Mozart geschrieben, denkt der junge Mann verbittert. Er schließt das Fenster, tappt wieder über den Dachboden, zwischen Teppichrollen, Stühlen und Tischen, ein Gegenstand fällt um, zerklirrt, ein Spiegel oder ein Bild, er sucht den Ausgang, die Finsternis ist total, verzweifelt tastet er nach einem Lichtschalter. Er will nun endgültig nach Hause zum Geburtstagsfest seines blödsinnigen Onkels mit der umgebundenen Serviette, schon wird alles am Tisch sitzen, feierlich, nur noch auf ihn warten, verlegen, weil er nicht kommt, der Onkel wird wütend sein, die Einlaufsuppe immer wieder zurückweisen, die man immer wieder aufwärmt. Er will den Dachboden verlassen, draußen ist es wohl schon Nacht; eine Türe zu einer Mansarde öffnet sich, schwaches Licht, mehr ein milchiger Schimmer, ein nackter schmaler Leib, weiße Bettlaken, vielleicht ist es die Freundin seines Bekannten, vielleicht die Frau des Blinden, er weiß es nicht, es ist ihm gleichgültig, alles ist ihm gleichgültig, die fünf blödsinnigen Rosen liegen auf dem Boden der Mansarde, irgendwo, längst verwelkt, längst entblättert, die Frau ist nachgiebig, zärtlich, die Szene gespenstisch und stumm, nur noch Fetzen von einigen mathematischen Formeln tauchen auf, plötzlich wird ihm das Problem der Grundlagenforschung deutlich, das Logische an sich, überdeutlich, für Sekunden ist er der bedeutendste Mathematiker, der bedeutendste Logiker, für Sekunden begreift er auch den Zufall, begreift er alles, den Zusammenhang des Unzusammenhängenden, dann vergißt er alles, fühlt nur noch einen Leib, Brüste, einen Schoß, im Mansardenfenster steht ein halber Mond, zieht vorüber, er ist unersättlich, jung, nicht umzubringen, es ist ihm gleichgültig, mit wem er schläft, er versucht gleichwohl, die Frau zu erkennen, vergißt es wieder, plötzlich hat sie ihn verlassen, wie er sie hätte erkennen können. Er ist allein. Der Himmel hellt sich auf, wird hell, weiß. Er kleidet sich an, verläßt die Mansarde, der Dachboden ist immer noch dunkel, er findet das Treppenhaus, es ist silbrig erhellt, versilbert sich immer mehr im schmutzigen Silber des heranbrechenden Tages, er schleicht vorsichtig an all den Türen vorbei, das Haus zu verlassen, und wie er schon den Korridor mit der gräßlichen geblümten, halb abgeblätterten Tapete durchschritten hat, wird er vom schweißigen, wampigen, eifersüchtigen Blinden von hinten in der Haustüre mit einem Feuerhaken erschlagen, mit einem so gewaltigen Schlag und mit einem so gewaltigen Zufallstreffer, daß der junge Mann tot auf die Straße fällt, aus der Türe des Hauses, in das ihn ein Zufall führte, auf die Arkade der Gerechtigkeitsgasse hinaus, halb ins nun grelle Licht des Morgens.

Vinter

Vinter konzipierte ich gleichzeitig mit dem *Haus,* worauf auch die Ratten hinweisen, die in beiden Erzählungen eine Rolle spielen, Tiere, die ich besonders abscheulich finde. Ich beschäftigte mich damals hauptsächlich mit Plänen, mit Tagträumen eigentlich. Am Ufer der Aare entlang streifend oder durch die Arkaden auf- und abgehend, gleichzeitig mit und gegen den Menschenstrom, der sich durch sie schiebt, dachte ich mir aus, was ich schreiben könnte, ohne schreiben zu können. Ich versuchte es immer wieder. Ich schrieb an Erzählungen herum und Dramen und vernichtete, was ich schrieb. Der Krieg war zu Ende, ich war ein Student im achten Semester, von der Dissertation, die ich schreiben sollte, war noch nicht ein Wort geschrieben, was ich werden sollte, wenn ich einmal den Doktor der Philosophie gemacht haben würde, wußte ich nicht; an meine Malerei glaubte ich nicht mehr, und als ich einmal in einer Bar einem Juristen auf seine Frage, was ich denn werden wolle, die Antwort gab, Schriftsteller, brach er in ein Gelächter aus, rechnete mir vor, wie schwer es sei, einen Verleger zu finden, wie wenig ich verdienen würde, hätte ich erst einen, er sah in mir einen Narren. Ich ließ mich treiben. *Vinter* entstand aus meiner damaligen Lage. Ich sah keinen Ausweg mehr. Ich erwartete das Gericht. Über Deutschland war es schon hereingebrochen. Die Schweiz, schuldlos und schuldig zugleich, aber einfach wieder einmal davongekommen, begann sich in den Mythos eines Widerstandes zu flüchten, den sie nicht hatte leisten müssen. Der Verdacht blieb, sie hätte beim Weltverbrechen Schmiere gestanden, aber Anklage wurde nicht erhoben. Daß ich *Vinter* erst jetzt, fünfundvierzig Jahre später, niederschrieb, hat seinen Grund. Meine Stoffe brauchen oft eine lange Inkubationszeit, weil der Anlaß fehlt, sie zu schreiben. *Vinter* ist eine ›religiöse‹ Erzählung. Ein Mann erwartet ein Gericht, das nie kommt. Aus dieser Problematik entstand das Christentum. Mein Denken und damit mein Schreiben entwickelten sich in der Auseinandersetzung mit ihm. Darum mein Interesse für Kierkegaard, aber auch für Karl Barth. Ich war von seinem *Römerbrief* fasziniert, später von seiner *Kirchlichen Dogmatik,* in der ich auch heute noch lese. Ich habe Barth im Salon einer reichen Baslerin kennengelernt, anläßlich einer Diskussion über den *Blinden,* mein zweites Stück. Maria Becker, Horwitz, Wicki spielten, Ginsberg führte Regie. Darin wird einem blinden Herzog inmitten eines zerstörten Landes in der Ruine seines Schlosses vorgespielt, sein Land und sein Schloß seien unversehrt. Es bleibt ihm nichts anderes übrig, als das Spiel zu glauben. »Denn wenn ein Blinder nicht allen glaubt, muß er an allem verzweifeln.« Den Dichter, der dem Blinden die Wahrheit sagen will, erwürgt er. Barth war ein in sich ruhender, gütiger Mann mit viel Humor. Ich glaube nicht, daß ihm *Der Blinde* sonderlich gefiel. Daß der Glaube seinen Grund in der Blindheit habe, konnte er in der Konstellation des Stückes nicht akzeptieren. Es bleibt dem Herzog nichts anderes übrig, als den Menschen zu glauben, weil er blind ist, es ist eine existentielle Notwendigkeit, bei Barth ist der Glaube eine Gnade, unabhängig von der Situation, worin der Mensch sich befindet. Ich begegnete Barth zum letzten

Mal in einem italienischen Restaurant in Basel, Jahre später. Er wurde damals von meinem biederen Vetter, Redaktor einer Zeitung, von einem der borniertesten kalten Krieger, heftig angegriffen. Barth war ein großer Schriftsteller und ein glänzender Polemiker. Ich bewunderte seine analytische Denkkraft. Seine *Dogmatik* transportiert Hegel in die Bibel wie Thomas von Aquin Aristoteles. Sie ist eine Fiktion. »Wahre Gotteserkenntnis ist unangegriffen und unangreifbar, ohne Sorgen und Zweifel. Solch wahre Gotteserkenntnis ist aber die und nur die, die sich in der Bindung an Gottes Wort vollzieht. Alles Entweichen aus der Bindung des Wort Gottes bedeutet den Übergang zu den falschen Göttern, zu den Nicht-Göttern – was sich darin zeigen wird, daß es unweigerlich die Unsicherheit der Gotteserkenntnis über sich selbst und also den Zweifel nach sich zieht.« Wer so redet, glaubt sich im Besitz der Wahrheit, doch sind Fiktionen nach Vaihinger dazu da, der Wahrheit näher zu kommen, aber dann muß die Fiktion fallen gelassen werden oder mit Wittgenstein: »Meine Sätze erläutern dadurch, daß sie der, welcher mich versteht, am Ende als unsinnig versteht, wenn er durch sie – auf ihnen – über sie hinausgestiegen ist. (Er muß sozusagen die Leiter wegwerfen, nachdem er auf ihr hinaufgestiegen ist.) Er muß diese Sätze überwinden, dann sieht er die Welt richtig.« Ich warf die Leiter weg.

Das metaphysische Denken fand seinen Weg zu dem ›einen Gott‹, zu dem Schöpfergott, durch zwei entgegengesetzte Methoden: die eine, indem es den einmal gefundenen Stammesgott, den Vatergott, verallgemeinerte, die andere, indem es das metaphysische Denken weiterentwickelte; die eine vermochte nur ein von allen Seiten bedrohtes kleines Volk, die andere nur eine Weltkultur anzuwenden: Die Juden blieben Juden, weil sie sich an ihren Stammesgott klammerten, an ihm von Stämmen zum Volk wurden, bis sie ihn aus dem ungeheuren Trotz, den die Niederlage hervorbringt, zum einzigen Gott erklärten, zum Weltschöpfer, zum Gott des gewaltigen Zornes und der unbegreiflichen Gerechtigkeit, zum Gott des Gesetzes. Die andere Methode wandte die griechische Hochkultur an, sie vertiefte nicht Gott, sondern die Götter, sie spielte mit ihnen, verfeinerte sie, nicht sie sind Frevler, sondern der Mensch, das beim Menschen Notwendige ist bei ihnen Spiel, sie besitzen die Freiheit, die Menschen den Zwang, die Menschen die Tragik, die Götter die Heiterkeit. Die Menschen schauten auf die Götter wie Zuschauer in einer Komödie, die ob dem Zuschauen ihre Sterblichkeit und ihre Pein vergessen; was Menschen und Götter vereinte, war das Lachen, die Götter wurden zu unsterblichen Menschen, zu Menschen ohne Tod, damit zu unschuldigen Göttern, denn waren sie grausam, so aus göttlicher Naivität. Doch während bei den Indern sich hinter den Göttern die große Erlösung des Nichtseins, dieser Abgrund aller Abgründe auftat, trat bei den Griechen hinter den Göttern das Sein hervor: als metaphysische Idee, als etwas Unveränderliches, als Urelement zuerst, als das Wasser, dann als die Luft, dann als das Unendliche, als das Eine, als das ewige Werden, als ein ungeheurer vollendet runder Weltkörper, als Atome, als die Ideen, als die Zahlen, als Begriff endlich, bis aus all diesen metaphysischen Fiktionen, aus dieser rein begrifflichen intelligiblen Welt Gott als die Grundursache hervorging. Was dann folgte, ist eine geniale Synthese, wie sie nur im metaphysischen Denken vollbracht werden kann. Paulus war ein Metaphysiker und als solcher sowohl Grieche als Jude. Indem er Jesus von Nazareth, dessen Vater Joseph aus der Sippe des Königs David stammte und dessen Mutter Maria hieß, der sein mächtiges »Fürchte dich nicht« in einer Welt voller Schrecken sprach – der vielleicht der erste ›religiöse Atheist‹ gewesen ist, der Gott nicht mehr in metaphysischen Spekulationen suchte, sondern in sich –, nicht als etwas ›Seiendes, theologisch Denkbares‹, sondern als etwas Subjektives, erlebtes Intensives – indem Paulus diesen Menschen, der, vielleicht in Schande geboren, sicher einen schändlichen Tod fand, dahin umdeutete, er sei wortwörtlich Gottes Sohn, gekreuzigt und auferstanden, um die durch den Sündenfall schuldiggewordene Menschheit zu erlösen, setzte er die metaphysischen Spekulationen frei mit dem Ergebnis, daß – nach langen Denkereien freilich, da vielen die Identität von Vater und Sohn nicht einleuchtete, und sie folgerten, wenn der Sohn auch Gott sei, dann sei er nur seinem Vater ähnlich und nicht der gleiche Gott – schließlich die Trinität erfunden wurde: Gott Vater, Gott Sohn und Gott der Heilige Geist, die alle drei einen Gott darstellen, eine innergöttliche Metaphysik, ein metaphysisches Axiom, womit dem griechischen Umdenken des jüdischen Schöpfergottes sowohl die Eroberung des Jenseits als auch des Diesseits auf eine wahrhaft staunenerregende Weise gelang. Dramaturgisch gesehen stellt das christliche Glaubenssystem eine der größten Leistungen der dialektischen Phantasie dar, nur vergleichbar mit der Mathematik. Ist diese ein Denken in Begriffen an sich und damit das logischste Gedankensystem, das wir kennen, dessen Widersprüchlichkeiten erkenntnistheoretischer Art sind, stellt die christliche Dogmatik ein Denken in Mythen dar und ist dadurch das paradoxeste Gedankensystem, das wir kennen, dessen Widersprüche metaphysisch sind. Mathematische Axiome, lassen sie auch nur den geringsten Zweifel zu, geraten ins Wanken (z. B. das Parallelenaxiom), im Gegensatz zu ihnen wird mit den geoffenbarten Axiomen so lange logisch operiert, bis der Mythus, von dem abstrahiert wurde, wieder bewiesen ist. Die ganze Theologie ist ein phantastischer Zirkelschluß, eine dialektische Spekulation, die expandiert; und wie das expandierende Weltall leerer wird, ohne daß sie aufhört, Dogmen auszustrahlen, so etwa das der leiblichen Gegenwart Marias im Himmel in diesem Jahrhundert und im vorigen jenes der Unfehlbarkeit des Papstes als oberstem Lehrer und Hirten der Kirche, womit sich diese ein Bein stellte, über das sie nun ständig stolpert. Die katholische Kirche, die Maria schon gen Himmel fahren ließ, fügt diese als Gottesmutter der Trinität bei, so daß eine Quaternität zu entstehen droht. Wie aber selbst die protestantische Dogmatik in der Logik die Notbremse ziehen muß, um nicht die Quaternität zu errichten, zeigt sich bei Karl Barth. Nichts bereitet ihm soviel Mühe wie das ›Nichtige‹, womit er das ›Böse‹ meint: einfach deshalb, weil er sich als Theologe verpflichtet glaubt, dem ›Nichtigen‹ Existenz zuzuschreiben, im vollen Bewußtsein, daß es eigentlich neben Gottes Allmacht und Unendlichkeit dieses gar nicht geben dürfe, und so kommt er denn zur Behauptung, daß der ontologische Zusammenhang, in welchem das Nichts wirklich ist, darin besteht: »Das Nichtige ist das, was Gott nicht will. Nur davon lebt es, daß es das ist, was Gott nicht will. Aber davon lebt es: weil und indem nicht nur Gottes Wollen, sondern auch Gottes Nichtwollen kräftig ist und also nicht ohne reale Entsprechung sein kann. Die reale Entsprechung des göttlichen Nichtwollens ist das Nichtige.« Von hier aus schloß Barth nicht mehr weiter. Entweder hätte er nun neben einem positiven auch einen negativen Heiligen Geist postulieren und das Böse als etwas ›Innergöttliches‹ anerkennen oder es aber als etwas Außergöttliches erklären müssen; was er zwar tat, aber nur halb, denn die Erklärung, das Nichtige sei kein Wesen, sondern nur ein Unwesen, die Negation von Gottes Gnade, das Chaos, genügt logisch nicht. Wäre Barth folgerichtig, müßte er, will er das Böse nicht in Gott integrieren, einen negativen Gott behaupten, einen Antigott, denn warum redet er plötzlich vom Feind, vom Widersacher, vom schlechthin Abnormalen und Maßlosen und vom in sich Widerlichen, und warum bedeutet das alles »zuerst und vor allem Gottes eigenes Problem«? Ist es nicht ein Angsttraum, von dem Barth gequält wird, und warum muß ich, denke ich an Karl Barth, immer auch zugleich an meinen Vater denken? Warum rätselte dieser so oft an der Sünde herum, die nicht vergeben werden könne? Litt er unter dem gleichen Angsttraum? Ist vielleicht doch das Christentum, wie einige Gnostiker behaupten, eine Zwei-Götter-Lehre, ist für dieses nicht vielleicht doch der Teufel der negative Gott, der Antigott, hat nicht vielleicht doch die Volksmeinung recht, die es immer so aufgefaßt hat? Die Furcht vor dem Teufel wurde verstärkt, indem dem Menschen nicht nur der Tod gewiß sein sollte, sondern auch die Hölle, indem er von Grund auf so schlecht durch den Sündenfall Adams und Evas geworden ist, daß er auch noch nach dem Tode bestraft wird: im ewigen Feuer der Hölle. Nun ist dieser Sündenfall an sich ein Rätsel und voller Paradoxien: Einerseits hat Gott eine vollkommene Welt erschaffen und einen vollkommenen Menschen, der unsterblich war, weil der Tod der Sünde Sold ist, doch dieser vollkommene Mensch, dem

Gott aus Liebe auch die Freiheit gegeben hatte, den Rat der Schlange abzulehnen oder zu befolgen, das heißt, dem gestattet wurde, zwischen Gott und ›Teufel‹ zu wählen, sei dieser nun ›Gottes seiendes Nichtwollen‹ oder einer der gefallenen Engel, so daß vor dem Sündenfall des Menschen ein Sündenfall der Engel vorausgehen müßte, was auch immer es war, der Mensch wählte den Teufel, worauf der Mensch, und mit ihm die ganze Schöpfung, verdorben wurde und als Strafe den Tod empfing: Dieser aus dem Glaubensaxiom zurückübersetzte Mythos will uns doch eigentlich glauben machen, daß Gott eine ganz andere Schöpfung wollte, als sie nun geworden ist, eine Schöpfung ohne Tod, damit eine ohne Evolution, aber auch eine ohne Geschichte. Das Paradies ist ewig. Doch noch unglaubhafter die Erlösung von der Erbsünde: Statt diese dem Teufel verfallene Menschheit zu vernichten, übergibt sich Gott selbst dieser Welt, indem er Mensch wird, demonstriert in dieser Welt, was es heißt, vollkommener Mensch zu sein, nämlich sündenlos, worauf Gott sich kreuzigen läßt und so die Menschen erlöst, indem er statt ihrer, die einen gerechten Tod verdient hätten, einen ungerechten Tod erleidet, dann aber wieder aufersteht – was bleibt ihm als Gott anderes übrig – und gen Himmel fährt, aber nicht, ohne der weiter unter dem Teufel seufzenden Welt ein Geschenk zurückzulassen, eine gegen die Herrschaft des Teufels tickende Zeitbombe, von der niemand weiß, wann sie explodiert, die Verheißung seiner Wiederkunft am Jüngsten Tag, um endgültig jene, die an ihn als Erlösergott glauben, nicht nur zu sich, sondern auch in eine erneute Schöpfung mit einem unsterblichen Leib aufzunehmen, während alle andern, die nicht an ihn geglaubt haben, mit ihrem wiedererstandenen Leibe samt dem Teufel zu ewigen Höllenstrafen verdammt werden. Es sei denn, der Teufel sei Gottes seiendes Nichtwollen, Barths ›Nichtiges‹ also, dann läuft auch diese neue Welt Gefahr, wieder dem Nichtigen zuzufallen, weil Gott sich nicht ändert, und so bis in alle Ewigkeit, Gott hätte sich dann immer wieder zu opfern. Doch ist dies nur der erste Teil der Story von einem dreifaltigen Gott, der alle seine Eigenschaften vollkommen besitzt: Da mit seiner Menschwerdung Gott die Menschen nicht eigentlich erlöst, sondern nur die Möglichkeit zu ihrer Erlösung schuf, und weil er nur auf kurze Zeit innerhalb des Ablaufs der Geschichte Mensch gewesen ist, muß er auch eine Möglichkeit hinterlassen haben, die stellvertretend für ihn sein Erlösungswerk fortsetzt und die den Menschen bis zu seiner Wiederkunft immer wieder statt seiner zu erlösen vermag: die Kirche, den Leib Christi, in welchen sich im Sakrament der Eucharistie durch die Wandlungsworte des Priesters Brot und Wein wirklich in den lebendigen Christus verwandeln, so daß Christi Leib und Blut ständig von den Priestern gegessen und getrunken wird. Wer dieser alleinseligmachenden Kirche angehört, wer sich ihr unterworfen hat, die mit ihren Heiligen, vorab mit der Mutter der Kirche, Maria, gleichsam ins Jenseits hineingebaut ist, und die mit ihrer Fürbitte dem Heil hienieden noch nachhelfen, nur der, der das alles akzeptiert, kann einmal das ewige Leben erlangen, so daß die Millionen von Juden, etwa die in der Hölle der Vernichtungslager umkamen, unweigerlich noch nachträglich in die Hölle fahren müssen, während ihre christlichen Henker, falls sie später Buße tun und die Letzte Ölung empfangen, gleichsam automatisch einmal in die Schar der Geretteten eingereiht werden. Nun, man kann mir vorwerfen, ich lasse wichtige Momente der Heilsgeschichte aus, oder ich verharmlose, gab es doch Überlegungen, die erste und eigentliche Absicht Gottes bestehe darin, um der Definition Barths zu folgen, sich selbst, seine Herrlichkeit und im besonderen seine Barmherzigkeit und Gerechtigkeit unter und an den Menschen durch die Beseligung der einen und durch die Verdammung der anderen offenbar zu machen. Eine Ansicht, die Barth irgendwie einleuchtet und die er irgendwie ablehnt: Indem Gott den Gegenstand seiner Liebe, den Menschen, bestimme, bestimme er ihn auch zum »Zeugen seiner Herrlichkeit in der von ihm geschaffenen Welt, zum Zeugen in dieser doppelten Absicht: zum Zeugen seines Ja und seines Wollens und zum Zeugen seines Nein und seines Nichtwollens«. Denke ich mir aber Gott als einen, der die Welt und den Menschen erschafft, um Zeugen seiner Eigenschaften zu haben, wie ein Schauspieler, der Publikum braucht, wird damit die Story nicht noch anstößiger? Und am anstößigsten die Menschwerdung Gottes, die wiederum ein Theater ist, inszeniert von einem Gott, dessen Gnade und Barmherzigkeit bewundert sein will, der deshalb den Menschen immer wieder in Versuchung führt? Man kann mir vorwerfen, ich hätte, wie bei einer Oper, nur den nackten Inhalt erzählt, den Inhalt des Textbuches, aber es komme auf die Musik an, und die sei himmlisch, dann texte man um: Diese Story glaubt niemand mehr, man glaubt sie nur zu glauben oder man glaubt, die andern würden sie glauben und man dürfe darum nicht an sie rühren. Nun denn, ich glaube, daß eigentlich niemand sie glaubt und niemand sie je geglaubt hat: Sie ist eine Story, entstanden aus der Dialektik der Theologie, und als solche Phantastik, die jeden ihrer Widersprüche als Geheimnis erklärt, das zu begreifen der menschliche Verstand nicht ausreiche und das zu glauben eine Gnade darstelle, ohne die der Mensch verloren wäre. So glaubt er denn, weil er glaubt glauben zu müssen. Nicht aus Furcht vor dem Tod, sondern aus Furcht vor der Hölle. Tod, wo ist dein Stachel, Hölle, wo ist dein Sieg?

Ich halte die Frage, ob Gott existiere, für sinnlos. Wenn es heißt, am Anfang sei das Wort, so ist es entscheidend, was ich unter dem ›Wort‹ verstehe, ob ich das Wort meine, das strukturelles, oder jenes, das sympathetisches Wissen vermittelt (Eddington). Unser strukturelles Wissen gilt den Strukturen, es ist ein mathematisch ausdrückbares Wissen, das nicht das Wesen meint, sondern die Struktur, so daß wir etwa nicht das Wesen, sondern die Struktur der Atome zu erforschen suchen, während das sympathetische Wissen ein Verstehen ist, aber nicht ein ›Wissen‹; ich verstehe, was einer meint, wenn er sagt, es sei ihm kalt, ohne daß ich weiß, wie er dieses ›ihm kalt sein‹ spürt. Das gleiche gilt für alle Gefühle. Das sympathetische Verstehen ist für das Zusammenleben der Menschen ungleich wichtiger als das strukturelle Wissen, insofern ist die Sprache wichtiger als das Wort, weil in der Sprache das Wort eine fließende Bedeutung hat, während das Wort allein zum Begriff wird und sich nur im rein apriorischen Denken in der Mathematik und in den ›objektiven Erkenntnissen‹ bewährt, die wir mit apriorischen selektiven Hypothesen aus der Welt der Objekte herausleuchten. Ohne diese Hypothesen wäre der Mensch in seiner Erkenntnis nicht weitergekommen, er wüßte nichts vom gewaltigen Raum, der ihn umgibt, von der phantastischen Welt des beinahe unendlich Großen und des beinahe unendlich Kleinen, und dennoch ist diese Welt, die er erkennt, nicht die Wirklichkeit, nicht die Wahrheit, sondern die Wirklichkeit und die Wahrheit, insofern er sie durch seine Wahrheit zu erkennen vermag, durch seine Konstruktionen eben: Denn was ich als Wirklichkeit erkenne, diesen Tisch da zum Beispiel, an dem ich schreibe, wird, frage ich, woraus er bestehe, zum Holz, durch weiteres Fragen wird das Holz zu einer organischen Verbindung, dann zu einer molekularen, endlich zu einer atomaren Struktur, je weiter nach der Wirklichkeit gefragt wird, desto mehr mischen sich Hypothesen in die Antwort, gedanklich subjektiv erstellte Konstruktionen und Begriffe, aber auch die Frage nach dem Zweck, wozu dieser Tisch nun diene, führt uns aus sicheren Antworten (um darauf zu schreiben) zu immer unsichereren ethischen, anthropologischen, kultischen, tiefenpsychologischen Überlegungen (warum schreibe ich?), die schließlich nur noch Mutmaßungen sind, und ohne Vertrauen darauf, daß diese gefundenen und erfundenen, konstruierten und konzipierten Interpretationen in irgendeiner, wenn auch verblüffenden Weise die Wirklichkeit an sich, die Objektivität (des Tisches da zum Beispiel) zu erkennen fähig sind (die sein Wesen und seinen Sinn umfassen), ohne dieses ›methodische Vertrauen‹ ist unser Wissen eine Torheit. Was wir Wirklichkeit nennen, vermögen wir nur durch einen ›Fragestopp‹ zu fixieren. Demgegenüber verhält sich die sympathetische Welt der Gefühle gleichsam statisch, es ist immer noch die gleiche Sehnsucht nach Liebe, Freiheit und Gerechtigkeit, aber auch der gleiche Neid und der gleiche Haß, der die Menschheit bewegt, und der gleiche Hunger nach Glauben. Aber zählt die Umwandlung von Materie in Strahlung im Sonneninnern, in den Sternen, durch die Noven und Supernoven, zum strukturellen Wissen, gibt es keine metaphysische Supernova, die auf Gott hindeutet. Gott ist ein sympathetisches Wort, ich verstehe es zwar, wenn es einer ausspricht, aber ich weiß nicht, was er sich dabei vorstellt, es wird nie gelingen, es in eine objektive Erkenntnis zu verwandeln, Gott ist etwas Subjektives, hinter dem Wort Gott kann sich ein Gefühl verstecken, bei etwas Väterlichem geborgen zu sein, bei etwas Namen- und Begrifflosem, das im inneren Weltall haust, in einem Weltall nach innen, weit unbekannter und geheimnisvoller als das äußere, bei etwas Außerpersönlichem im unbestimmbaren Komplex des Ich, dessen Willen geschieht, dem man sich, ob man will oder nicht, unterzuordnen hat. Doch wenn ich dieses Etwas in meinem Bewußtsein zu fassen suche, weicht es zurück, taucht ins Unterbewußte, es bleibt mir nichts anderes übrig, will ich es nun trotzdem fassen, es mit irgendeinem Namen zu benennen, Ich, Über-Ich, Es, das Absolute, Gott oder mit welchem auch immer, schon ist es wieder verschwunden. Entweder versuche ich mit diesem Unbenennbaren sympathetisch zu spekulieren, indem ich es mit einer Begriffskonstruktion umgebe, oder deute, dieses flüchtige Partikel meines Bewußtseins weise auf meine unsterbliche Seele hin, und, den Gedanken weiterspinnend, auf einen Schöpfer, oder ich bleibe im strukturellen Käfig und werde mir bewußt, daß ich aus Materie komponiert bin, deren innerste Strukturen, die wir etwa Protonen, Neutronen, Elektronen und Quarks neuerdings nennen, seit dem Urknall bestehen, so daß eigentlich die Materie unvergänglich und das Leben, der Geist, das Bewußtsein, der Intellekt, der diesen Gedanken denkt, das Ich das Einmalige und darum Vergängliche ist. Doch sind diese Gedanken eben schon Fiktionen, als ob es so wäre, als ob ›Denken‹ und ›So-Sein‹ zusammenfielen. Eine andere Frage ist dann freilich, ob ich diesem ›Als ob‹ vertrauen kann, ob der Sprung vom ›Als ob‹ zum ›Es ist so‹

möglich ist, der Sprung im ersten Fall in die ›klassische Metaphysik‹, im zweiten in einen ›metaphysischen Materialismus‹? Metaphysisch deshalb, weil all das, was wir heute Materie nennen, so untrennbar an unser apriorisches mathematisches Denken gefesselt ist, so sehr, daß die Physik immer mehr in die Metaphysik hineinwächst und die alte Metaphysik mit ihren biederen reinen Verstandesbegriffen verdrängt. Indem die alte Metaphysik mit ihrem ›Als ob‹ die Offenbarung und den Glauben an sie durch ihre reinen Verstandesbegriffe unterstützen wollte, um sie auch dem Verstand verständlich zu machen, schuf sie sich einen Gott, der nur noch begriffen, aber dessen Existenz durch nichts bewiesen werden konnte, und damit wurde, je gründlicher die Metaphysik erklärte, das Offenbarte immer abstruser, weil die Dogmatik in ihrer Wut, alles begreifen zu wollen, von keiner Erfahrung gebremst, auch über die Offenbarung hinausschoß, bis die Offenbarung selbst durch die Dogmatik unglaubwürdig wurde. Die Dogmatik tötete Gott, indem sie ihn begrifflich machte, ohne ihn dem strukturellen Denken einverleiben zu können: Eine Gedankenkonstruktion, ins reine Apriori hineingebaut, gehört keinem ›Sein‹ an. Im Gegensatz dazu braucht der Glaube, um Glaube zu bleiben, keine Metaphysik, darum meint ja auch Kant, er müsse das Wissen abschaffen, um dem Glauben Platz zu machen, wobei er mit dem Wissen das metaphysische Wissen meinte. Er hielt Gott für die praktische Vernunft notwendig, und praktisch ist es gewiß, an Gott zu glauben, und sei es heute auch nur für die Parteikarriere. Aber bewies Kant die Unbeweisbarkeit Gottes, wieviel unbeweisbarer müssen denn auch all die Schlüsse sein, die aus diesem Unbeweisbaren gezogen werden. Barths Lehre von Gott innerhalb seiner *Kirchli-*

chen Dogmatik umfaßt zwei dicke Bände, wäre das Kleingedruckte, Interessantere, groß gedruckt, wären es fünf: ein Riesenwerk der Vorstellungskraft. Kein Wunder, daß die Story dieses Riesenwerks so unglaubwürdig erscheint, man wundert sich ja eigentlich auch über die Story des *Rasenden Roland* oder über jene des *Befreiten Jerusalem*, die Inhaltsangabe der *Göttlichen Komödie* erweckt nur, was die Hölle betrifft, den Wunsch, sie zu lesen. In der Vorstellungskraft – womit wir die Phantasie meinen – liegt ein immanentes Prinzip: gleichzeitig sie voranzutreiben und glaubhaft zu machen, darum liegt im Glauben und in der Vorstellungskraft denn auch die gleiche Bewegung. Der Glaube wird durch den Zweifel ins Glaubhafte getrieben, ins Einleuchtende, Begründete, das der Glaube sucht, um sich vor dem Zweifel zu retten, bis er sich ins Begriffliche, Metaphysische, nur noch Logische, aber damit auch ins scheinbar Unwiderlegbare in Sicherheit – aber um den Glauben – bringt. In der Theologie vollzieht der Glaube Selbstmord: Er glaubt zu wissen. Doch diese Umwandlung findet unbewußt in jedem Glauben statt. Jeder, der glaubt, glaubt zu wissen, und so hält er das, woran er glaubt, für wirklich, sei es Gott oder seien es Götter. Auch die Vorstellungskraft sucht sich glaubhaft zu machen, auch sie treibt sich ins Einleuchtende, Begründete, nur noch Logische, somit Unwiderlegbare in Sicherheit und bringt sich damit um. Sie täuscht Wirklichkeit vor. Erfundene Personen vermögen wirklicher als wirkliche zu werden. Offenbar scheint die Vorstellungskraft mit dem Glauben die gleiche Wurzel zu haben, und die Versuchung liegt nahe, den Glauben mit der Vorstellungskraft gleichzusetzen. Weil jedoch ohne Vorstellungskraft und damit ohne Glauben – was anderes ist ›methodisches Vertrauen‹? – kein strukturelles Wissen möglich wäre, so ist zu fragen, worin denn der Unterschied zwischen dem strukturellen Wissen und dem sympathetischen Verstehen besteht: Wer weiß, weiß, daß er glaubt, und wer versteht, glaubt, daß er weiß, der Wissende weiß, daß sein Wissen eine Hypothese ist, und der Verstehende hält sein Verstehen für wahr. Statt mich aber im Hafen der Philosophie umzuschauen, welche Schaluppen oder welchen Dampfer ich besteigen soll, um mich auf ein so ungewisses Meer hinauszuwagen, wie es sie eben die Phantasie als die Vorstellungskraft darstellt, bleibt mir nichts anderes übrig, als mein eigenes Floß zu besteigen, um so mehr, als ich mit ihm schon längst in diesem Ozean dahintreibe, ohne Ruder und Segel, jenseits jeder Sichtweite eines Hafens, ja einer Küste; allein von der Vorstellungskraft in die Bereiche des rein Vorstellbaren, des Möglichen, des Wahrscheinlichen, des Unvorstellbaren, des nur noch Ahnbaren getrieben, hinein in die Welt des Grotesken und des Paradoxen.

Auf der Bühne des Residenztheaters in München sah ich ein Stück, das vom Boxen handelte, doch nicht so, daß auf der Bühne geboxt, sondern daß vom Boxen geredet wurde. Oder von einem Boxer. Ich weiß es nicht. Auf der Bühne wurden Monologe gehalten, aber so leise, daß die Zuschauer nichts hörten, so vernahm man nichts als die Rufe »lauter, lauter« des Publikums. Leider war ich ohne Programmheft und das Stück ohne Pause. So entging mir, daß ein Mann, den ich für einen Milchhändler hielt, Epiktet darstellte, und einer war stumm, und immer noch rief das Publikum »lauter, lauter«. Eine halbe Stunde vor Schluß trat ein Schauspieler als griechischer Schäfer verkleidet mit einem großen weißen Abruzzen-Schäferhund auf. Ich habe keine Ahnung mehr, was der Schauspieler bedeutete, der Hund spielte ihn an die Wand. Zuerst schaute er sich lange das Publikum an, dann ging er fressen, trottete um die Bühne, kam nach vorne, schnupperte an der Rampe an zwei Hydranten herum, die, wie ich nachher in der Kritik las, Sexsymbole darstellen sollten, schaute wieder ins Publikum, hatte keinen Blick für den Schauspieler übrig, der sämtliche Helden der *Ilias* aufzählte. Dann trottete der Hund nach hinten und verschwand, ein allgemeines Bedauern ging durch den Zuschauerraum, und der Hund erschien wieder und kam noch einmal nach vorn. Ob das Stück gesellschaftskritisch gemeint war, vermag ich nicht zu sagen, der Hund jedenfalls schaute leicht indigniert ins Publikum, einmal schien es mir sogar, als schüttle er den Kopf, aber er kann natürlich auch das Stück gemeint haben, oder den Regisseur. Gebissen hat er niemanden. Einige Wochen später fuhren wir ins Engadin. Vom ›Waldhaus‹ in Sils-Maria stieg ich ins Fextal hinauf und begann in der Gaststube der ›Sonne‹ *Vinter* zu schreiben. Wie immer benutzte ich dazu einen Blindband. Es gibt nichts Schöneres als eine Erzählung anzufangen, es ist der Beginn eines Abenteuers, dessen Ausgang ungewiß ist. Ich hatte einige Seiten geschrieben, als ein Bauer mit einem Hund die Gaststube betrat und am Nebentisch Platz nahm. Der Hund war wie jener, den ich auf der Bühne gesehen hatte, groß und weiß, ein Abruzzen-Schäferhund. Ich sprach den Bauern an, wir kamen ins Gespräch, andere Bauern kamen, wir tranken Roten, ich weiß nicht wie viel, und als ich von der ›Sonne‹ zum ›Waldhaus‹ hinunterging, war es schon am Eindunkeln. Alles war noch voll Schnee, auch die Straße, und als sie steil und vereist wurde, glitt ich aus und lag auf dem Rücken. Da glitt es warm und feucht über mein Gesicht. Über mir stand der große weiße Abruzzen-Schäferhund, als wolle er mich bewachen. Er hatte etwas Gespensterhaftes, Unwirkliches. Ich fühlte mich seltsam geborgen. Dann pfiff jemand, und der Hund verschwand lautlos den Hang hinauf voll Schnee. Was ich jedoch in der Gaststube der ›Sonne‹ geschrieben hatte, ließ sich nicht wiederfinden. Der Blindband blieb verschwunden. Ich mußte die Arbeit an der Erzählung von neuem beginnen, ließ sie aber nach einigen Wochen wieder fallen, die Erzählung drohte uferlos zu werden. Ich vollendete die *Stoffe* ohne sie. Aber bei der Endkorrektur fehlte sie mir und nicht nur sie, auch meine Auseinandersetzung mit dem Christentum, dauerte sie doch schon ebenso lange, wie ich die Idee zu *Vinter* nicht vergessen konnte. Mit Barth setzte die Auseinandersetzung ein. Barth erzog mich zum Atheisten, und die ersten Ratten sind auch erschienen. Ich wußte plötzlich, wie *Vinter* zu schreiben sei: wie im Fiebertraum. Gespenstisch wie der weiße Hund über mir in der hereinbrechenden Nacht.

Vinter

Vinter war in der Hauptstadt seiner Heimat angekommen. Er wurde in allen Ländern gesucht. Überall waren Belohnungen ausgesetzt. Den Auftrag nahm er nur an, weil er in seiner Heimat durchzuführen war. Vielleicht war es eine Falle. Aber er wollte heimkehren und dann seinen Beruf aufgeben. Die Summe, die er für seinen Auftrag erhielt, war phantastisch, eine Million Vorschuß lag in einem Schließfach im Hauptbahnhof. Er wollte nachher ins Landesinnere fahren, in ein kleines Dorf im Norden. Was er plante, war für ihn ein Geschäft, für wen es sinnvoll war, wußte er nicht. Er wußte nur, daß ihm ein kleiner, sorgfältig gekleideter Mann mit einem gepflegten weißen Spitzbart in einem schäbigen Hotel in Kairo den Auftrag und eine Million in Tausenderscheinen überreicht und daß dieser Alte, der ihn in seiner Muttersprache angeredet hatte und ihm seltsam bekannt vorgekommen war, von der Organisation seine Adresse bekommen haben mußte, wobei er wiederum nicht wußte, woher die Organisation seine Adresse kannte, und weil die Aufgabe nur zu lösen war, wenn er wieder tätig wurde, konnte sie auch bedeuten, daß die Organisation ihn aufgegeben hatte; dann war er so gut wie verloren. Dennoch hatte er sich auf die Reise gemacht. Zwar hatte er einen neuen falschen Paß und sein Gesicht neu herrichten lassen, aber schon hatte es ihm in Rom auf der ersten Plakatsäule entgegengeglotzt, aber in der Hauptstadt seiner Heimat war die Paßkontrolle im Flughafen nachlässig gewesen. Er hatte damit gerechnet. Er brauchte zwei Tage, um zu sondieren. Gegen Abend machte er sich auf den Weg. Sein Regenmantel war feucht vom Nebel. Auf einer Brücke blieb er stehen. Er wartete. Der Ministerpräsident und eine Frau kamen ihm entgegen. Als sie ihn erreicht hatten, zündete der Ministerpräsident eine Pfeife an. Vinter zog einen Revolver aus der Manteltasche und schoß. Einmal. Vinter schoß immer nur einmal. Die Frau schrie auf. Der Ministerpräsident sank zusammen. Vinter flüchtete über die Brücke an Gestalten vorüber, die ihm entgegeneilten. Nach der Brücke lief er über eine weitere Brücke, dann über noch eine. Er erreichte einen Platz. Ein weißes Palais tauchte zwischen Bäumen auf, von einer meterhohen Mauer umgeben, hinter der sich eine Thujahecke befand. Vinter sprang über die Mauer und durch die Hecke und stürzte bäuchlings auf einen Kiesweg zurück. Er blieb liegen. Auf dem Platz liefen Menschen der Mauer entlang. Rufe. Dann das Heranheulen von Polizeiautos. Ein Wagen hielt jenseits der Hecke, er hörte ein Kommando, »Platz absperren«. Er schlief ein. Als er später erwachte, lag er immer noch auf dem Kiesweg. Die Sonne brannte auf ihn herunter. Er schob sich gegen die Thujahecke. Hinter ihr war Kindergeschrei zu hören. Ein roter Ball flog über die Hecke, blieb bei ihm liegen. Er rollte den Ball wieder auf den Kiesweg. Ein Junge drang durch die Hecke, nahm den Ball, sprang durch die Hecke zurück. Irgend etwas berührte ihn. Er wandte vorsichtig den Kopf, starrte eine dicke Ratte an, die ihn anstarrte, davonhuschte. Er schaute sich um. Fünf Schritte vor ihm befand sich der Haupteingang des Palais, zu welchem eine Treppe führte. Dieser gegenüber wurde die Thujahecke von einem hohen eisernen Portal unterbrochen. Es war offensichtlich, daß der Platz mit den Bäumen einmal zum Palais gehört hatte. Über ihm sah er ein vergittertes Fenster. Wieder flog der rote Ball über die Hecke. Er rannte gebückt die Hecke entlang um die Ecke des Palais. Er warf sich wieder auf den Kiesweg. Auch auf dieser Seite grenzte das Palais an den Platz, nur durch die Thujahecke von ihm getrennt. Er lag neben einem Kellerfenster mit einer zerbrochenen Scheibe. Er griff hindurch, fühlte einen Pelz, der zurückwich. Die dicke Ratte. Es gelang ihm, das Fenster zu öffnen, die Flügel klappten nach innen auf. Er zwängte sich durch das Fenster und ließ sich, die Füße voran, hinunter, dabei kletterte die Ratte sein Hosenbein hoch. Am Kellerboden angelangt schüttelte er sie ab, weitere griffen an. Der Kellerraum wimmelte von Ratten, wie er im Licht erkannte, das durch das Fenster fiel. Er teilte

Fußtritte aus. An den Wänden waren Kisten gestapelt. Sie waren zerborsten. Zwischen den Latten quoll Holzwolle hervor. An der Decke hingen Speckseiten und Schinken, schwangen hin und her. Mit Ratten besetzt. Auch in den Kisten quiekten Ratten. Trotz der Fußtritte griffen sie unaufhörlich an. Er riß eine Latte aus der Kiste, wobei er gebissen wurde. Er schlug um sich. Er entdeckte im Hintergrund eine eiserne Tür. Sie ließ sich öffnen. Er schlug sie hinter sich zu. Eine Ratte hatte sich noch in seinem Genick verbissen. Er befreite sich mühsam von ihr, zertrampelte sie. Sie war groß wie eine Katze. Er blutete. Er eilte durch einen Korridor an eisernen Türen vorbei, stieg eine Treppe hoch. Eine schwere Eisentüre. Unverschlossen. Er gelangte in eine moderne Küche, von der Küche in ein Speisezimmer, er wollte in die Küche zurück, gelangte in eine Halle. Überall Bilder. Matisse, Picasso, Braque. Durch eine große Glastüre sah er eine Treppe hinunter auf die geschlossene Haustüre. Er ging in der Halle an weiteren Glastüren vorbei, hinter denen ein Saal lag. Er stieg eine breite Treppe hoch. Oben befand sich eine Empore. Er ging ihr entlang. An einer Türe vorbei und öffnete die nächste. Es war ein Schlafzimmer. Durch hohe Fenster war ein Park zu sehen. In der rechten Seitenwand befand sich eine Türe. Sie führte ins Bad. Überall lagen Frottier- und Waschtücher. Er warf den Regenmantel von sich, riß sich die Kleider vom Leib. Er wusch sich, legte sich nackt aufs breite Bett, schlief ein. Er spürte einen Stich. Jemand wusch ihn. Jemand verband ihn. Er schlief. Der kleine alte Mann mit dem weißen Spitzbart aus Kairo schaute ihn an. Die restlichen zwei Millionen, sagte er und stellte zwei schwarze Aktenkoffer neben das Bett. Sie fiebern, fügte er bei. Die Ratten, antwortete Vinter und hatte Mühe mit Reden, spürte wieder einen Stich, schlief ein. Jemand wusch ihn wieder. Jemand gab ihm wieder zu trinken. Er schlief wieder ein. Eine Ratte lief über seine Brust. Er wollte schreien. Erwachte. Lag in einem seidenen Pyjama unter einer Bettdecke. Die Türe öffnete sich. Ein großer muskulöser Mann, der aussah wie ein Leibwächter in einem alten Film, brachte ein Tablett mit Kaffee, Ei im Glas, Toast, Butter, Konfitüre, Schinken und Croissants. Der Mann schwenkte eine Tischplatte über das Bett, schenkte Kaffee ein und Rahm und stellte sich als der neue Butler vor. Er heiße Jean. Er dürfe erwähnen, daß er stets in allerbesten Häusern gedient habe. Vinter betrachtete seine rechte Hand. Sie war sorgfältig verbunden, doch die Finger waren frei. Er tastete nach seinem Genick. Auch ein Verband. Er fragte, wer ihn verbunden habe. Wir waren in Sorge, antwortete der Butler. Vinter trank. Die Ratten, meinte er. Der Butler nickte. Sie kommen vom Kanal her. Vinter nahm einen Toast und aß ein Ei im Glas. Der Butler wartete. Räumte ab, ging. Vinter verließ das Bett. Fühlte sich frisch. Er öffnete eine Balkontüre. Er schaute auf einen Park hinunter. Rasen, Blumenbeete, alte Bäume, ein Gartenhaus. Er duschte und rasierte sich. Sein Regenmantel und seine Kleider waren verschwunden. In den Wandschränken des Schlafzimmers viele Anzüge. Er war an sorgfältige Kleidung gewöhnt. Er kleidete sich an. Weißer Anzug, schwarzes Hemd. Alles wie auf ihn zugeschneidert. Er nahm die beiden Aktenkoffer an sich, die an der Wand des Schlafzimmers standen. Er hatte nicht geträumt. Er ging die Treppe hinunter. Die Türen zum Saal waren weit offen. Ein Konzertflügel, Kanapees, Fauteuils, Spieltische, Sitzecken, eine Türe, die zum Park hinausging. Er öffnete eine Türe: das Speisezimmer. Er öffnete die Türe, die jener zum Speisezimmer entgegengesetzt war. Eine Bibliothek. Sie war geräumig, die Wände vom Parkett bis unter die Decke voller Bücher, auch Bücher unter und über dem großen Fenster zum Park hinaus. In der Wand vom Fenster gegenüber ein Kamin, vor dem Kamin ein Ledersofa, links und rechts vom Kamin Lederfauteuils. Vor dem Fenster ein großer alter Schreibtisch. Auf ihm sein Paß, seine Brieftasche und der Schlüssel zum Schließfach. Er nahm alles an sich. Er verließ mit den beiden Koffern das Palais. Er schaute die Thujahecke entlang. Dort wo er gelegen hatte, kauerte eine Ratte auf dem Kiesweg, verschwand um die Ecke. Er ging zum schmiedeeisernen Gartenportal, öffnete es. Auf der Mauer befand sich nun ein eisernes Gitter, höher als die Hecke. Er schritt über den Platz mit den Bäumen zur Straße. Buben spielten Fußball. Auf der Straße fuhren Autos an ihm vorbei von der Brücke in die Altstadt und von der Altstadt nach der Brücke. In der Mitte der Straße regelte ein Polizist den Verkehr. Er wartete eine Lücke in der Wagenkolonne ab und ging auf ihn zu. Ein Auto bremste jäh. Der Polizist pfiff. Er trat zu ihm. Verhaften Sie mich. Ich habe den Ministerpräsidenten erschossen. So, da soll ich Sie verhaften? lachte der Polizist. Wer regelt dann den Verkehr? Der Polizeiposten ist in der Jensenstraße. Gestehen Sie denen Ihren Mord. Die werden sich freuen. Der Posten befand sich in einem baufälligen einstöckigen Gebäude, das die fünfstöckigen Häuser der Jensenstraße mit ihren Luxusgeschäften unterbrach. Als er eintrat, taumelte ein Mann mit einem verbundenen Kopf an ihm vorbei ins Freie. Der Raum war durch eine Schranke zweigeteilt. Links von der Eingangstüre lief der Wand entlang eine Bank, auf der zwei Dirnen saßen. An der Wand das Porträt Vinters und darunter ›Belohnung Zehntausend‹. Über einer Tür mit einer Milchglasscheibe, die sich in der Mitte des abgesperrten Raumes befand, hing das Porträt des Königs. Im Hintergrund saß ein verschwitzter Polizist mit einem derben Bauerngesicht und tippte mit zwei Fingern auf einer alten Schreibmaschine herum. Von der Decke hing an einer langen Schnur eine brennende Schirmlampe. Der Raum hatte nur ein Fenster, das sich neben der Eingangstüre befand und offenstand, aber vergittert war. Die Hitze im Raum war unerträglich. Endlich schaute der Beamte auf, sah ihn fragend an. Vinter sagte: Ich hab den Ministerpräsidenten Erikson erschossen. Der Polizist begriff nicht: Was haben Sie? Den Ministerpräsidenten. Ich hab ihn erschossen. Der Polizist starrte ihn an, fuhr sich durch die blonden Haare. Den Ministerpräsidenten – Sie haben, stammelte er, schoß auf, verließ den Raum durch die Türe mit der Milchglasscheibe. Er war allein im Raum mit den zwei Dirnen, die vor sich hin stierten. Der Polizist kehrte zurück, winkte ihm, öffnete die Schranke und führte ihn durch die Türe mit der Milchglasscheibe in einen Raum. Gute Luft, Klimaanlage, blitzsauber, technisch. Voller Geräte, Telefone, Monitoren, Computer. An einer schwarzen Tafel wieder sein Porträt, ›Belohnung Zehntausend‹. Hinter einem Schreibtisch saß ein älterer Polizist. Er war nicht in Uniform, aber man sah ihm an, daß er von der Polizei war. Er hatte ein breites zerknittertes Gesicht mit einer knolligen Nase. Was wünschen Sie, Fürst Frobenius? fragte er. Ich bin nicht Fürst Frobenius, sagte Vinter. Der Mann hinter dem Schreibtisch lehnte sich zurück, spielte mit dem Kugelschreiber: Nicht? Wer sind Sie dann? Vinter wies auf sein Porträt: Der. Der Mann hinter dem Schreibtisch schaute hin. Die Witwe des Ministerpräsidenten hat ihn identifiziert. Sie gleichen ihm aber gar nicht.

Mein Paß, sagte Vinter und reichte ihn über den Tisch. Gefälscht. Auf den Namen Anderson. Der Mann hinter dem Schreibtisch blätterte im Paß. Echt, sagte er, ausgestellt auf den Namen Sven, Fürst Frobenius, und gab den Paß zurück. Vinter legte die beiden Koffer auf den Schreibtisch und öffnete sie. Die Koffer waren voller Banknoten: Die Belohnung für die Ermordung des Ministerpräsidenten. Zwei Millionen. Ich habe ihn ermordet. Er legte den Schlüssel für das Schließfach auf den Schreibtisch: Im Schließfach noch eine Million. Der Vorschuß. Der Mann hinter dem Schreibtisch sagte: Sie sind verwundet. Eine Ratte, sagte Vinter. Ich weiß, eine Ratte. Sie hatte sich in Ihrem Genick verbissen. Ich bin Kriminalinspektor Axel. Der Butler ließ mich kommen. Er befürchtete, Sie seien überfallen worden. Vor fünf Tagen. Und in der Nacht vorher wollen Sie den Ministerpräsidenten ermordet haben, fragte der Kriminalinspektor und legte den Kugelschreiber auf die Tischplatte. Vor fünf Tagen, sagte Vinter. Rattenbisse sind gefährlich, nickte der Kriminalinspektor. Wir brauchten einen Vormittag, die Ratten zu vertilgen. Und das Staatsbegräbnis des Ministerpräsidenten haben Sie auch verpaßt. Nehmen Sie Ihre zwei Millionen wieder zurück, Fürst Frobenius. Verschenken Sie die, sagte Vinter. Er ging. Der verschwitzte Polizist saß immer noch hinter der Schreibmaschine, auch die zwei Dirnen waren noch da. Er trat auf die Jensenstraße. Er ging durch die Stadt. Über die Brücken, über die Plätze, zum Parlamentsgebäude, durch die Geschäftsstraßen, durch Nebenstraßen, an den Hafenanlagen vorbei, durch die Arbeiterquartiere, durch das Villenviertel. Er ging und ging. Überall hing sein Bild, Belohnung Zehntausend. Neben seinem Bild an einer Plakatsäule blieb er stehen. Männer kamen an ihm vorbei,

Frauen. Manche blieben stehen. Schauten ihn an, dann das Bild, dann wieder ihn, gingen weiter. Der Nebel kam wieder. Beim Einnachten betrat er das Palais. Vom Keller herauf hörte er das Quieken von Ratten. Im Saal war Licht. Am Flügel spielte ein Mann in einem dunkelblauen Anzug. Auch das Hemd war dunkelblau und das Halstuch. Er war braungebrannt, sein Gesicht lang und knochig. Er schloß den Flügel, schaute Vinter an und sagte, er sei der Innenminister Lindgren. Er sei Vinter und habe den Ministerpräsidenten ermordet, sagte Vinter. Das wisse er, entgegnete der Innenminister. Sie haben mit Ihrem Geständnis in der Jensenstraße was Schönes angerichtet, Vinter. Fast sind Sie verhaftet worden. Zum Glück schalteten die Beamten rechtzeitig. Er wies auf drei Koffer, die an der Wand standen, die verabredete Summe. Er hätte sich erlaubt, auch den Vorschuß aus dem Schließfach holen zu lassen. Aber jetzt brauche er Kaffee und einen Cognac. Sie gingen in die Bibliothek, setzten sich in die Lederfauteuils. Eine Ratte durchquerte den Raum, verschwand im Kamin. Der Butler kam, schenkte ein. Einer meiner Männer, sagte der Innenminister. Was hier gespielt werde, fragte Vinter. Überall klebe sein Bild mit einer Belohnung von Zehntausend. Sicher, gab der Innenminister zu. Überall hängt Ihr Bild. Die Bevölkerung soll wissen, daß Sie den Ministerpräsidenten getötet haben, Vinter. Die Bevölkerung hat schließlich dafür gespendet. Der Innenminister schwenkte den Cognac im Glas. Der Mensch will glauben. Der Marxismus war ein Glaube an eine vernünftigere Weltordnung, er ist an sich selber gescheitert, eine vernünftigere Weltordnung verlangt auch vernünftigere Menschen, und weil der Mensch unvernünftig ist, kann sie nur durch Zwang eingeführt werden, dadurch wird sie unnatürlich, doch, da eine unnatürliche Weltordnung unvernünftiger ist als eine natürliche, siegt die natürliche über die vernünftige. In der natürlichen Weltordnung fallen die Korrupteren weniger auf, sie sind gewissermaßen auch natürlicher als die weniger Korrupten. Der Innenminister kam ins Dozieren, er war Parlamentarier. Nur eines fehlt der natürlichen Weltanschauung: Man braucht nicht an sie zu glauben, sie beweist sich selbst, weil sie eben natürlich ist und somit der Natur des Menschen entspricht. Doch weil der Mensch mehr sein will als die Natur und weil er seiner Vernunft nicht mehr trauen kann, weil die vernünftige Weltanschauung die unvernünftige geworden ist, wird er irrational, von jeder Emotion verführbar. Er glaubt an den Glauben, in der Welt des Islam an den Islam und in der christlichen Welt an das Christentum. Die Welt ist konservativ geworden, wer nicht fundamentalistisch ist, trägt das Christentum wie einen Nadelstreifenanzug, und so gibt es keinen Politiker mehr, ob sozialistisch oder bürgerlich, der sich nicht zum Christentum bekennt. Nur unser Ministerpräsident beging die Dummheit, sich zum Atheismus zu bekennen, beschloß der Innenminister seine Ausführung. Dafür wurde er zum Tode verurteilt. Sie, Vinter, haben nur das Urteil vollstreckt. Trank. Vinter starrte den Minister verblüfft an. Wer hat das Urteil gefällt? fragte er. Das Volk, erklärte der Innenminister. Eine kleine Sekte im Norden faßte den Entschluß, den atheistischen Ministerpräsidenten durch Sie töten zu lassen. Eine Sekte aus dem Dörfchen, wohin Sie sich zurückziehen wollen. Sie sind dort besonders populär. Der kleine alte spitzbärtige Mann, der mir den Auftrag und das Geld überbrachte? fragte Vinter. Der Gründer der Sekte. Der Pfarrer des Dorfes, antwortete der Innenminister. Vinter rieb sich die Stirne. Darum ist er mir so bekannt vorgekommen, sagte Vinter. Er hat mich konfirmiert. Die Sekte wollte ihren christlichen Glauben beweisen, fuhr der Innenminister fort. Sie wußte, daß Sie teuer waren. Die Sekte begann zu sammeln. Drei Millionen für Sie, Vinter. Ich bin beeindruckt. Der Innenminister schenkte sich noch einen Cognac ein, schaute einer zweiten Ratte nach, die den Raum durchquerte und im Kamin verschwand. Man sollte im Kamin Feuer machen, sagte der Innenminister. Nur eines verstehe er nicht, warum Vinter die drei Millionen habe zurückgeben wollen? Aus Stolz, antwortete Vinter. Er sei in diese Villa voller Ratten geflüchtet. Doch als er wieder zu sich gekommen sei, in einem seidenen Pyjama und verbunden, als ihm der Butler das Frühstück gebracht und er die beiden Koffer mit dem Rest des Honorars vorgefunden habe, sei ihm klar geworden, daß er in eine Falle gegangen sei. Das lasse seine Berufsehre nicht zu. Sein Beruf verlange absolute Perfektion. Keine Eintrübung vom Emotionalen her. Sein Wunsch heimzukehren habe ihn verhindert, den Hintergründen des Auftrags nachzugehen. Auf diese Schlamperei habe es nur eine Antwort gegeben: Schluß machen, sich der Polizei stellen. Unsinn, entgegnete der Innenminister. Vinters Auftrag sei gewesen, Erikson für drei Millionen zu töten, das habe er getan, Geschäft sei Geschäft. Daß der Polizeikommissar seinen Auftrag erfüllt, den Ort des Attentats und das Palais als Fluchtmöglichkeit vorbereitet habe, sei eine andere Sache. Das sei seine, des Innenministers Sache. Warum er ihn nicht verhaften lasse? fragte Vinter, er flehe ihn an. Er habe Vinter zu verhaften, nicht ihn, antwortete der Innenminister. Er sei Fürst Frobenius, er solle nur in seinem Paß nachschauen. Den habe man gefälscht, warf Vinter ein. Er sei schon gefälscht gewesen, meinte der Innenminister. Ich bin in Ihrer Gewalt, stellte Vinter fest. Damit müssen Sie sich abfinden, antwortete der Innenminister, stürzte den Cognac hinunter und stand auf. Bevor sich Vinter in seine neue Existenz einübe, habe er noch ein Versprechen einzulösen, das er, der Innenminister, Eriksons Mutter gegeben habe. Sie wolle Vinter sprechen. Der Innenminister ging. Am Straßenrand vor dem Platz mit den Bäumen wartete ein Rolls-Royce. Inspektor Axel fuhr. Über dem Kanal dichter Nebel, strahlend weiß im Licht eines beinah Vollmonds. Der Butler öffnete die Hintertüre des Wagens, durch die Scheibe sah er nur die Schultern und Hinterkopf des Fahrers. Der Rolls-Royce fuhr über Brücken und Plätze, verließ die Stadt auf einer Schnellstraße, fuhr wieder über eine lange Brücke, lautlos, als gleite er dahin, bog dann in einen Wald, bog ab, erklomm auf einer schmalen Straße mit vielen Kurven einen Hügel, fuhr vor ein Tor, das sich öffnete, fuhr hindurch, ein Park, vom Mondlicht beschienen, mit Bäumen und Büschen, hielt vor einem mit Efeu bedeckten alten Haus. In der Türe stand eine große schlanke Person, nur als Silhouette erkennbar. Sie winkte ihm. Er durchquerte eine Halle mit uralten kostbaren Möbeln, folgte der großen schlanken alten Person eine Treppe hinauf und betrat ein Schlafzimmer, das nur von einer Nachttischlampe erleuchtet war. In einem Bett lag eine Greisin, fast ohne Haare, klein, mädchenhaft. Fürst Frobenius, meldete ihn die Person. Ich bin blind, sagte die Greisin. Lina, geh hinaus, befahl sie mit lauter Stimme. Die Person entfernte sich. Ist sie gegangen? fragte die Greisin. Sie ist gegangen, sagte Vinter. Sie hört nicht gut, sagte die Greisin. Du bist nicht Fürst Frobenius, stellte sie fest. Ich bin nicht Fürst Frobenius, antwortete er. Du bist der Mörder meines Sohnes. Ich bin der Mörder Ihres Sohnes, sagte Vinter. Nimm Platz. Nah zu mir, gib mir deine Hand. Er setzte sich zu ihr und nahm ihre Hand. Sie war wie die eines Mädchens. Mein Sohn war ein guter Mensch. Sicher, sagte er. Er wollte nur das Beste. Das wollen alle Politiker, sagte er. Aber er glaubte nicht an Gott. Ich auch nicht, sagte er. Die Greisin lag da, ihr kleines Gesicht war ebenso weiß wie das Kissen und die Bettdecke, das mit Spitzen besetzte Nachthemd und die Kinderhand, die in seiner Hand lag. Die Augen hielt sie geschlossen. Geld von der Sammlung? Von der Sammlung, sagte er. Ich habe auch gespendet, sagte sie. Er schwieg, schaute auf die kleine Hand in der seinen. Es ist im Namen Gottes geschehen, sagte sie. Geh jetzt. Der Rolls-Royce fuhr den Hügel hinunter, tauchte in den Wald, erreichte die lange Brücke und damit den Nebel, weiß im Lichte des nun unsichtbaren Monds. Der Rolls-Royce hielt. Er ging über den Platz auf das erleuchtete Palais zu. Der Butler erwartete ihn. Er aß wenig und ließ sich den Wein in der Bibliothek servieren, der Butler zog sich zurück. Er saß am Kamin, starrte auf die Scheite, die brannten, es kamen keine Ratten mehr. Nur hinter den Büchern raschelte es, ein Band fiel herunter. Er trank den Wein aus, ging ins Bett. Schlief ein, träumte, oder hielt es für einen Traum. Eine Frau war zu ihm gekommen. Er spürte in der Dunkelheit ihren Leib an dem seinen, er spürte ihn durch den Schlaf hindurch, ohne aufzuwachen. Während er noch träumte, daß sie sich liebten, liebten sie sich, Traum und Wirklichkeit und Wirklichkeit und Traum durchdrangen sich, ohne daß er zu unterscheiden wußte, was wirklich und was geträumt war, doch als die Frau aufschrie, wußte er plötzlich, wen er liebte. Er drückte zu. Er machte Licht, sprang aus dem Bett, sah hinüber.

Eine Ratte huschte heran, kletterte das Bettlaken hoch, fiel zurück. Er kleidete sich an, ging in die Bibliothek. Im Kamin glimmte noch ein Scheit. Mehrere Bände waren heruntergefallen. Er setzte sich in einen Lederfauteuil. Rauchte. Das Feuer im Kamin erlosch. Immer mehr Ratten huschten herum. Im Fenster tagte es. Der Butler kam. Das Kaminfeuer sei erloschen, sagte Vinter. Der Butler legte neue Scheite hinein, machte Feuer, die Ratten kümmerten sich nicht darum. Er solle ins Schlafzimmer gehen und dann den Innenminister anrufen, sagte Vinter. Der Butler ging. Er wartete. Über seine Schuhe liefen Ratten, saßen auf der Rücklehne des Ledersofas. Es war taghell, als der Innenminister kam und der Butler die Ratten hinausjagte. Er setzte sich in den Fauteuil Vinter gegenüber. Ich war im Schlafzimmer, sagte er. Eine schöne Frau. Die Witwe des Ministerpräsidenten. Ich weiß, antwortete Vinter. Ein Buch polterte herunter. Da seien die Ratten wieder, stellte der Innenminister fest. Hinter den Büchern müßten ganze Nester sein, sagte Vinter. Warum er sie getötet habe, fragte der Innenminister. Zwischen ihnen kletterte wieder eine Ratte auf die Rückenlehne des Sofas. Vor Entsetzen, sagte Vinter. Wer ließ die Frau ins Haus? Axel, sagte der Innenminister. Er dachte, sie wolle Sie töten. Wäre das eine Lösung gewesen? wollte Vinter wissen. Nein, ich habe Axel entlassen, sagte der Innenminister und klingelte dem Butler. Die Ratten würden immer frecher. Es sei hoffnungslos, sagte der Butler. Er wage sich schon nicht mehr in den Keller. Und schon im Schlafzimmer seien mehrere gewesen. Die Leiche? fragte der Innenminister. Sie habe gerade noch in Sicherheit gebracht werden können. Er brauche wieder einen Cognac, sagte der Innenminister. Der Butler schenkte ein, der Innenminister trank, sagte: noch einen, und dann, als der Butler gegangen war, den im Glas kreisenden Cognac betrachtend, stellte er fest: vor Entsetzen. Haben Sie viele getötet? fragte er dann. Viele, antwortete Vinter. Auf der Sofalehne saßen nun zwei Ratten, putzten einander. Töteten Sie immer mit Entsetzen? fragte der Innenminister. Nein, es war das erste Mal, sagte Vinter. Vorher richtete ich hin, jetzt habe ich gemordet. Ich verlange meine Verhaftung und meine Verurteilung. Wann? Jetzt. Wenn ich Sie jetzt verhafte, wird der Skandal die Regierung wegfegen und das Volk blamieren, sagte der Innenminister. Er solle Geduld haben. Den Prozeß werde er einmal bekommen, fuhr er fort, die Ratten angewidert betrachtend. Als Fürst Frobenius, Mörder des Ministerpräsidenten. Wenn das Volk sich des Auftrags schäme, für den es einmal gesammelt habe. Wenn es einen anderen Mörder wünsche. Dann sei ihm Fürst Frobenius gerade recht. Jetzt habe noch Vinter als Mörder zu gelten, den es nicht mehr gebe. Was Eriksons Frau angehe, so werde ihre Leiche in ihr Haus gebracht und ihr Tod als Selbstmord dargestellt. Schwierig glaubhaft zu machen, gab Vinter zu bedenken. Das lassen Sie meine Sorge sein, entgegnete der Innenminister. Leben Sie inzwischen als Fürst Frobenius weiter. Bis zu Ihrem Prozeß, und auch dann wird man Ihnen nicht glauben, daß Sie nicht Fürst Frobenius sind. Sie haben ihn bis zu Ihrer Hinrichtung zu bleiben. Verlassen Sie nicht das Land. In Ihrem Interesse. Ich habe mich mit der Organisation geeinigt. Vinter war überrascht. Sie traten mit ihr in Verbindung? Sie trat mit mir in Verbindung, korrigierte ihn der Innenminister. Die Organisation wisse alles. Er bleibe hier. Er warte auf das Gericht. Das sei sein Recht, antwortete Vinter, und dann fragte er plötzlich mißtrauisch, wer denn eigentlich der echte Fürst Frobenius sei, ob es den überhaupt gebe. Der Innenminister sah ihn nachdenklich an. Kein Mensch wisse das, er sei verschollen. Seit langer Zeit. Dann lachte der Innenminister, aber jetzt sei er ja zurückgekommen, und stand auf. Vinter begleitete den Innenminister bis zum Gartenportal. Ratten folgten ihnen. Er schicke eine Abteilung der Sanität, versprach der Innenminister, als er auf den Platz hinaustrat. Als hätten die Ratten verstanden, pfeilten sie über den Kiesweg und verschwanden um die Ecke. Die Sanitätsabteilung arbeitete drei Tage. Sie setzte auch Giftgas ein. Dann war das Palais rattenfrei. Vinter lebte als Fürst Frobenius. Er wurde eingeladen und lud ein. Die Gesellschaft behandelte ihn mit Hochachtung. Niemand fragte ihn aus. Manchmal kamen nachts Frauen zu ihm. Immer mehr. Dann ließ er sein Palais nachts verschließen. Er ging auch nicht mehr in die Gesellschaft, und die Gesellschaft ließ ihn in Ruhe. Der König wünschte ihn zu sprechen. Er traf den König im Park, wie er an Rosen herumschnitt. Der König war ein großer hagerer alter bebrillter Mann, der ihn nicht ansah. Ich habe auch gespendet, sagte der König, mit den Rosen beschäftigt, glauben Sie, daß Vinter der Mörder ist? Vinter ist tot, Majestät, antwortete der Gefragte. Wenn Sie es sagen, mögen Sie recht haben, Fürst Frobenius, entgegnete der König und ging zum nächsten Rosenstock, ohne Vinter eines Blicks zu würdigen. Noch am Abend ließ er sich zur blinden Greisin führen, nahm ihre Hand. Ich erwarte das Gericht, sagte er. Ich erwarte meinen Tod, sagte sie. Dann erwarten wir das Gleiche. Sie gab zuerst keine Antwort. Dann schüttelte sie fast unmerklich den Kopf. O nein, sagte sie. Dein Gericht wird nicht stattfinden. Er entließ den Butler, verriegelte das Palais, verschloß die Fenster, legte sich ins Bett.

Aus dem Kleiderschrank schlüpfte eine Ratte. Er wartete. Auf das Gericht. Als nach vielen Jahren der echte Fürst Frobenius heimkehrte, fand er im Schlafzimmer ein Skelett vor. Der herbeigerufene Polizist fand im Kleiderschrank unter einem Haufen zernagter Kleider einen Paß. Der Polizist benachrichtigte den Polizeiinspektor, dieser den Innenminister. Der Innenminister fragte seinen Vorgänger und dieser erkundigte sich bei seinem Vorgänger. Sein Vorgänger sei leider gestorben, sagte dieser. Der Innenminister ließ sich melden. Fürst Frobenius empfing ihn in der Bibliothek. Das Subjekt, erklärte der Innenminister, dessen Skelett in Seiner Exzellenz Bett gefunden worden sei, habe sich vermittels eines falschen Passes als Fürst Frobenius ausgegeben. Sein Paßbild weise eine gewisse Ähnlichkeit auf, wie Exzellenz sich habe überzeugen können. Die Polizei habe sich täuschen lassen. Es bleibe ihm als Innenminister nichts anderes übrig, als sein Bedauern auszudrücken, um so mehr als sich der Verdacht verhärte, der falsche Fürst Frobenius sei der Mörder des vor vielen Jahren niedergeschossenen Ministerpräsidenten Erikson gewesen. Auch in diesem Fall habe die Polizei in einer falschen Richtung gesucht.

Ein Hinausrennen ist ein Hineinrennen. Wenn ein Fünfundzwanzigjähriger sich nicht nur entschließt, indem er aus dem Schatten hinaus über einen Platz rennt, den Trolleybus zu erreichen, der ihn nach Hause bringen würde, sein Studium fahrenzulassen, um Schriftsteller zu werden, so ist das nicht so verwunderlich, der Fünfundzwanzigjährige hätte schließlich auch auf seinem Spurt nach dem Bus die Entscheidung treffen können, Maler zu werden, was er doch immer werden wollte, doch wenn der gleiche Fünfundzwanzigjährige, während er losrennt, sich gleichzeitig noch entschließt, seine sinnlose Rebellion gegen den Glauben seines Vaters aufzugeben, wovon er lebte, die ihn aufrecht und in Schwung hielt, sieht die Angelegenheit schon bedenklicher aus, mancher Sieg ist in Wirklichkeit eine Niederlage, manche Versöhnung eine Kapitulation, manche Umkehr Feigheit, und oft entstand Schriftstellerei aus einem jämmerlichen Versagen heraus der Realität gegenüber, und mancher rannte in einen Glauben hinein, weil er unfähig war, einen anständigen Beruf zu erlernen, auch ich muß diesen Verdacht auf mir sitzenlassen. Es ist mir denn auch bewußt, zum schwierigsten Moment meines Lebens zu kommen, wenn auch nicht zum wichtigsten, so doch zu einem Start ins Ungewisse, ins durchaus Unsichere, das erst die noch wichtigeren Momente in sich barg, zu einem Augenblick – wenn er auch wenige Sekunden dauerte – des Über-den-Platz-Rennens eben –, wo ich wie in keinem anderen Augenblick der Stoff selbst bin, um den es geht, will ich diesen Augenblick gestalten, irgendwie beschreiben, verständlich machen, wobei sich freilich gleich die Frage stellt, ob man selbst ein Stoff zu werden vermag: Andere Situationen, andere Momente werden erst dadurch zum Stoff, daß sie objektiviert werden – objektiviert man sich selbst, und sei es nur für den Augenblick, der eine Entscheidung darstellt, wird man zwar zum Stoff seiner selbst, doch das Selbst geht verloren, man tritt sich als ein anderer gegenüber, als Stoff eben, mit dem man sich allzuleicht verwechselt, schlimmer noch, indem man dieses objektivierte Selbst bearbeitet, wie man einen Stoff nun einmal behandelt, durchaus nach objektiven, ästhetischen, dramaturgischen Grundsätzen, hier verknappt, um den Augenblick, die Entscheidung noch etwas spannender, sensationeller zu machen, als sie waren, dort allzu Persönliches, Intimes ausläßt, wird der Stoff dem Selbst noch fremder. Man greift dann allzuleicht verzweifelt zur verzweifeltsten Methode, wird ganz wahrhaftig, ganz persönlich, ganz intim, seht, so hat man es getrieben. Es hilft nichts, ob die Wahrhaftigkeit wahrhaftig ist oder eine Pose, ist nicht auszumachen, nicht zu beweisen. Man macht die Wahrhaftigkeit unglaubhaft, wenn man sie bezeugt, weil sie sich durch dieses Bezeugen gleichsam als mehr als wahrhaftig ausgibt, indem zur Wahrhaftigkeit noch die Objektivität zu treten sucht, die Sachlichkeit, und sei diese Objektivität auch nur die Sprache (dann nämlich, wenn alles andere, das sich sonst noch als Objektives ausgibt, abgespachtelt ist), es hilft nichts, seine eigene Sache ist nicht zu verteidigen, indem man in eigener Sache sachlich wird, spricht man sich schuldig, bleibt jedes Hinausrennen ein Davonrennen. Ohne Glauben kommt niemand aus, doch gerade der Glaube ist nicht darzustellen, zu objektivieren, auch von ihm gilt, was von der eigenen Sache gilt, ist er doch *die* eigene Sache, der Augenblick, das Hinausrennen eben. Versucht man es, legt man sein Credo ab, bekennt man seinen Glauben angesichts der Weltöffentlichkeit, durchaus großartig, durchaus mutig, jubeln zwar die Christen auf oder die Atheisten, aber der Glaube ist zum Plakat geworden, das man vor sich herträgt im allgemeinen Umzug der Geister, und die meisten tragen ihr Selbst vor sich her, wie die Männer Saul Steinbergs ihre Büsten. Sie kommen nie zu einem Selbst, weil ihnen immer das Bild dazwischen gerät, das sie von sich selbst haben. Bekennen kann einer nur seinen Unglauben an etwas, seinen Zweifel. Hat der Fünfundzwanzigjährige dies einmal eingesehen, so ist sein

Rennen über den in der Sonne liegenden Platz in die Schriftstellerei und in den Glauben eins. Nicht daß er zum Glauben seines Vaters überlaufen würde, gerade diese Unmöglichkeit wird der Grund sein, in seine eigene Schriftstellerei und in seinen eigenen Glauben hineinzurennen, den Glauben seines Vaters wird er plötzlich achten, auch wenn er an dem, was der Vater glaubt, zweifelt (und einmal nicht mehr glauben wird), weil er ihn als Glauben verstehen, doch gerade deshalb als etwas Unverständliches, Unerklärbares in Ruhe lassen wird, das nur seinen Vater angeht als dessen eigene Sache, um sich nun endgültig dem zuzuwenden, was nur ihn angeht, was nur seine eigene Sache ist, seinem eigenen Glauben und seinem eigenen Zweifel, was ihn all die Jahre, die folgen, beschäftigen wird. Damit kann er aber auch nicht mehr objektiv von dem schreiben, was seine Aufgabe gewesen wäre, von Kierkegaard und dem Tragischen, er wird seine Dissertation liegen lassen und sein Studium aufgeben, er wird nur noch subjektiv von sich reden können, indirekt (von außen her gesehen), in sich immer widersprechenden Gleichnissen. Die Schriftstellerei und der Glaube sprechen die gleiche Sprache. Aus der gleichen Not heraus, sich verständlich zu machen, die eine Unmöglichkeit ist, denn jedem Gleichnis liegt die Unmöglichkeit zugrunde, es anders zu sagen, eindeutig, direkt, würde doch jede Eindeutigkeit, jede Direktheit, die hinter dem Gleichnis stünde, es in eine Einkleidung, in eine Allegorie und damit in etwas Überflüssiges verwandeln. Natürlich gibt es den Versuch, über den Inhalt eines Glaubens, über das, was man glaubt, objektiv, direkt zu sprechen, die Erhabenheit des Credos, die Riesengebäude der Dogmatik oder der philosophischen Systeme (die ja auch Glauben fordern). Aber wer legt sein Credo heute nicht ab, wer ist heute nicht Berufschrist oder Berufsmarxist: Wirtschaftskapitäne, Politiker, Dichter, Revolutionäre usw., nicht daß an ihrem Credo zu zweifeln wäre, das ist das Verteufelte, es ist nur durch nichts zu beweisen, daß sie es auch glauben, nicht einmal der Papst vermag zu beweisen, daß er ein Christ, oder Gorbatschow, daß er ein Kommunist ist, was er immer wieder behauptet, vielleicht ist gerade für sie ihr Credo nichts als eine Rechtfertigung ihrer Macht, denn jede Macht will sich rechtfertigen. Der Glaube ist auf eine schreckliche Weise kein Gesprächsgegenstand, darum wohl wird so viel von ihm geschwatzt. So läßt sich denn auch der Glaube, in den der damals Fünfundzwanzigjährige hineinrannte, nicht darstellen: gegen außen erscheint er als Müssen. Ich mußte Schriftsteller werden, nicht nur weil ich mein Denken als Stoff, sondern auch weil ich einen neuen Ausgangspunkt gefunden hatte, von dem aus ich in die Schriftstellerei starten konnte: die Bühne. Im blauweißen Buch *Die Wiedertäufer* aus den Monographien zur Weltgeschichte von Velhagen und Klasing blätterte ich schon im Dorf, es stand in der Bibliothek meines Vaters, die blutige Groteske, die sich im Zeitalter der Reformation in Münster in Westfalen abspielte, blieb in meiner Phantasie haften, nach der deutschen Katastrophe begannen plötzlich die damaligen Personen zu reden, Bockelson, Knipperdollinck, der Bischof Franz von Waldeck, alle sprachen, die Bühne löste mir die Zunge, nicht die Bühne selber, sondern die Vorstellung einer Bühne, vorher war für mich das Drama eine literarische Form. Indem die Vorstellung einer Bühne mich aus dem Gefängnis meiner Prosa und meines Zeichnens befreite, fand ich meinen Glauben an mich selbst, den Glauben, Schriftsteller zu sein (wie oft sollte dieser Glaube noch erschüttert werden). Ich rannte gleichzeitig von mir fort und zu mir hinein. Gewiß, das sind nicht viel mehr als Andeutungen eines ehemaligen Philosophiestudenten, der vor der Philosophie und Theologie davonrannte, sich aus dem Staube machte, um die Philosophie und Theologie gleichwohl nachzuschleppen, durchaus nicht zunftgemäß, doch mag an diesem Punkt längst der Leser stutzen, falls es überhaupt noch einen Leser gibt (auch er kann sich ja aus dem Staub gemacht haben), hätte ihn doch das tatsächliche Geschehen weit mehr interessiert als die Komplexe des philosophisch und theologisch gescheiterten Verfassers. Das Verhalten zum Beispiel der Eltern des Fünfundzwanzigjährigen. Zugegeben, mein Vater war bestürzt, meine Mutter, wie immer mutig, vermittelte, sie wußte, daß es für mich kein Zurück mehr gab, obwohl ihr als Bauerntochter mein ›Ins-Freie-Rennen‹ wohl auch nicht geheuer sein mochte. Herbertz, dem ich meinen Entschluß in Thun im ›Beau Rivage‹ mitteilte – feierlich, unter der Milderung, ich wolle Kunstmaler werden –, murmelte, uralt, in sich zusammengesunken, von seinen ausgestopften Foxterriers umstellt, während der lebende mich beschnupperte, beide mißtrauisch über meinen Lagerwechsel, etwas von den Auswirkungen des Coitus interruptus. Doch die Unerklärlichkeit des Vorgangs, des Hinüberrennens, bleibt bestehen, die Antwort auf alle Fragen sind seitdem nichts als die Stoffe, die ich schrieb oder nicht schrieb – weil es keine andere Antwort gibt, auch auf die Frage nach meinem Selbst, nach meiner Sache, nach meinem Glauben nicht. Gäbe es eine andere Antwort, würde ich auf eine Kanzel steigen, eine Partei gründen, einer Sekte beitreten; philosophisch, denkerisch gesehen oder im Sinne eines Engagements ein Fiasko. Zugegeben. Jeder Feuilletonredakteur, geschweige denn jeder

Dramaturg, ist engagierter als ich. Einem Mann, der sich nur in zwei-, drei-, vierdeutigen Geschichten auszudrükken wagt, der zwar zugibt, daß ihn die Bergpredigt revolutionierte, dem jedoch der Zweifel so teuer wie der Glaube ist, der nie die skandalöse Geschichte mit der Jungfrau Maria und dem lieben Gott zu akzeptieren vermag, der sich nicht schämt, unter Gottes Sohn nicht Gottes Sohn, sondern einen Unehelichen, einen Bastard zu sehen, dem nicht die Kreuzigung – Millionen sind schrecklicher gestorben –, sondern nur die Auferstehung ein Skandal ist, an die zu glauben zumindest ein Kopfschütteln, ein Tippen an die Stirn hervorrufen muß, diesem bankrotten, aus der Mode gekommenen Komödienschreiber mag nun einer die Frage stellen, und es ist sein Recht: Wenn dir schon die Wirklichkeit eines Tisches derartige Schwierigkeiten bereitet, wie willst du erst angesichts der heutigen politischen Wirklichkeit handeln, die jeder durchschaut, der nur die Zeitungen liest, ohne gerade auf den Kopf gefallen zu sein, während sie dir doch, dem schon ein simpler Tisch Mühe bereitet, hoffnungslos unerklärlich sein muß? Nun, Sokrates glaubte einmal, das Studium der Physik sei nichts für den Menschen, der Mensch sei kein Gott, die Welt zu verstehen, der Mensch wisse bloß, daß er nichts wisse, was er unter dieser tristen Vorbedingung trotzdem unternehmen könne, nämlich richtig zu leben, sei seine Angelegenheit, stelle seine eigentliche Philosophie dar. So handle ich denn nicht als Wissender oder als einer, der glaubt zu wissen, als Ideologe, weil ich wie Sokrates zwar weiß, daß ich nichts weiß, aber auch weil ich nur an etwas zu glauben vermag, das ich damals, als ich auf den Trolleybus sprang, nur ahnte, das mir aber einmal einleuchten würde, wofür es keinen Namen gibt, nur ein Bild, ein Hinausrennen um hineinzurennen eben, auf eine unerklärliche Weise freilich, was auch niemanden zu bekümmern braucht, weil sich um seinen Glauben zu kümmern nun wirklich nur die Sache eines jeden sein kann, so daß ich zwar nach der Wirklichkeit frage und das unablässig, soweit diese Wirklichkeit erkennbar ist, und sei sie dies auch nur als handfeste praktische Wirklichkeit (in welcher der Jammer der ganzen Welt beschlossen liegt), neugierig und darum doppelt unbequem. Einer, der so denkt, kann nur objektiv sein, wenn es nicht ihn selbst betrifft. Er wird verlegen, wenn seine eigene Sache ins Spiel kommt, sein Glaube zum Beispiel, das Wunderbarste sei das menschliche Hirn, wunderbarer noch als der Gott, den es sich auszudenken vermag, und der Weltraum, den es sich vorzustellen versucht; verlegen, da er sich selber nicht zu objektivieren vermag, weil er dann sich selber verliert, liegt doch das einzige Vorrecht eines Menschen, der aus der Philosophie hinaus- in seinen Glauben hineinrannte, darin, mißverstanden zu werden, der einzige Sand, auf dem sich etwas bauen läßt.

Das Hirn

Wenn die moderne Kosmologie sich vorstellt, die Welt sei aus dem Nichts entstanden, als Explosion eines dimensionslosen Punkts, worin nicht nur alle Materie und Energie des Weltalls, sondern auch dessen Zeit und Raum zusammengezwängt waren, eine nur mathematisch mögliche Konstruktion, so können wir uns auch statt dieses rein hypothetischen Punktes ein reines Hirn vorstellen. Ein Hirn ohne Idee einer Außenwelt, weil es keine gibt; und wie das Weltall 16 Milliarden Jahre Zeit hatte, bis es seinen jetzigen Zustand erreichte, so hat dieses Hirn 16 Milliarden Jahre Zeit weiterzudenken, mehr noch, auch die Zeit, die das Weltall braucht, bis es sich ins Nichts verliert oder rückläufig wird, um wieder, eine Billion Jahre nach seiner Explosion, mit dem zusammenschrumpfenden Raum – vielleicht zwei Monate mehr oder weniger – in den dimensionslosen Punkt zurückzufallen. Zuerst wird das Hirn nur fühlen, und weil es nichts außer ihm gibt, das es zu fühlen vermag, wird es nur sich fühlen, aber da es mit nichts gespeichert ist, wird es nichts anderes fühlen können als Leere, es wird fühlen, daß es nichts fühlt. Am Anfang wird die Angst sein, das pure Entsetzen. Wie lange dieser Zustand anhalten wird, ist ungewiß, vielleicht Millionen Jahre, vielleicht nur einen Bruchteil einer Sekunde, es ist ein lebendiges Menschenhirn, das wir fingieren, das rätselhafteste und komplizierteste Gebilde, das wir kennen, eine Galaxis von Schaltelementen, von Neuronen, untereinander vernetzt, eingeteilt in Kleinhirn, Stammhirn, Zwischenhirn, Großhirn, es wird sofort oder irgendeinmal den elektrischen Strom, die Ionen fühlen, die es durchfließen, und da es sie als Impulse fühlt, wird es fühlen und dann nicht fühlen und darauf wieder fühlen, in entsetzlicher Gleichmäßigkeit. Weil aber die Ionen keine Informationen transportieren, weil es nichts gibt als dieses Hirn und nichts außer ihm, keinen Raum und keine Zeit, wird das Hirn zu denken beginnen, was natürlich nicht wörtlich zu verstehen ist. Es besitzt weder Sprache, noch Bilder, noch Töne. Sein Denken ist mehr einem Fühlen zu vergleichen. Es beginnt zu erfühlen, es erfühlt die Zeit, ein Gefühl, das gleichsam aus der Angst auftaucht. Es erfühlt die Gegenwart, durch die ein Impuls fließt und dann der nächste, immerzu, aus dem Nichts auftauchend, dann die Vergangenheit, worin die vergangenen Impulse sich verlieren, das Gedächtnis bildet sich, daß Impulse kommen und gehen, kamen und gingen. Doch fügt das Gefühl Zeit der Angst die Furcht hinzu, die Zeit könne vergehen und das nackte Entsetzen übrigbleiben. In panischer Angst, die Zeit zu verlieren, wird das Hirn unaufhörlich versuchen die Zeit zu erfühlen, sie immer wieder zu erjagen, und da es nur Impulse fühlt, wird es die binäre Zahlenreihe erfühlen, und um von der Angst nicht eingeholt zu werden, immer weiterzählen. Mit jeder Zahl, die es zählt, wird sich das Hirn von der Angst entfernen, doch jedesmal wenn es aufhört zu zählen, fällt das Zahlengebäude zusammen, und die Angst ist wieder da. Zuerst wird das Hirn wieder von vorne zu zählen beginnen, immer wieder, dann wird es sich die Zahl merken, bis zu der es gezählt hat, und von der aus weiterzählen, immer weiter. Doch da wir ein menschliches Hirn fingieren, sind in diesem Gehirn auch alle Gefühle vorprogrammiert. Es wird mit der Zeit beim Weiterzählen Langeweile empfinden, so daß zu den Gefühlen Angst und Furcht ein weiteres Gefühl kommen wird, die Langeweile, aus der Langeweile ein steter Versuch, etwas anderes zu betreiben als zählen. Es trennt die Zahlen von den Impulsen und erfühlt die Rhythmen, diese kumulieren in einem wilden Trommelkonzert, zuerst von der Furcht vor der Angst gepeitscht und darauf von der Neugier angetrieben, etwas Neues zu machen, erfühlt es aus den Rhythmen die Töne, ohne sie zu hören, die Quinten, die Oktaven, die Tonarten, die Musik, es denkt sie, ohne daß es weiß, daß es denkt, denn es ist ohne Sprache, so daß es nicht wissen kann, daß es denkt, wenn es komponiert, es fühlt nur einen Rausch von erfühlten Tönen, wohinein es eine Ordnung fühlt und ein erstes Gefühl von Freude, eine Ordnung geschaffen zu haben – war doch eine unendliche Zahlenreihe noch keine Ordnung –, und so taumelt denn das Hirn in der unermeßlichen Zeit, die ihm zur Verfügung steht, von der tonalen in die atonale Musik, komponiert, ohne zu hören, was es komponiert, doch wie es innehält, fällt es in die Angst zurück, ein Absturz in die Hölle, die Angst ist immer da, nur wenn es gegen die Angst etwas denkt, ist sie zu ertragen. Doch zum Gefühl der Angst vor dem Nichts kommt etwas Neues. Indem die Gefühle der Langeweile, der Neugier, der Freude immer wieder im Nichts untergehen, taucht das Gefühl der Ohnmacht auf. Die Ohnmacht erzeugt den Zorn, die Wut über sie, die Trauer endlich. Dann einmal – nach Millionen von Jahren, nach einer Milliarde, nach zwei Milliarden, nach vielen Milliarden von Jahren, oder augenblicklich, unmittelbar aus dem Zorn, aus der Wut, aus der Trauer heraus? – wird das Hirn ›sich‹ entdecken, das ›Ich‹, das denkt und sich als ein Etwas denkt, das der Angst gegenüber ist, das nicht mehr Angst ist, sondern Angst empfindet und das die Zeit und die Zahl erfühlen konnte und aus dem Zählen den Rhythmus und die Musik entwickelt hat. Aber jetzt, wie das Hirn auf sich selber gestoßen ist, wie es sich selber fühlt als ›Ich‹, in das die Zeit stürzt und weggleitet, wird das Hirn ganz Gefühl. Alle Gefühle, die wachgeworden sind, setzen sich frei, streiten miteinander, Freude, Ohnmacht, Zorn, Neugier, Trauer, ein Sturm von Gefühlen, Gefühle, die nach ihrem Grund suchen, vermag doch nur das Denken ihnen einen Grund zu geben, und so klammert sich denn das Hirn, um dem Ansturm der Gefühle standzuhalten, an sein erstes Objekt, das es gefunden hatte und worin alles enthalten war, was vor der Angst schützte. Das Hirn wird sich an die Zahl klammern. Die Neugier wird es dazu bringen, zu untersuchen, was die Zahlen sind, es wird die geraden und ungeraden binären Zahlen denken, dann die Null, freudig und stolz über diese Entdeckung wird es die negativen Zahlen finden, seine Vorstellungskraft entzündet sich an der binären Zahlenreihe, eine Explosion der Mathematik durch Logik, das Hirn kommt auf die irrationalen Zahlen, auf Primzahlen, auf die potenzierten Zahlen, die Wurzeln, die imaginären Zahlen, sein Denken stößt auf Schwierigkeiten, fühlt die Verzweiflung, findet es nicht die Lösung, unbändige Freude, wenn es sie gefunden hat, seine Vorstellungskraft wird immer dreister, es erfühlt die Fläche, fühlt die analytische Geometrie, die analytische Stereometrie, dann kühn den Raum als rein mathematisches Gebilde, mit der nichteuklidischen Geometrie hat das Hirn keine Mühe, weil es durch keine Anschauung behindert konstruiert, und nun denkt das Hirn mathematisch weiter, spult sich in unerbittlicher Logik ab. Doch ist seine Flucht nur scheinbar. Der Quantität, der Form verhaftet, den Strukturen endlich und den Funktionen usw., den reinen mathematischen Begriffen eben, hat es zwar ein immenses Gedankengebäude errichtet, aber findet in ihm kein echtes Gegenüber, es ist nicht abgetrennt von seinem Denken, sondern seinem Denken immanent, nur der Spiegel seines Denkens, und so versucht es denn ein von ihm losgelöstes Gegenüber zu denken. Verzweifelt, weil, wenn es nicht denkt, es immer wieder vor dem bodenlosen Abgrund steht, den es mit seinen erdachten mathematischen Objekten zuzuschütten versuchte und immer wieder versucht, bis es, aus Verzweiflung, nicht aus dem Gefängnis seiner Gedankenkonstruktionen hinauszukommen, die Materie denkt und mit ihr den Raum, nun nicht nur als mathematisches Gebilde, sondern auch als Raum außerhalb seiner, der es umfängt, wie er die Materie umfängt, die es denkt, die ersten kleinstmöglichen Partikeln, die schier endlose Reihe von immer etwas größeren Partikeln bis zu den Quarks, dann die stabilen und unstabilen Elementarteilchen, Leptonen, Mesonen und Baryonen, Protonen und Neutronen, das Atom, die Elemente, die Moleküle, die Kohlenstoffverbindungen, die interstellare Materie, die Gasnebel, die Kondensationen zu Sonnen und Planeten, Galaxien, Quasare, Weltalle, stabile, verpuffende, unendlich sich ausdehnende oder kollabierende Weltalle, Weltalle aus Antimaterie, Weltalle mit Partikeln, die sich schneller als das Licht bewegen. Die Welträume versinken echolos. Doch wie alles immer wieder vom Abgrund der Angst verschlungen wird, dämmert nach weiteren Millionen oder nach weiteren Milliarden von Jahren, wer vermag das zu entscheiden, dem Hirn, diesem rätselhaften ›Ich‹, was es sucht: nicht nur etwas, das es außerhalb seiner denken kann, sondern etwas, das außerhalb seiner zu fühlen und zu denken vermag, ein zweites ›Ich‹. Aber woraus besteht es? Womit denkt sein ›Ich‹? Es hat Atome, die aus einer Wolke von Partikeln bestehen, und Moleküle, die aus Atomen bestehen, sein ›Ich‹ muß aus einer komplizierten Anordnung von Atomen und Molekülen bestehen, sein ›Ich‹ muß etwas Räumliches sein, ein überaus komplizierteres Gebilde als alles, was es bis jetzt gedacht hat. In seine Überlegungen mischen sich Muster, die ihm unbewußt bleiben, die ihm aus seinem Stamm- und Zwischenhirn zufließen. Es überdenkt die 30 Aminosäuren, durchaus nicht nur mathematisch, das wäre bei der ungeheuren Anzahl von möglichen Variationen (einer 1 mit 190 Nullen) unmöglich, hat es doch nur eine Billion Jahre Zeit, 10^{17} Sekunden, eine 1 mit 17 Nullen, sondern selektierend, spielerisch, gereizt von der Unmöglichkeit der Aufgabe, komponierend als wären die Moleküle Noten. Es stößt unwahrscheinlicher- aber tatsächlicherweise auf die Urzelle und spürt zum ersten Mal in ihr ein Gefühl, das es zu Beginn gefühlt hat zugleich mit der Urangst, als Träger dieser Angst, das ihm aber erst jetzt nach einem ungeheuerlichen Umweg bewußt wird: Sein, und wie sich die Urzelle teilt, so daß aus ihr, indem sich die Teile wieder teilen, zwei, vier, acht, sechzehn Teile usw. werden, denkt sich das Hirn das Leben und das System, das Leben ermöglicht, die Sonne mit den Planeten, die Erde mit ihrem Mond, die Urmeere, einen Urzellenbrei. Doch je öfter sich die Urzellen teilen, desto mehr finden Ungenauigkeiten in der Reproduktion statt, und das Ungenaue teilt sich ebenfalls, das Hirn kommt auf die Evolution, durchspielt sie. Wie es die Impulse gezählt hat, um seinen ersten Begriff, die Zeit, nicht zu verlieren, so zählt es die Reproduktionen, um jedesmal, wenn eine

Reproduktion derart mißlingt, daß keine Reproduktion mehr möglich ist, jäh innezuhalten. Je gewaltiger der Strom des Lebens anschwillt, desto öfter geschieht der Unterbruch: das Nichts. Das Gefühl beginnt die Intervalle des Lebens zu zählen, den Tod. Es integriert das Nichts ins Leben, doch wie es den Tod erdenkt, erdenkt es auch den Mörder: Sein ist widersprüchlich. Das Hirn fühlt, daß ihm dieses Sein zukommt, aber die Mathematik ist auch, aber nur in seinen Gedanken, diese sind nicht außer ihm, sie sind nicht wie es im Sein, aber auch das Leben, das es sich ausdenkt, ist in ihm, die Einzeller, die Vielzeller, die Schwämme, die Schlauchtiere, die Würmer, die Fadenwürmer, die Gliedertiere, die Weichtiere, die Stachelhäuter, die Wirbeltiere, die Fische, Reptilien und Vögel, die sich selber verschlingende Evolution, sich von Tod zu Tod und von Mord zu Mord weiterentwickelnd, sich vom eigenen Kot mästend, ist in ihm, von ihm gedacht, nicht außer ihm. Wer das Leben denkt, muß sich den Tod denken, das Sein und das Nichts zusammen. Es muß sich eine doppelt widersinnige Welt denken, eine Welt, die ein Widersinn in seinen Gedanken und ein Widersinn an sich, die widersinnig zu denken und als Gedanke widersinnig ist, eine Welt, die nicht ein Richtig oder Falsch, sondern ein Nützlich oder Tödlich ist, eine Hölle. Aus einer mathematischen Welt ist eine Wertwelt geworden, das Hirn hat sich eine Welt erdacht, ohne sie zu begreifen. Das Hirn wird von einer unbändigen Spielleidenschaft erfaßt, unersättlich und hemmungslos durchspielt es das Leben als eine ungeheuerliche Groteske, die sich in ihm, dem Hirn abspielt. Es ist verwirrt. Es kommt ihm vor, als denke in seinem Hirn noch ein zweites Hirn, ein Hirn im Hirn, ein Ineinander von Hirnen, ein ›Ich‹ im ›Ich‹, und wie es das denkt, stürzt die Evolution wie ein ungeheurer Katarakt auf es nieder, alle Säugetiere auf einmal, Horden trampelnder Mammuts, Mastodonten, Elefanten und Nashörner, Scharen von Raubkatzen, Büffelhorden, Wolfsrudel, Antilopen stieben über die Steppe, den Himmel verfinstern Fledermäuse und Vampire, in den Urwäldern klettern Koboldmakis und Orang-Utans, Paviane brüllen, Schimpansen kreischen, Gorillas trommeln auf ihre Brüste, es meckert, wiehert, muht, heult, bellt, röhrt, trompetet, faucht, bis der Katarakt jäh innehält. Hat das Hirn die Evolution der Säugetiere fast gedankenabwesend mit unglaublicher Fertigkeit durchgespielt, so stutzt es, kaum hat es die Primaten entworfen. Es weiß nicht recht, welcher Fehler ihm unterlaufen ist, ein Affe, der sich von den anderen Affen wegmutiert hat, ist ihm nicht geheuer, sein Fell hat sich nicht entwickelt, ein Elefant kann sich das ja leisten, seine Körperoberfläche ist gegenüber seinem Körpervolumen geringer, weshalb die Sonne ihn nicht zu versengen vermag, und so bleibt dem nackten Affen nichts anderes übrig, von den Riesenaffen aus den Bäumen vertrieben, als sich in die Seen zu stürzen, die am Rande der Regenwälder an die Savannen grenzen. Während Jahrhunderttausenden – eine Sekunde für das Hirn – überlebt er kaum, es wimmelt von Krokodilen, aber dann, wie die Seen austrocknen, hopst das Wesen in die Savanne hinein. Die durch das Schwimmen kräftig entwickelten Beine und sein gestreckter Rükken machen dem seltsamen nackten Geschöpf den aufrechten Gang möglich, aufgerichtet äugt es über die Steppe, ursprünglich in den Bäumen ein vegetarischer Sammler, waren im See Fische und Frösche seine Nahrung gewesen, nun muß es ein Jäger werden. Aber es ist dazu nur unzulänglich geschaffen, niemals dachte sich das Hirn etwas Jämmerlicheres aus, nur durch eine unerklärliche Neugier bleibt es bei dieser gedanklichen Fehlgeburt, einem allzu offensichtlichen Blödsinn. Aber dennoch: Wie beim Hirn am Anfang die Angst, steht bei diesem Wesen am Anfang die Furcht, es ist bedrohter von der Umwelt als jedes andere Wesen und fürchtet die Umwelt wie kein anderes. Doch wie in kein anderes von ihm erdachtes Geschöpf vermag sich das Hirn in dieses Wesen hineinzufühlen, das ist das Ärgerliche. Aber die Hartnäckigkeit, mit der das Wesen zu überleben versucht, fasziniert das Hirn, verführt es, jenes weiterzudenken. Nackt, ohne Fell, drängt sich das Wesen zum Feuer, und indem es das Feuer zähmt und in Höhlen verschleppt, überwindet es zum ersten Mal seine Furcht, hat es doch die Sicherheit des Mutterleibes wieder gefunden, die Höhle, worin das Feuer lodert, glimmt und wieder auflodert, vor dem das Raubtier scheu zurückweicht, den geschützten Ort, aus dem es immer wieder in die Umwelt hinausbricht, als Ausbruch in die Gefahr, aber auch ins Abenteuer, denn die Furcht nimmt für das Wesen, seit es das Feuer gebändigt hat, etwas Verführerisches, Verlockendes an. Es geht nicht auf die Jagd, es zieht in den Krieg, zuerst mit Steinen, dann mit Keulen, Steinäxten, Speeren, dann erfindet es den Bogen und den Pfeil, der Krieg schärft sein Denken. Die großen Tiere sind seine Feinde, nicht nur das Raubtier, auch Tiere wie der Büffel, der Riesenhirsch oder das Mammut. Der Krieg hat seine Regeln – man jagt nicht ein Reh, ist ein Säbelzahntiger in der Nähe –, das Wesen ist den meisten Großtieren noch unterlegen, doch kommt es zum Kampf, fordert er Opfer hüben und drüben, auf Seiten des Wesens und auf Seiten der Tiere. Das Wesen, dessen Hordengenosse von einem Büffel zertrampelt wird, rächt sich, indem es einen Büffel mit seinem primitiven Speer erlegt, ob es nun der gleiche Büffel ist oder ein anderer, spielt keine Rolle. Eine Herde Büffel kämpft mit einer Horde Wesen. So wie das Wesen sich zu rächen meint, wenn es einen Büffel tötet, so meint es, wenn eines seiner Horde von einem Büffel in die Luft geschleudert wird, dieser Büffel habe sich für einen Büffel gerächt, den ein Wesen abgestochen habe; auch wenn dieses Gefühl, mit dem es tötet, noch nicht Rache genannt werden kann (auch das Hirn kennt sie nicht), es ist mehr eine Steigerung der Wut (auch das Hirn fühlt sie): das Wesen empfindet dem Tier gegenüber Gier, Furcht, Feindschaft, Haß. Dem Stärksten alle Rechte ist das einzige Gebot, es tötet das Schwächere, wird es angegriffen, offen oder aus dem Hinterhalt, will dieses hinter seine Weiber, und wird es getötet, wird aus dem Schwächeren das Stärkere. So wird das Töten gleichsam das Vehikel der Evolution, die Wesen belauern einander in der Höhle, Schlaf ist ein Wagnis. Auch die Natur ist ihm feindlich, der Blitz droht ihm persönlich, das reißende Wasser sucht es persönlich zu vernichten oder der Fels, der vom Berg herunterdonnert. Das Wesen nimmt alles persönlich. Was sich aber von Feinden und feindlichen Mächten umstellt sieht, lebt in ständiger Furcht, die das Wesen nur zu überwinden vermag, indem es seiner Furcht die Aggression entgegensetzt. Das Wesen wird das aggressivste Raubtier, weil es körperlich das schwächste ist. Doch indem die Angriffslust den Verstand schärft, seine Sprache aus Pfiffen, Warn- und Drohrufen formt und mit der Sprache sein Denken entfaltet, mit seinem Denken die Erinnerung, mit der Erinnerung seine Assoziationen und damit seine Phantasie, entwickelt sich sein Ich-Gefühl allmählich zum Ich-Begriff, der erste Schritt vom Tier weg, besitzen doch die

Tiere zwar ein Bewußtsein, aber nur ein Ich-Gefühl. Sie kennen die Gefahr und wissen sie zu vermeiden. Sie wissen zu unterscheiden, was für sie gut und was für sie schlecht ist, was tot oder lebendig. Aber nichts ist für sie abstrakt, alles ist konkret: Die Gefahr ist für die Gazelle der Löwe, und für den Löwen die Gazelle Nahrung. Es gibt keinen Tod in dieser Welt, es gibt nur das tote Tier, wobei ein Tier durchaus fähig ist zu fühlen, daß ein Tier nicht mehr lebt – der Kadaver bewegt sich nicht mehr, spielt nicht mehr, macht nicht mehr mit –, aber kein Tier ist fähig, den Tod zu begreifen: die konkrete Welt der Tiere ist ohne Begriff. Indem das Wesen sein Ich als Begriff entdeckt, begreift es, daß auch die anderen seiner Horde ein Ich besitzen. Aber nicht nur die Wesen, auch die Tiere haben für es eines, ja alles wird zur Person, zu einem vom Ich des Wesens verschiedenen Ich: Tier, Baum, Wasser, Fels, Blitz, die ganze Natur. Aber es begreift auch, daß es sterben muß, seine erste ›wissenschaftliche Entdeckung‹, der erste bewußte logische Schluß auf seine Existenz, ist doch die Erkenntnis, daß das Wesen sterben muß, eine Verallgemeinerung, ein Transponieren in die Welt des Logischen, Abstrakten, ein Denkvorgang. Doch je einfacher ein Schluß, desto größer die Wirkung. Die Entdeckung seiner Sterblichkeit verändert das Bewußtsein des Wesens. Indem es auf den Begriff Tod kommt (ohne daß es weiß, was ein Begriff ist) schließt es sich von der Tierwelt aus, ohne daß es freilich begreift, daß es sich ausschließt. Vorerst kommt ihm der Mut abhanden, mit dem es seinen Kampf innerhalb der Horde und mit dem es seinen Krieg gegen die Tiere geführt und der Natur getrotzt hat. Die Furcht läßt sich durch List und Vorsicht überwinden, die Todesfurcht ist unüberwindlich. Sie trifft das Wesen mit voller Wucht. Es droht an seiner Entdeckung zu scheitern, wieder zum Tier zu werden, zurückzukehren in den Uterus seiner Herkunft. Aber auch das Hirn, das das Wesen denkt, fühlt sich auf einmal von seiner Schöpfung ertappt, hat es doch den Widersinn des Seins, dessen Vergänglichkeit, auf die nun das Wesen gekommen ist, selber entdeckt. Die Furcht vor dieser Vergänglichkeit, die Furcht vor dem Nichts, die Angst war sein Ursprung, war da, als es auch da war, nun ist sie auch beim Wesen zugegen. Das Hirn hat dieses erste Gefühl, im Leeren zu sein, nie überwunden. Nun ist es von der Angst eingeholt worden, die ihm aus den Augen des Wesens entgegenglotzt, das an der Wand seiner Höhle hockt, das doch sein Gedanke ist. Doch wie sich das Hirn in das Wesen tiefer hineinfühlt, fühlt es das Wesen zweimal, als Mann und Frau. Diese ist dem Tod näher als der Mann, der ihn im Töten erlebt, als etwas Unmittelbares, als Ereignis, worin er verstrickt ist, als ein Gegensatz zum Leben, als ein Unfall, der ihm jederzeit droht und einmal sicher ist. Die Frau dagegen gebiert Leben, das zum Tode bestimmt ist. Was aus ihrem Schoß kommt, ist ein Teil von ihr, der sterblich ist wie sie. Der Tod ist für den Mann ein Problem, nicht für die Frau. Daß er sterblich ist, versetzt den Mann in Panik. Der Mann rebelliert gegen den Tod, die Frau nimmt ihn hin, und weil sie ihn hinzunehmen vermag, wird sie stärker als der Mann. Steht der Mann ohnmächtig vor der ersten wissenschaftlichen Entdeckung, vor seiner Sterblichkeit, verschweigt ihm die Frau die zweite: daß nicht die Geburt der Ursprung des Lebens ist, sondern die Zeugung, ist ihr Geheimnis, und auf diesem Geheimnis beruht die Herrschaft der Frau über den Mann, die sie allmählich errichtet: das Matriarchat. Von der Zeugung als der Ursache der Geburt haben die

Tiere keine Ahnung, braucht es doch, um zwischen der Zeugung und der Geburt einen Zusammenhang zu sehen, ein weit komplizierteres Schließen, als es der Schluß darstellt, daß das Wesen sterblich ist. Indem die Frau dem Mann dieses Wissen vorenthält, stößt sie ihn zurück ins Tierreich. Schlimmer noch: Der Mann wird nicht nur ein Tier, das weiß, daß es sterben muß, er verliert auch seine biologische Funktion. Hat er seit Jahrhunderttausenden die Frau durch seine ungehemmte Sexualität gedemütigt, demütigt ihn nun die Frau: Sie überläßt ihn seinem Nichtwissen, aber läßt ihn teilhaben an ihrem Glauben, gebärt sie doch immer wieder Lebendiges. Umfangen und gefangen im Kreislauf der Natur ›erglaubt‹ die Frau die Seele. Die Waffen und Fallen, die der Mensch erfunden hatte, schuf er aus Erfahrung. Er war zwar nicht ohne Denken, ohne Beobachtung auf das Steinewerfen, auf die Schleuder, auf den Pfeil, auf seine Faustkeile und Speere gekommen, geschweige denn auf eine so komplizierte Waffe wie den Bumerang, und auch seine Begriffe hatte er aus seiner Erfahrung gebildet, Keil, Speer, Tier, Speise, Frau, Mann, Kind, Leben, Tod. Er hatte nichts gebraucht als seine Erfahrung und kein ›wissenschaftliches Denken‹, keine ›Physik‹. Doch um seine Existenz aushalten zu können, die endlich geworden ist – weil der Mensch seinen Tod entdeckt hat, diesen empirischen Endbegriff –, muß er das ›Erfahrbare‹ überwinden, will er überleben. Er vermag es nur durch die Frau: erst sie schleudert das Denken aus der Erfahrung heraus. In der magischen Welt, die sie ihm schafft und in der sie herrscht, verdoppelt sie die Natur, indem sie diese beseelt. Der Mensch begreift sich nun als Leib und Seele, als Leib ist er sterblich, als Seele lebt er nach dem Tode weiter. Der Mensch wird Metaphysiker, um zu überleben. Doch ist der Begriff der Unsterblichkeit noch zu abstrakt. Als Odysseus auf den Rat der Kirke hin den Eingang zum Hades aufsucht und in eine Grube das Blut eines schwarzen Schafbocks und eines schwarzen Schafes fließen läßt, »tauchten tief aus der Unterwelt die Seelen der Abgeschiedenen auf, um vom Blut zu trinken. Jünglinge und Greise, Jungfrauen und Kinder kamen, auch viele Helden mit klaffenden Wunden, in blutbesudelten Rüstungen. Sie umflatterten scharenweise mit hohlem, grauenvollem Stöhnen nach Art der Schatten die Opfergrube.« Diese Darstellung der Toten, die auch das Hirn machen wird, wenn es Homer erdenkt und die *Odyssee,* kommt wohl der Vorstellung am nächsten, die der Mensch zuerst von der Seele hat. Sie ist ein Gespenst, die Welt ist voller Gespenster, jener der toten Menschen und jener der toten Tiere. Von nun an wird der Kampf des Menschen mit dem Menschen und der Krieg mit dem Tier doppelt geführt: im Diesseits und im Jenseits, wenn auch dieses ›Jenseits‹ noch nicht jenseits liegt, sondern eingebettet im ›Diesseits‹. Tötet der Mensch einen Büffel oder ein Raubtier, rächt er die Seelen jener seiner Horde, die einst von einem Büffel zertrampelt oder von einem Raubtier zerrissen worden sind; kommt aber ein Mensch durch ein Tier um, hat dieses die Seele eines Tieres gerächt, das einem Menschen zum Opfer gefallen ist, und hat er den Chef seiner Horde getötet, um sich an dessen Stelle zu setzen, wird dieser von jenem gerächt, das den neuen Chef tötet. Erst damit wird der Haß zur Rache. Sie wird eine metaphysische Pflicht. Denn wird ein Mensch, der im Kampf mit einem Menschen oder im Krieg gegen die Tiere fällt, nicht gerächt, kann dessen Seele Böses bewirken, sie kann Krankheiten schicken oder Unfälle. So droht dem Menschen nicht nur von den toten Menschen Gefahr, auch von den toten Tieren. Er muß versuchen, die erzürnten Gespenster zu besänftigen. Der Mensch kann zwar den Schrecken überwinden, in den ihn seine erste wissenschaftliche Entdeckung versetzt hat, aber nur, indem er sich einem noch größeren Schrecken aussetzt: dem der ›jenseitigen‹ Welt der Gespenster, die sein Diesseits durchdringt. Seine technischen Fähigkeiten nützen ihm nichts, Steinäxte und Pfeile sind gegen Gespenster machtlos. Die Frauen wissen Rat. Immer noch der unersättlichen Gier des Mannes ausgesetzt, ständig schwanger, gebärend und säugend, erfinden sie die Kunst. Weil das Abbild vom Abgebildeten noch nicht getrennt ist, entstehen die ersten Höhlenmalereien. Die Raubtierseele, die sich in die Höhle schleicht, um die Schlafenden zu überfallen, oder die Seele der alten Hordenurmutter finden die Höhle von ihresgleichen schon besetzt und schrecken zurück. Wer das Abbild besitzt, herrscht über das Abgebildete, die Kunst entsteht aus Magie, nicht nur die Malerei, die feindlichen Tierseelen werden mit Tanzen in Tiermasken beschworen, durch Trommeln fortgescheucht. Auch hat der Mann durch wirksamere Waffen und Fallen die Tierwelt so weit zurückgedrängt, daß sich der Krieg zwischen Mensch und Tier in eine Jagd des Menschen auf das Tier verwandelt, und Veränderungen des Klimas durch Eiszeiten und andere Katastrophen schaffen eine Umwelt, die der Mensch weitaus besser zu überstehen weiß als das Tier. Wie die Eiswände sich zurückziehen, vermag der Mensch sein Revier zu erweitern. Allmählich entstehen die ersten mit Dorngestrüpp umhegten Siedlungen. Tötet der Mann Tiere, sammelt die Frau; erfindet der Mann Waffen, erweitert die Frau die Erfahrung über die Natur, was eßbar und was ungenießbar, was heilt und was giftig ist, auch die Frau lernt das Töten. Sie schafft die erste Kultur, flicht die ersten Muster, bringt die ersten Verschönerungen an, und nun, wie die Wälder, Sümpfe, Dschungel und Steppen voller Gespenster sind, voller Seelen, die gierig nach Blut sind und denen man opfern muß, vollzieht die Frau auch die ersten kultischen Handlungen. Sie entwickelt die Metaphysik weiter. Die Vorstellungskraft, einmal über die Erfahrung geschnellt, hält alles Denkbare für wirklich: der phantasiebegabten Frau fallen die Göttinnen ein, unsterbliche weibliche Wesen. Sie denkt sich eine kosmologische Dynastie aus: Über allen thront die Muttergöttin; sie bewirkt das Gebären der Frauen und das Werfen der Tiere, aus ihrem Schoß quellen und wuchern die Gewässer und die Pflanzen hervor, sie ist die Urmutter Erde, ihre Töchter sind die Sonnen- und die Mondgöttinnen, immer wieder geboren werdend und in ihren Schoß zurückkehrend. Unter diesen Hauptgottheiten wesen das Heer der Tiergöttinnen, ewig nach Blut lüstern, und die Rachegöttinnen, die jene Seelen anführen, deren Leiber nicht gerächt worden sind, nur durch kultische Tier- und Menschenopfer der Priesterinnen der Urmutter Erde zu besänftigen. Doch in dem Maße, wie sich die Herrschaft des Matriarchats ins Jenseits ausdehnt, in dem Maße formt es sich auch das Diesseits zurecht. Der Boss der Horde ist längst entmachtet, der Älteste der Horde nimmt die Befehle der Priesterin der Urmutter Erde entgegen, die Sexualität wird mit komplizierten Tabus geregelt. Die Gesellschaft wird komplizierter. Das erste Gebot wird erlassen: Du sollst keine Frau töten. Die Frau ist notwendig. Sie gebärt, sie ist heilig, der Mann hat nur eine Funktion: sie zu beschützen und Nahrung zu beschaffen, er ist nützlich. Beide müssen leben. Die Herrin und ihr Knecht. Der Mann lernt säen und Tiere zähmen. Er wird Ackermann oder Hirte. Kain und Abel. Der Hirte ist für die Frau wichtiger als der Ackermann, der Hirte schützt die Horde, über welche die Frau herrscht, indem er die Herde vor jenen wilden Tieren schützt, die immer noch den Kral umstreichen, der Hirte ist zugleich der Krieger. Doch das Feindbild des Mannes ändert sich. War es vorher das Tier, ist es nun der Mann. Das Tier ist besiegt, der Sieger tritt gegen den Sieger an. Kain erschlägt Abel, der Mann erschlägt den Mann, in der Sage der versklavte Ackerbauer, der seinen Pflug selbst zieht, den privilegierten Hirten – der erste Mord, denn ein Mord ist erst möglich, wenn es ein Gesetz gibt. Zum Urmord kommt der Urverrat. Eine Frau verrät einem Mann das Geheimnis der Vaterschaft. Der Mann erhält seinen biologischen Sinn zurück. Damit setzt die Revolution des Mannes gegen die Frau ein, der vielleicht blutigste Umsturz der menschlichen Entwicklung: unsägliche Greuel, Vergewaltigungen; doch töten die Männer nicht die Frauen, sie töten einander um Frauen, das Gesetz wirkt noch. Das Jenseits wird umgruppiert: Die milde, spendende, beschützende Muttergöttin wird vom blutgierigen, gefräßigen Vatergott verdrängt, vom Gott der Horde, der mit der Muttergöttin die Horde gezeugt hat, liegt er doch als Regenwolke über der Erde wie der Mann über der Frau; aus der Sonnengöttin wird ein Sonnengott; nur Erde und Mond dürfen Göttinnen bleiben, die Erde als Urmutter und der Mond als Hebamme, ihre Priesterin wird dem Priester der männlichen Götter untergeordnet. Die zweite hierarchische Götterdynastie ist entstanden. Das Jenseits spiegelt das Diesseits wider und das Diesseits das Jenseits. Der Mann herrscht über die Frau im Namen des Vatergottes, der Häuptling über die Horde, und im Namen des Vatergottes wird das Gebot erweitert: Der Mensch soll den Menschen nicht töten, der Häuptling will sicher sein. Aus der Horde wird ein Stamm. Das Hirn denkt sich eine Epoche der menschlichen Evolution aus. Noch ist die Erde fast menschenleer, doch gibt es nicht nur einen Stamm, es gibt deren mehrere, wenn auch durch Distanzen voneinander getrennt, die unüberwindlich scheinen wie die Distanzen, die zwischen den Sternen liegen. Aber einmal muß ein Stamm den anderen treffen, müssen ihre Reviere aneinanderstoßen. Ein Stamm trifft mit einem anderen Stamm zusammen, verwundert, daß es einen anderen Stamm gibt; und weil dieser einen Vatergott verehrt, der nicht identisch ist mit jenem, den der erste Stamm anbetet, stehen sich Stamm gegen Stamm gegenüber, und weil jeder Vatergott über Götter und Göttinnen herrscht, Götterdynastie gegen Götterdynastie, und weil für jeden Stamm das gleiche Gebot, »Du sollst nicht töten«, gilt, steht man vor einem Dilemma. Soll das Gebot absolut oder nur für den Stamm gelten? Zuerst weichen die zwei Stämme zurück, rücken vor, zögern, rücken zurück, dann greifen sie doch an. Die Götter verlangen es. Das Gebot gilt nur für den Stamm. Doch wer nun in diesem ersten Krieg zwischen zwei Stämmen auch siegt, der gleichzeitig im Jenseits und im Diesseits ausgetragen wird, der Sieger vermag zwar den besiegten Stamm auszurotten oder zu versklaven, aber nicht dessen Götterdynastie. Der Sieger muß sie seiner Götterdynastie unterordnen und deren Priester und Priesterin seinem Priester und seiner Priesterin. Je größer der Stamm wird, indem er weitere Stämme und deren Götter und Göttinnen besiegt, bis er zu einem Urvolk wird, desto mehr Gottheiten müssen eingeordnet werden und desto größer wird die Priesterschaft. Aus dem einen Vater- und Stammgott hat sich die Phantasie ein Jenseits voller hierarchisch geordneter Götter und Göttinnen geschaffen, und der Mensch beginnt bald diese, bald jene Verbindung zwischen den Gottheiten auszusinnen. Bald verkörpern sie bestimmte Eigenschaften, bald bestimmte Tätigkeiten des Menschen. Doch nicht alle Gottheiten sind freundlich gesinnt; besonders Göttern, deren Stamm einmal besiegt worden ist, traut der Mensch nicht recht. Die Priesterschaft wird immer wichtiger. Sie glaubt zu erkennen, wer ein freundlicher Gott, wer eine männerliebende, wer eine männermordende Göttin ist, welcher Gott das Gute, welcher das Böse spendet, wer das Leben, wer den Tod. Es gilt dem freundlichen Gott zu danken, man opfert ihm, was einem lieb ist, den erstgeborenen Sohn, einen Widder, ein Lamm, dem feindlichen die Gefangenen, hat man über einen Stamm gesiegt. Ein metaphysischer Einfall jagt den andern, doch liegen immer noch Jahrtausende zwischen einem Einfall und dem nächsten, längst ist die Vorgeschichte nicht verlassen, die Grenze zwischen Diesseits und Jenseits immer noch verschwommen. Ein Stein, den der Mensch aufrichtet und mit Blut beschmiert, bedeutet nicht einen Gott, er ist der Gott. Ein Pfahl, den er in die Erde rammt und mit Blumen und Früchten umgibt, erinnert nicht an eine Göttin, er ist die Göttin, der Mensch ummauert den Stein, den Pfahl, legt Latten auf das Gemäuer, die ersten Tempel entstehen, in denen die Götter wohnen, der Mensch bearbeitet den Stein, mühsam, ein Gesicht wird ahnbar, der Mensch schnitzt am Pfahl herum, er gleicht entfernt einer Frau, der Mensch schafft sich die Götter nach seinem Bilde. Um die Wohnung der Götter entsteht die erste Stadt, mit ihr der erste Stadtkönig: Regierte der Häuptling als Stellvertreter des alten Stammgottes, der als Vatergott über all die anderen eroberten Götter und Göttinnen herrschte, gleichsam als Kern eines Götterkometen, so wird aus dem Stadtkönig ein sterblicher Gott: Verschmiert vom Blut seiner Feinde sitzt er wie ein Ölgötze auf seinem Thron, der von den Schädeln seiner Feinde umschichtet ist. Er hat vorgesorgt, im Jenseits steht schon eine Dienerschaft bereit, seine Wünsche zu erfüllen, und wenn er stirbt, werden Hunderte geopfert, damit ihre Seelen im Jenseits der Seele des Stadtkönigs zusätzlich als Diener zur Verfügung stehen. Wer diesem sterblichen Gott gehorcht und wer für ihn kämpft, nimmt teil an seiner Göttlichkeit. Der Mensch, der das Tier nicht mehr fürchtet, hat nun auch den Tod nicht mehr zu fürchten; ist er fromm, nimmt er ihn hin, und ist er ein Held, verachtet er ihn. Zu fürchten hat der Mensch die unsterblichen Götter und den sterblichen Gott. Was er befiehlt, befehlen die Götter durch ihre Priester und Priesterinnen im Namen des Stadtkönigs, und wer sich ihm widersetzt, widersetzt sich den göttlichen Geboten. Der Stadtkönig stützt sich auf die Priesterschaft und die Priesterschaft auf den Stadtkönig, und beide bilden einen Wall gegen das Jenseits, hinter dem die Götter und die Gespenster lauern und hinter ihnen die Urangst vor dem Nichts. Zu der einen Stadt tritt die andere, zu dem einen Stadtkönig ein anderer, das Hirn erfindet Namen, und mit den Namen läßt es die Menschen die Schrift erfinden. Die Namen sind jene, die wir von unserer Urzeit zu kennen glauben und die so fremdartig zu uns herüberwehen, Namen von Städten wie Ur, Uruk, Lagasch, Elam, Namen von Stadtkönigen wie Urukagina, Lugalzaggesi, Urnammu, Naramsuen, Utuchengal, Sumuabun, Hammurabi endlich. Damit beginnt das Hirn die

Weltgeschichte zusammenzudenken. Da es ein menschliches Hirn ist, das wir fingiert haben, wird es unsere Weltgeschichte erdichten, ebenso blutig wie zufällig, ebenso vernünftig oder unsinnig, je nach notgedrungen subjektiver Wertung. Freilich. Das Hirn wird alle Möglichkeiten durchspielen im Verlauf der Jahrmillionen, die ihm zur Verfügung stehen. Ein Sklavenaufstand verhindert den Bau der Pyramiden, ein persischer Speer durchbohrt Alexander bei Issos, Hannibal zerstört Rom, Mohammed II. erobert Europa, Montezuma wirft Cortés ins Meer zurück, Luther gründet den Wotankult, die Mongolen besiegen Iwan den Schrecklichen, der Erste und Zweite Weltkrieg spielt sich zwischen China und dem amerikanischen Inkareich ab, aber allmählich, nach unzähligen weiteren Variationen, denkt sich das Hirn unsere Geschichte zusammen. Wieder lassen Cheops, Chephren und Mykerinos ihre Pyramiden von Sklaven errichten, sieht Xerxes bei Salamis seine Flotte sinken, wieder läßt Kaiser Shi huangti die Chinesische Mauer errichten, 2450 Kilometer lang, wieder zückt Brutus den Dolch, stirbt ein rebellischer Jude am Kreuz, wieder wird das Morgenland von Christen verwüstet, verbrennt Hus auf einem Scheiterhaufen, fällt der letzte griechische Kaiser in Konstantinopel in der Straßenschlacht gegen die Türken, versucht Kolumbus Indien zu erreichen, läßt Pizarro den Inka Atahualpa erdrosseln, rühmt sich der Scharfrichter des Truchseß von Waldburg, tausendzweihundert Bauern die Köpfe abgeschlagen zu haben, wird der Mörder Heinrichs IV. von vier Pferden zerrissen, wird Wallenstein in Eger ermordet, muß Friedrich der Große der Hinrichtung seines Freundes zuschauen, wieder legen Danton und Robespierre ihren Hals unter die Guillotine, stirbt Napoleon auf Sankt Helena, schreibt Karl Marx *Das Kapital*, stilisiert Bismarck die Emser Depesche, wird Hitler nicht in die Wiener Kunstakademie aufgenommen, hat es Wilhelm II. nicht gewollt, läßt Stalin Trotzki ermorden, fallen die Bomben auf Hiroschima und Nagasaki, werden der Dschungel Vietnams entlaubt und in Peking die Studenten im Namen eines kleinen alten Mannes niedergewalzt, und wieder gibt es fünf Milliarden Menschen 160 Generationen nach Lugalzaggesi. Die gleichen Imperien werden aufsteigen und wieder zerfallen, die gleichen heißen und kalten Kriege, die gleichen Katastrophen, Erdbeben, explodierende Vulkane, zusammendonnernde Großraumflugzeuge, sinkende Öltanker, Millionen von Straßentoten, die gleiche Entwicklung der Wirtschaft mit ihren Inflationen und Krisen, mit ihren Ausbeutungen und Expansionen, wird stattfinden, die gleichen Revolutionen und Rebellionen werden Erfolg haben und wieder verpuffen, die gleichen Religionen und Ideologien werden gepredigt, durchgesetzt und sich korrumpieren, der gleiche Buddha, der gleiche Paulus, weiberfeindlich, unsinnlich und abstrakt, der gleiche Mohammed, auf dem Berge Hira von Visionen geschüttelt, wieder wird Grünewald einen Riesen an ein Kreuz nageln, so daß der Querbalken sich biegt, Isaac Newton das Geburtsjahr Abrahams bestimmen, Bach, zur Frömmigkeit verdammt, zwanzig Kinder zeugen, Kant, kleinköpfig, exakt wie eine Uhr, sich über das Psalmensingen der Sträflinge hinter seinem Haus ärgern, wieder wird Goethe die *Farbenlehre* für sein Hauptwerk halten, Büchner, das Fragment *Woyzeck* vergessend, Frösche und Kröten sezieren, wieder heiratet Balzac Frau von Hanska, schneidet sich Stifter die Kehle durch, wird Keller Staatsschreiber, schießt Verlaine auf Rimbaud, bastelt Joyce fünfzehn Jahre an *Finnegans Wake*, wird Ödön von Horváth auf den Champs-Elysées vom Blitz erschlagen, wird die Weltgeschichte den *Mann ohne Eigenschaften* überrollen, schreibt Grass seine Kochrezepte, baut Frisch seine öffentliche Badeanstalt, und ganz zufällig, ein nebensächliches Detail in der Gedankenflut, ein flüchtiger Nebengedanke eines Nebengedankens, werde auch ich dem Hirn einfallen. Zwar wird es mich zuerst in verschiedenen Möglichkeiten denken. Als Sieben- oder Achtjähriger werde ich den Zusammenstoß mit einem Motorrad nicht überstehen oder sterbe an Kinderlähmung, werde Maler oder versumpfe als Student, bis das Hirn auf mich kommt, *Das Hirn* schreibend. Damit freilich kommt es mit sich und ich mit mir in Konflikt. Ist *Das Hirn* meine Fiktion, die ich schreibe, oder bin ich die Fiktion des Hirns, die *Das Hirn* schreibt? Bin ich jedoch nur fiktiv, ist auch *Das Hirn*, das ich schreibe, fiktiv, aber auch wer *Das Hirn* liest und der Kritiker, der *Das Hirn* rezensiert, sind nur Fiktionen. Wer hat wen erfunden, gibt es mich überhaupt, gibt es nicht vielmehr nur ein Hirn, das eine Welt träumt als Abwehr gegen die Angst, eine erträumte Welt, in der einer aus dem gleichen Grunde schreibt, aus dem heraus ihn ein Hirn träumt? Aber auch das Hirn steht vor den gleichen Fragen und Antinomien. Vor dem gleichen Entweder-Oder. Was ist wirklich? Es, das jemand denkt, der schreibt, was es denkt, oder jemand, der schreibt, daß es denkt, daß es ihn denkt? Ist dieser jemand wirklich, ist alles vom Hirn Gedachte wirklich, aber wer bin ich dann, denkt sich das Hirn, das gedacht hat, es denke sich diesen Jemand, der über es schreibt? Ist vielleicht nur dieser, der *Das Hirn* schreibt, wirklich und all das, was er über mich schreibt, meine Gedanken, denkt das Hirn weiter, seine Gedanken? Bin ich nur ein Gedanke?

Und ich, der ich *Das Hirn* geschrieben habe, frage mich, wenn ich ein Gedanke des Hirns bin, der *Das Hirn* schreibt, ob dann nicht alles Gedanken sind, *Das Hirn,* die Hand, die es schreibt, der Leib, zu dem diese Hand gehört, der Kopf, *Das Hirn* ausdenkend, das Ich endlich, mein Ich. Fällt nicht alles auf das Hirn zurück, das mich denkt, als sein Gedanke, und wird nicht das Hirn identisch mit dem dimensionslosen Punkt, worin nicht nur alle Materie und Energie des Weltalls, sondern auch dessen Zeit und Raum zusammengezwängt sind und damit die Möglichkeit des Lebens? Doch ob das Hirn mich denkt, *Das Hirn* schreibend, oder ob ich *Das Hirn* schreibe, das mich denkt, gehört zum Unentscheidbaren aber Denkbaren. Es ist entweder möglich oder wirklich und nur nicht zu entscheiden, ob es möglich oder wirklich ist. Und so ist alles, was mich umgibt, möglich oder wirklich, der Bleistift, womit ich schreibe, das Papier, das ich mit meiner Schrift bedecke, der Tisch, worauf ich schreibe, die Bücher auf dem Tisch, sechs Duden, ein Fremdwörterbuch, der *Sprachbrockhaus,* ein altes *Lexikon der allgemeinen Weltgeschichte* von 1882, ein französisches, ein englisches und zwei philosophische Wörterbücher, halb vollgeschriebene Blindbände, Gefäße mit Bleistiften, Schere und Kugelschreibern, ein Telefon, eine Uhr, die ich immer vergesse aufzuziehen, Geschenke von C.: ein großer Quarzstein, ein kleiner Silbertiger auf einem Stein vom Sinai, eine Kristallpyramide, ferner Gummi, Leim und Bleistiftspitzer, fertige und unfertige Manuskripte, die Schreibtischlampe, die auch tagsüber brennt, das große Löschblatt mit den Kaffeeflecken darauf, und das andere Löschblatt, der Platz, auf dem ich zeichne, die Schallplatten, die Dose mit Nescafé, die Kaffeetasse, die Thermosflasche, der große Schreibtisch ist immer zu klein, sei er nun wirklich oder möglich, vorhanden oder gedacht, und wirklich oder möglich ist auch die Fensterfront meinem Schreibtisch gegenüber, mit dem Terrassengarten dahinter, der langsam zuwuchert, weil auf jeder Terrasse Bäume und Büsche stehen, ein Garten, den ich trotzdem immer wieder vergrößert habe oder haben könnte, um immer mühsamer zu meinem Arbeitszimmer hinaufzusteigen oder hinaufsteigen zu müssen, von wo aus ich den See, die Voralpen fast nur zu ahnen vermag oder zu ahnen vermöchte, all dies ist, sei es nun wirklich oder erdacht, all dies ist denkbar, so wie die Welt denkbar ist, welche die Alpen vor Millionen von Jahren aus dem Thetysmeer emporschoben, eine Welt, die möglich ist, auch wenn sie nur von einem Hirn gedacht wäre, das ich anstelle des dimensionslosen Punkts fingiert hätte, der vor zwanzig Milliarden Jahren explodierte, von einem Hirn, das einem Gott mit Bart gehören könnte oder zu einem zuckerkranken Gott ohne Bart, der an irgendeinem Strand, nur mit einer alten Smokinghose bekleidet, auf einer Matratze schläft, aus der Roßhaar quillt, das Gesicht mit einem Sombrero verdeckt, gegen das Ufer zu, durchnäßt, Pornohefte, *Stielers Handatlas über die Theile der Erde und über das Weltgebäude,* erschienen bei Justus Perthes 1890, *Meyers Konversationslexikon in 18 Bänden 1893–1898, Die Philosophie im Boudoir* des Marquis de Sade, Unmengen von Telefonbüchern, von Karl Barths *Kirchlicher Dogmatik* der dritte Band: ›Die Lehre von der Schöpfung: Über das göttliche Regieren‹, Stöße von Börsenberichten, ›Der Spiegel‹, die *Biblia Hebraica ad optimas editiones imprimis Everardi Van der Hooght,* weitere Hefte und Schwarten, dazu Berge von ungeöffneten Briefen, sie bedecken den ganzen Strand, immer wieder überspült von der Brandung, und dazwischen funkeln überall unzählige Taschen- und Armbanduhren aus Blech, Silber, Gold und Platin. Doch auch wenn vom Hirn dieses metaphysischen Mumpitz-Gottes diese Welt zusammengeträumt wäre, so ist sie doch unsere Welt, sei sie nun wirklich oder nur möglich, denn der Grund, wie sie ist oder sein könnte, liegt oder läge in uns, seien wir nun wirklich oder nur gedacht, liegt in unserer Evolution, die uns aggressiv machte oder gemacht haben würde, weil wir uns vor den Tieren fürchteten und vor Unsresgleichen, die wir uns, aneinandergedrängt, liebten und jene haßten, die sich zur Feuerstelle drängten, die uns wärmte, und jenen die Beute neideten, die sie erjagt hatten, während wir leer ausgingen. In den Jahrmillionen, die uns vorbereiteten oder vorbereitet hätten, wurden oder würden wir geformt, und geformt traten oder träten wir in die Geschichte ein, ausgestattet mit dem komplexesten Organismus, den wir im Universum kennen, mit unserem Hirn, das fähig ist oder wäre, das Universum zu durchdenken, auch wenn es mit diesem Durchdenken nie zu Ende kommt oder käme, so daß es gleichgültig ist, ob das Hirn eine Fiktion oder eine Singularität darstellt, so oder so wird es sich andere Hirne vorstellen und damit andere Menschen, so oder so wird es einerseits die phantastische Reise in die Ratio unternehmen, andererseits sich im Irrationalen verklammern, in Religionen, Kulten, Aberglauben. Ohne Emotionen, ohne Liebe, ohne Glaube, aber auch ohne Furcht, Haß und Neid vermag der Mensch nicht zu leben, sei er nun wirklich oder vom Hirn eines Gottes ausgedacht, der in der Nähe des Südpols mit einer Kaffeemühle das Weltall herumschwingt, es sei denn, die Ratio erkenne oder könne im menschlichen Hirn, im Menschen das Wunder erkennen, dem seine Liebe und sein Staunen gilt: eine rationale Realität. Das alles ist denkbar, ob wirklich oder möglich. Aber ist oder wäre die Ratio dazu imstande? Wirklich oder möglich war auch die Straße, die von Krakau hinaus führte. Wir fahren oder würden wie durch einen Wald blühender Kastanien fahren, auf einem Hügel ein Kloster strengster Observanz, fünfzig Kilometer durch ein fruchtbares Land. Vor den Tankstellen Autoschlangen. Dann ein langgestrecktes Gebäude aus rotem Backstein mit einer Gaststätte, davor ein Kiosk, Autobusse, Menschen, Ausflugstimmung. Eine regelmäßig angelegte Siedlung, ebenfalls aus rotem Backstein, die den Eindruck erweckt oder erwecken würde, eine Arbeitersiedlung zu sein, über dem Eingangstor eine gußeiserne Inschrift ›Arbeit macht frei‹. Die Siedlung ist oder wäre mit Stacheldraht umzäunt, der unter Starkstrom gesetzt werden konnte oder gesetzt hätte werden können, und in gleichmäßigen Abständen stehen oder stünden Wachtürme. In den immer gleichen Backsteinhäusern in immer gleichen Sälen, die einmal Schlafräume waren oder gewesen wären, hinter Glas Berge von Brillen, Schuhen, Kleidung, eine wirre Ansammlung von Krücken und Prothesen, ein Saal voller Koffer mit Anschriften der Besitzer, dann zusammengeschüttet Kinderschuhe, eine Ausstellung wie arrangiert von Beuys. Überall eilen oder würden Lehrer mit Schulklassen und Touristen durch die Säle, Gänge und Keller eilen, neugierig und seltsam hastig, und vor der Siedlung um den Kiosk Kinder mit Eistüten. Dann fahren oder würden wir von Auschwitz nach Birkenau fahren, nach Auschwitz II. Ein langgestreckter Bau mit einem Wachturm in der Mitte, durch den ein Bahngeleise führt. Links und rechts endlos der Zaun aus Stacheldraht, auch für Starkstrom eingerichtet, ferner Wachtürme um Wachtürme, zwar intakt, doch bedrohliche Gerippe, gespensterhafte Holzkonstruktionen. Hinter dem offenen Tor für die Bahn teilt sich die Schiene. Ein Geleise biegt nach rechts ab, die zwei weiteren führen parallel nach hinten. Wir fahren durch ein Nebentor, grüne Wiesen, halbhohes Gras, weit hinten ein Laubwald, rechts einige Baracken, offenbar renoviert. Bei einem Gewässer können wir nicht weiter. Wir verlassen den Wagen. Das Gewässer hat etwas Unheimliches. Wir gehen über eine schmale Brücke. Durch eine Wiese gelangen wir auf einen breiten gepflasterten leicht gestuften Platz mit einem wuchtigen abstrakten Denkmal mit einer polnischen Inschrift, die unser Begleiter übersetzt. Die Inschrift verschweigt das Wesentliche, das hier geschah, es schwächt auch den Schrecken ab, der von den Ruinen zu beiden Seiten des Platzes ausgeht, die Ruinen der Gaskammern und der Krematorien, zu denen die Geleise führten. Es gibt Gelände, da hat Kunst nichts zu suchen. Wir gehen zu einer der Ruinen. Einsturzgefahr. Wir schauen in eine lange tiefe Grube hinunter. Wir wandern auf einer schnurgeraden Straße zurück dem fernen Bahneingang zu. Das Denkmal im Rücken, stellt sich das Grauen wieder ein. Rechts dunkle Baracken, Stacheldrahtzäune. Auch in der endlosen Ebene links übermannshoher Stacheldraht von Pfosten zu Pfosten gespannt, jeder Draht in weißen Porzellanisolatoren endend, um von ihnen zum nächsten Pfosten mit Isolatoren zu führen. Dahinter ein Wald von Backsteingebilden wie Totenpfähle einer fremden Religion, die Kamine der längst verwitterten Baracken. Den zwei Geleisen entlang wachsen Blumen. Die Landschaft des Todes ist grün. Der Ort wurde weder von meinem fingierten Hirn ausgedacht oder geträumt, weder vom Hirn des Gottes mit Bart, noch von jenem des Gottes ohne Bart, der in Jamaika im Bademantel auf dem Bett dem Schreibmaschinengeklapper Gabriels, dem Rauschen des Regens und dem Schleifen der Palmblätter zuhört, und auch ich habe ihn nicht erdacht oder geträumt. Er ist undenkbar, und was undenkbar ist, kann auch nicht möglich sein, weil es keinen Sinn hat. Es ist, als ob der Ort sich selber erdacht hätte. Er ist nur. Sinnlos wie die Wirklichkeit und unbegreiflich wie sie und ohne Grund.

Anhang

Nachweis

Die Sekundärliteratur wie auch Dürrenmatt selbst übermitteln oft widersprüchliche Angaben zu den einzelnen Texten; der nachfolgende Hinweis zur Publikationsgeschichte sowie zur Textgrundlage stützt sich auf die Dokumente aus Dürrenmatts Nachlaß und Archiv im Schweizerischen Literaturarchiv in Bern.

Der zweite Band der *Stoffe, Turmbau. Stoffe IV–IX,* wird im September 1990, kurz vor Dürrenmatts Tod, im Diogenes Verlag, Zürich, veröffentlicht. Er hat eine komplizierte Entstehungsgeschichte, die sich über mehr als zwanzig Jahre erstreckt. Dürrenmatt befaßt sich mit dem Projekt einer *Geschichte meiner Schriftstellerei* bzw. *Stoffe* spätestens seit 1964, als der Text *Dokument* (vgl. Band 32, *Literatur und Kunst,* der vorliegenden Werkausgabe) und Skizzen zur Rekonstruktion des Stoffs *Das Haus* (in diesem Band) entstehen. Intensiver wird die Beschäftigung ab 1969. Eine erste zusammenhängende Fassung von 88 Manuskriptseiten wird ab Dezember 1970 niedergeschrieben. Nach einer größeren Arbeitsphase im Jahr 1973 umfaßt der Text bereits 275 Typoskriptseiten und stellt autobiographisch den Weg von der Kindheit in Konolfingen bis zum 1946 gefällten Entscheid, Schriftsteller zu werden, dar. Ab Herbst 1977 wird diese Fassung aufgeteilt, aus der ersten Hälfte entwickelt sich der 1981 im Diogenes Verlag, Zürich, publizierte Band *Stoffe I–III: Der Winterkrieg in Tibet, Mondfinsternis, Der Rebell* (vgl. Band 28). Im Kern basiert *Turmbau* auf dem 1977 zur Seite gelegten zweiten Teil der Fassung von 1973, doch entstehen zwischen 1977 und 1990 immer wieder neue Abschnitte, die teilweise aus den *Stoffen* herausgelöst und in selbständiger Fom publiziert werden, so *Vallon de l'Ermitage, Kunst und Wissenschaft* (vgl. Band 36, *Versuche / Kants Hoffnung,* der vorliegenden Ausgabe), *Durcheinan-*

dertal (vgl. den gleichnamigen Band 27) und die verschiedenen im Band *Gedankenfuge* 1993 im Diogenes Verlag, Zürich, aus dem Nachlaß publizierten Texte (vgl. Band 37). Von keinem der in *Turmbau* rekonstruierten Stoffe – mit Ausnahme des gescheiterten *Turmbau*-Dramas – sind aus der Frühzeit von Dürrenmatts Schaffen, in der die Ideen dazu wurzeln, mehr als ein paar Manuskriptseiten überliefert.

Stoffe IV: Begegnungen entwickelt sich aus einem 1978 niedergeschriebenen *Stoffe*-Teil *Rekonstruktionen.*

Stoffe V: Querfahrt, um 1982 unter dem Arbeitstitel *Erwartung* aus einem Abschnitt der 1973er Fassung weiterentwickelt, enthält bis zur Publikation 1990 ständig wechselnde Teile. Die Dramenstoffe *Der Turmbau zu Babel, Der Brudermord im Hause Kyburg* und *Der Brandstifter zweiter Teil* werden bereits zu Beginn der 1970er Jahre skizziert, in den 1980er Jahren aber noch erheblich bearbeitet. *Das gemästete Kreuz* entsteht ab 1987 und wird als selbständiger Text erstmals abgedruckt in ›Das Magazin‹ (Beilage zur ›Berner Zeitung‹ und zum ›Tages-Anzeiger‹, Zürich) vom 31. August 1990.

Stoffe VI: Die Brücke, in einer ersten Fassung entstanden um 1982, wird erst 1990 aus einem *Stoffe*-Kapitel *Prometheus* (vgl. Band 37, *Gedankenfuge / Der Pensionierte*), zunächst noch unter dem Titel *Kirchenfeldbrücke,* herausgelöst.

Stoffe VII: Das Haus: Die Fiktion *Das Haus* wird in einer ersten Rekonstruktion des fragmentischen Stoffes *Der Besuch* aus den 1940er Jahren 1964 niedergeschrieben und liegt um 1973 bereits weitgehend in der 1990 publizierten Fassung vor. Auch die autobiographischen Passagen zur Studienzeit werden zu großen Teilen bis 1973 niedergeschrieben. Die Parabel *Auto- und Eisenbahnstaaten* entsteht um 1987 und wird erstmals publiziert in der ›Frankfurter Allgemeinen Zeitung‹, 25./26. März 1989. *Der Tod des Sokrates* geht auf einen 1973 erstmals erwähnten Dramenplan zurück, mit dem sich Dürrenmatt vor allem um 1984 beschäftigte; die vorliegende Erzählung des Stoffes wird allerdings erst 1990 niedergeschrieben.

Die Erzählung *Vinter* wird bereits 1970 im Rahmen des *Stoffe*-Projekts ein erstes Mal skizziert, damals unter dem Titel *Der Flüchtling.* Doch erst um 1989 wird der Stoff unter den Arbeitstiteln *Ein alltäglicher Mensch* bzw. *Das verirrte Ich* wieder aufgegriffen und ausgearbeitet.

Die Fiktion *Das Hirn* wird ab Juli 1987 aus dem Argumentationszusammenhang des Kapitels *Gedankenfuge* (vgl. Band 37) entwickelt, geht aber in Teilen zurück auf die 1978 geschriebenen *Rekonstruktionen.* Der Text wird bis im Mai 1990 bearbeitet, als der Schluß (Besuch von Auschwitz und Birkenau) angefügt wird.

Die 2020 in Zusammenarbeit mit dem Schweizerischen Literaturarchiv publizierte 5-bändige textgenetische Edition des *Stoffe*-Projekts präsentiert die von Dürrenmatt publizierten *Stoffe* verbunden mit einer Auswahl der Manuskripte und Textfassungen, die während dieses langen Entstehungsprozesses entstanden und vom Autor teilweise zur Seite gelegt worden waren. Zusätzlich enthält die Edition die erhaltenen Fragmente aus der Frühzeit und biographische Dokumente. Auf einer begleitenden online-Plattform kann das vollständige Manuskript-Material eingesehen werden.

Personen- und Werkregister

Die Einordnung der Werktitel erfolgt alphabetisch nach dem ersten Wort (ohne Berücksichtigung der Artikel). Kursive Werktitel bezeichnen Texte, Werktitel in einfachen Anführungen bezeichnen Werke der bildenden Kunst, der Musik oder Filme.

Texte, deren Autorschaft nicht in Klammern nachgewiesen wird, stammen von FD. Mit einem * versehene Werktitel FDs bezeichnen unvollendet gebliebene (zu Lebzeiten nicht veröffentlichte) Texte oder Arbeitsfassungen von Texten, die später unter anderem Titel veröffentlicht wurden.

Nicht aufgenommen sind Jahrbücher und Festschriften sowie die Fernsehverfilmungen, außerdem Personen und Werke, die – obschon real – vom Autor in einem fiktionalen Zusammenhang genannt werden. Ins Register aufgenommen sind hingegen die Personen und Werke in *Die Brücke* und *Das Hirn,* obschon diese Stoffe vom Autor auch als Fiktionen bezeichnet wurden.

Zudem erscheinen im Register auch Personen und Werke, die auf den entsprechenden Seiten zwar nicht namentlich erwähnt werden, aber eindeutig identifizierbar sind.

Falsche Schreibungen von Personennamen wurden unter Wahrung des Lautstandes stillschweigend korrigiert und vereinheitlicht. Bei größeren Abweichungen oder gänzlich falschen Namen bzw. Werktiteln wurde nicht korrigiert, sondern im Register kommentarlos ein Verweis plaziert.

Die Personen und Werktitel für die gesamte vorliegende Werkausgabe in 37 Bänden 1998 sind im dazugehörigen Registerband (detebe 23079) erfaßt.

Bitte beachten Sie
auch die folgenden Seiten

Friedrich Dürrenmatt im Diogenes Verlag

Werkausgabe in 37 Bänden mit einem Registerband

Jeder Band enthält einen Nachweis zur Publikations- und gegebenenfalls Aufführungsgeschichte sowie zur Textgrundlage

● Das dramatische Werk

Das dramatische Werk in 18 Bänden in Kassette
Alle Bände auch als Einzelausgaben lieferbar:

Es steht geschrieben / Der Blinde
Frühe Stücke

Romulus der Große
Eine ungeschichtliche historische Komödie in vier Akten. Neufassung 1980

Die Ehe des Herrn Mississippi
Eine Komödie in zwei Teilen (Neufassung 1980) und ein Drehbuch

Ein Engel kommt nach Babylon
Eine fragmentarische Komödie in drei Akten. Neufassung 1980

Der Besuch der alten Dame
Eine tragische Komödie. Neufassung 1980
Auch als Hörspiel mit Lina Carstens, Kurt Horwitz, Peter Lühr und vielen anderen erschienen (Diogenes Hörbuch)

Frank der Fünfte
Komödie einer Privatbank. Neufassung 1980

Die Physiker
Eine Komödie in zwei Akten. Neufassung 1980
Auch als Hörspiel mit Amido Hoffmann, Tilli Breidenbach, Hans-Christian Blech, Hanns Ernst Jäger, Bruno Hübner und vielen anderen erschienen (Diogenes Hörbuch)

Herkules und der Stall des Augias / Der Prozeß um des Esels Schatten
Griechische Stücke. Neufassung 1980

Der Meteor / Dichterdämmerung
Zwei Nobelpreisträgerstücke. Neufassungen 1978 und 1980

Die Wiedertäufer
Eine Komödie in zwei Teilen. Urfassung

König Johann / Titus Andronicus
Shakespeare-Umarbeitungen

Play Strindberg / Porträt eines Planeten
Übungsstücke für Schauspieler

Urfaust / Woyzeck
Zwei Bearbeitungen

Der Mitmacher
Ein Komplex. Text der Komödie (Neufassung 1980), Dramaturgie, Erfahrungen, Berichte, Erzählungen. Mit Personen- und Werkregister

Die Frist
Eine Komödie. Neufassung 1980

Die Panne
Ein Hörspiel und eine Komödie

Nächtliches Gespräch mit einem verachteten Menschen / Stranitzky und der Nationalheld / Das Unternehmen der Wega
Hörspiele und Kabarett

Achterloo
Achterloo I / Rollenspiele (Charlotte Kerr: ›Protokoll einer fiktiven Inszenierung‹; Friedrich Dürrenmatt: ›Achterloo III‹) / Achterloo IV / Abschied vom Theater
Mit Personen- und Werkregister

● Das Prosawerk

Das Prosawerk in 19 Bänden in Kassette
Alle Bände auch als Einzelausgaben lieferbar:

Aus den Papieren eines Wärters
Frühe Prosa

Der Richter und sein Henker / Der Verdacht
Die zwei Kriminalromane um Kommissär Bärlach

Der Hund / Der Tunnel / Die Panne
Erzählungen

Grieche sucht Griechin / Mister X macht Ferien / Nachrichten über den Stand des Zeitungswesens in der Steinzeit
Grotesken

Das Versprechen
Requiem auf den Kriminalroman /
Aufenthalt in einer kleinen Stadt
Fragment

Der Sturz / Abu Chanifa und Anan ben David / Smithy / Das Sterben der Pythia
Erzählungen

Justiz
Roman

Durcheinandertal
Roman

Minotaurus / Der Auftrag oder Vom Beobachten des Beobachters der Beobachter / Midas oder Die schwarze Leinwand
Prosa

Labyrinth
Stoffe I–III: ›Der Winterkrieg in Tibet‹ / ›Mondfinsternis‹ / ›Der Rebell‹. Vom Autor revidierte Neuausgabe. Mit Personen- und Werkregister
Auch als Diogenes Hörbuch erschienen, gelesen von Wolfgang Reichmann

Turmbau
Stoffe IV–IX: ›Begegnungen‹ / ›Querfahrt‹ / ›Die Brücke‹ / ›Das Haus‹ / ›Vinter‹ / ›Das Hirn‹. Mit Personen- und Werkregister

Theater
Essays, Gedichte und Reden. Mit Personen- und Werkregister

Kritik
Kritiken und Zeichnungen. Mit Personen- und Werkregister

Literatur und Kunst
Essays, Gedichte und Reden. Mit Personen- und Werkregister

Philosophie und Naturwissenschaft
Essays, Gedichte und Reden. Mit Personen- und Werkregister

Politik
Essays, Gedichte und Reden. Mit Personen- und Werkregister

Zusammenhänge
Essay über Israel. Eine Konzeption /
Nachgedanken
unter anderem über Freiheit, Gleichheit und Brüderlichkeit in Judentum, Christentum, Islam und Marxismus und über zwei alte Mythen. 1980. Mit Personen- und Werkregister

Versuche/
Kants Hoffnung
Essays und Reden. Mit Personen- und Werkregister

Gedankenfuge
Essays. Mit Personen- und Werkregister

Der Pensionierte
Fragment eines Kriminalromans (Text der Fassung letzter Hand)

Registerband zur Werkausgabe Friedrich Dürrenmatt
Chronik zu Leben und Werk. Bibliographie der Primärliteratur. Gesamtinhaltsverzeichnis. Alphabetisches Gesamtwerkregister. Personen- und Werkregister aller 37 Bände

Außerhalb der Werkausgabe lieferbar:

● Gespräche

Gespräche 1961–1990
4 Bände in Kassette. Band 1: Der Klassiker auf der Bühne 1961–1970. Band 2: Die Entdeckung des Erzählens 1971–1980. Band 3: Im Bann der ›Stoffe‹ 1981–1987. Band 4: Dramaturgie des Denkens 1988–1990. Herausgegeben von Heinz Ludwig Arnold. In Zusammenarbeit mit Anna von Planta und Jan Strümpel

● Briefe

Max Frisch/Friedrich Dürrenmatt
Briefwechsel
Mit einem Essay des Herausgebers Peter Rüedi. Mit zwei Faksimiles

● Einzelausgaben

Der Richter und sein Henker
Kriminalroman. Studienausgabe mit zahlreichen Fotos aus dem Film und einem Anhang
Auch als Diogenes eHörbuch erschienen, gelesen von Hans Korte

Der Verdacht
Kriminalroman. Mit einer biographischen Skizze des Autors
Auch als Diogenes Hörbuch erschienen, gelesen von Hans Korte

Die Panne
Eine noch mögliche Geschichte

Grieche sucht Griechin
Eine Prosakomödie

Das Versprechen
Requiem auf den Kriminalroman
Auch als Diogenes Hörbuch erschienen, gelesen von Hans Korte

Der Auftrag
oder Vom Beobachten des Beobachters der Beobachter. Novelle in vierundzwanzig Sätzen
Auch als Diogenes Hörbuch erschienen, gelesen von Charlotte Kerr und Gert Heidenreich

Durcheinandertal
Roman

Der Pensionierte
Fragment eines Kriminalromans (Bibliophile Ausgabe). Text der Fassung letzter Hand. Faksimile des Manuskripts. Faksimile des Typoskripts mit handschriftlichen Änderungen. Mit einem Nachwort von Peter Rüedi und einem editorischen Bericht

Der Pensionierte
Fragment eines Kriminalromans (Text der Fassung letzter Hand). Mit einem möglichen Schluss von Urs Widmer und einem Nachwort von Peter Rüedi

Die Kriminalromane
Der Richter und sein Henker / Der Verdacht / Das Versprechen / Justiz / Der Pensionierte
Auch als Diogenes Hörbuch erschienen: *Drei Kriminalromane* (Der Richter und sein Henker / Der Verdacht / Das Versprechen), gelesen von Hans Korte

Die Stücke
Es steht geschrieben / Der Blinde / Romulus der Große / Die Ehe des Herrn Mississippi / Ein Engel kommt nach Babylon / Der Besuch der alten Dame / Frank der Fünfte / Die Physiker / Herkules und der Stall des Augias / Der Meteor / Porträt eines Planeten / Der Mitmacher / Die Frist / Achterloo IV

Albert Einstein
Ein Vortrag

Das Stoffe-Projekt
Textgenetische Edition in fünf Bänden im Schuber, verbunden mit einer erweiterten Online-Version
Aus dem Nachlass herausgegeben von Ulrich Weber und Rudolf Probst

● Anthologien und Sammelbände

Das Mögliche ist ungeheuer
Ausgewählte Gedichte. Mit einem Nachwort von Peter Rüedi

Das Dürrenmatt Lesebuch
Herausgegeben von Daniel Keel. Mit einem Nachwort von Heinz Ludwig Arnold

Meine Schweiz
Ein Lesebuch. Herausgegeben von Heinz Ludwig Arnold, Anna von Planta und Ulrich Weber. Mit einem Vorwort von Heinz Ludwig Arnold

Der Tunnel
und andere Meistererzählungen. Ausgewählt von Daniel Keel. Mit einem Nachwort von Reinhardt Stumm

● Das zeichnerische Werk

Die Heimat im Plakat
Ein Buch für Schweizer Kinder

Die Mansarde
Die Wandbilder aus der Berner Laubeggstraße. 24 Abbildungen mit Texten von Friedrich Dürrenmatt. Mit einem Essay von Ludmila Vachtova

● Über Dürrenmatt

Über Friedrich Dürrenmatt
Essays, Zeugnisse und Rezensionen. Mit Chronik und Bibliographie. Herausgegeben von Daniel Keel. Verbesserte und erweiterte Ausgabe 1998

Friedrich Dürrenmatt Schriftsteller und Maler
Ein Bilder- und Lesebuch zu den Ausstellungen im Schweizerischen Literaturarchiv Bern und im Kunsthaus Zürich

Heinz Ludwig Arnold
Querfahrt mit Friedrich Dürrenmatt
Aufsätze und Reden

Peter Rüedi
Dürrenmatt oder Die Ahnung vom Ganzen
Biographie

Ulrich Weber
Friedrich Dürrenmatt
Eine Biographie

Dürrenmatt
Sein Leben in Bildern. Herausgegeben von Anna von Planta, Ulrich Weber, Monika Stefanie Boss, Kati Hertzsch, Winfried Stephan, Margaux de Weck

Max Frisch
Friedrich Dürrenmatt
Briefwechsel

Mit einem Essay des Herausgebers Peter Rüedi

Die hier veröffentlichten Briefe dokumentieren die besondere Freundschaft zwischen den beiden berühmtesten Schweizer Autoren des 20. Jahrhunderts: Max Frisch und Friedrich Dürrenmatt. Ihr Briefwechsel ist Zeugnis einer kritischen, respektvollen, unter dem Druck des zunehmenden Ruhms der beiden zunächst ironisch-neckischen, dann ernsthaft gefährdeten, ja gescheiterten Freundschaft.
Der Essay von Peter Rüedi stellt den Briefwechsel in Zusammenhang von Leben, Werk und Zeitgeschichte.

»Erstmals ist mit der Edition dieses Briefwechsels das ganze Ausmaß der Verstörungen und wechselseitigen Mißverständnisse zwischen Frisch und Dürrenmatt deutlich. Die Sammlung ist äußerst reizvoll und aufschlußreich: Sie enthält das Psychogramm zweier bedeutender Temperamente, wie sie unterschiedlicher kaum zu denken sind.«
Volker Hage / Der Spiegel, Hamburg

»Peter Rüedis Vorwort ist eine unbedingt lesenswerte, überzeugende, höchst einfühlsame Darstellung des Verhältnisses zwischen den beiden Autoren.«
Charles Linsmayer / Der Bund, Bern

»Das Faszinierende an der Korrespondenz ist die Einsicht in die Unmöglichkeit einer Freundschaft zwischen beiden, die lediglich Alter und Tod einander wieder näherbrachten.«
Michael Bauer / Süddeutsche Zeitung, München

Anton Čechov im Diogenes Verlag

»Wir verdanken Peter Urban einen deutschen Čechov, wie er schöner nicht sein könnte: sprachlich makellos, akribisch annotiert und von einer Vollständigkeit, die weder vom Pléiade- noch vom Oxford-Čechov erreicht wird.«
Manfred Papst / NZZ am Sonntag, Zürich

In hochwertiger Leinenausstattung, übersetzt und herausgegeben von Peter Urban:

Er und sie
Frühe Erzählungen 1880–1885

Ende gut
Frühe Erzählungen 1886–1887

Späte Erzählungen in 2 Bänden

Rothschilds Geige
Erzählungen 1893–1896

Die Dame mit dem Hündchen
Erzählungen 1897–1903

Gesammelte Stücke in 1 Band

Briefe (1877–1904) in 5 Bänden

Čechov-Chronik
Daten zu Leben und Werk
Zusammengestellt von Peter Urban

Wie soll man leben?
Anton Čechov liest Marc Aurel
Herausgegeben, übersetzt und mit einem Vorwort von Peter Urban
Auch als Diogenes Hörbuch erschienen, gelesen von Ulrich Matthes

Anton Čechov – Sein Leben in Bildern

Herausgegeben von Peter Urban. Mit 793 Abbildungen, einem Anhang mit Daten zu Leben und Werk und einem Personenregister

In Taschenbuchausgaben:

Das dramatische Werk in 8 Bänden

Aus dem Russischen übersetzt und herausgegeben von Peter Urban. Zurzeit sind folgende Titel lieferbar:

Der Kirschgarten
Komödie in vier Akten

Der Waldschrat
Komödie in vier Akten

Die Möwe
Komödie in vier Akten

Onkel Vanja
Szenen aus dem Landleben in vier Akten

Ivanov
Komödie und Drama in vier Akten

Drei Schwestern
Drama in vier Akten

Sämtliche Einakter

Das erzählende Werk in 10 Bänden

Deutsch von Gerhard Dick, Wolf Düwel, Ada Knipper, Georg Schwarz, Hertha von Schulz und Michael Pfeiffer. Herausgegeben und mit Anmerkungen von Peter Urban. Zurzeit sind folgende Titel lieferbar:

Ein unbedeutender Mensch
Erzählungen 1883–1885

Gespräch eines Betrunkenen mit einem nüchternen Teufel
Erzählungen 1886

Die Steppe
Erzählungen 1887–1888

Flattergeist
Erzählungen 1888–1892
Daraus die Erzählung *Flattergeist* auch als Diogenes Hörbuch erschienen, gelesen von Ernst Schröder

Rothschilds Geige
Erzählungen 1893–1896

Die Dame mit dem Hündchen
Erzählungen 1897–1903
Daraus die Erzählung *Die Dame mit dem Hündchen* auch als Diogenes E-Hörbuch erschienen, gelesen von Otto Sander

Eine langweilige Geschichte / Das Duell
Kleine Romane I
Das Duell auch als Diogenes Hörbuch erschienen, gelesen von Ulrich Matthes

Krankenzimmer Nr. 6 / Erzählung eines Unbekannten
Kleine Romane II
Erzählung eines Unbekannten auch als Diogenes Hörbuch erschienen, gelesen von Rolf Boysen

Drei Jahre / Mein Leben
Kleine Romane III

Außerdem erschienen:

Das Drama auf der Jagd
Eine wahre Begebenheit. Roman. Deutsch von Peter Urban

Ein unnötiger Sieg
Frühe Novellen und Kleine Romane. Deutsch von Beate Rausch und Peter Urban. Herausgegeben, mit Anmerkungen und einem Nachwort von Peter Urban
Ausgewählte Texte auch als Diogenes Hörbuch erschienen, gelesen von Frank Arnold

Über Theater
Herausgegeben von Jutta Hercher und Peter Urban, in der Übersetzung von Peter Urban

Meistererzählungen
Deutsch von Ada Knipper, Hertha von Schulz und Gerhard Dick. Ausgewählt von Franz Sutter. Mit einem Nachwort von W. Somerset Maugham

Freiheit von Gewalt und Lüge
Gedanken über Aufklärung, Fortschritt, Kunst, Liebe, Müßiggang und Politik. Zusammengestellt von Peter Urban

Das Čechov-Lesebuch
Herausgegeben, kommentiert und mit einem Vorwort von Peter Urban

Kaschtanka
und andere Kindergeschichten. Diogenes Hörbuch, 2 CD, gelesen von Peter Urban, aus dem Russischen von Peter Urban

Veročka
Geschichten von der Liebe. Diogenes Hörbuch, 4 CD, gelesen von Otto Sander, aus dem Russischen von Peter Urban. Diogenes Sammler-Edition